KB260503

전쟁과 문학

- 지금 고바야시 다키지를 읽는다 -

이즈 도시히코 저 / 김정훈 옮김

- 사진으로 본 고바야시 다키지(小林多喜二)의 생애 -

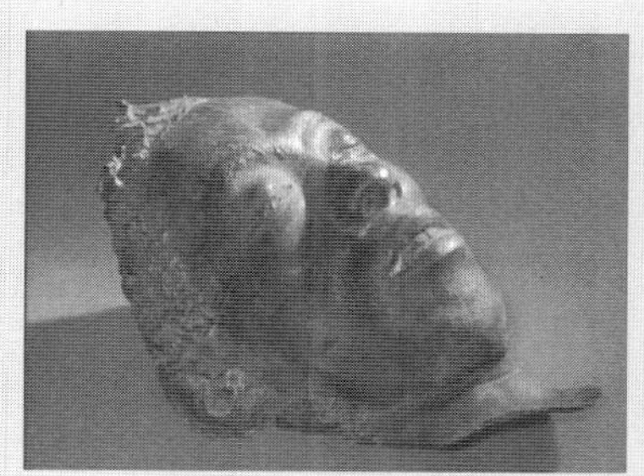

다키지 데스마스크

다키지 탄생지 - 현 아키타현(秋田縣)
오다테시(大館市) 요네시로(米代) 강

다키지 생가터

1909년 무렵의 다키지와 누나 치마(チマ),
여동생 쓰기(ツギ)의 기념사진

학창시절 복도에서의 회화전

다키지가 그린 그림

북해도 척식은행에 취직했을
무렵의 다키지

1921년 오타루고등상업학교(小樽高商)
입학 기념사진. 왼쪽부터 누나 치마, 여동생
유키(幸), 쓰기, 남동생 상고(三곰)

현재의 척식은행터 외관

다키지의 연인 다구치 다키(田口タキ)

1928년 무렵의 다키지

『게 가공선』(蟹工船)의 원고

『게 가공선』을 게재한 『전기』(戰旗)

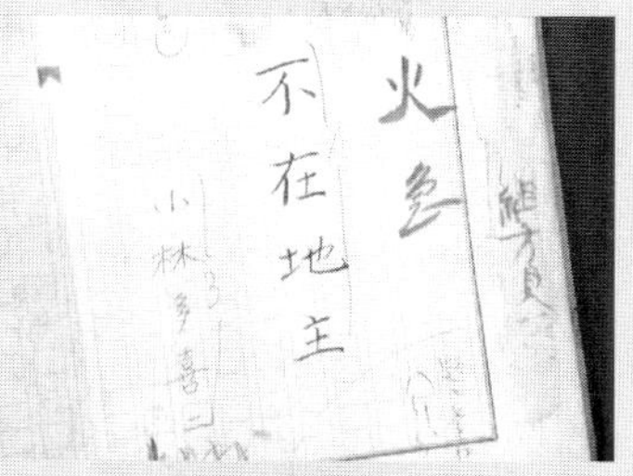

『부재지주』(不在地主)의 원고 표지

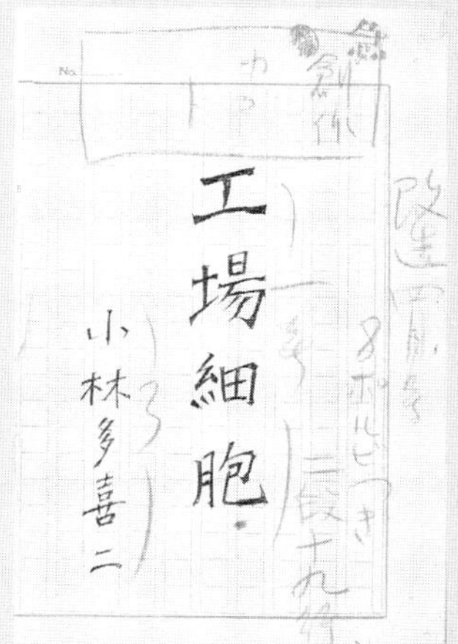

『공장세포』(工場細胞)의 원고 표지

1929년 무렵의 다키지. 오타루에서   1931년 무렵의 다키지. 도쿄에서

『공장세포』의 무대가 된 북해제관(北海製罐)
공장의 현재

다키지가 투옥된 도요타마(豊多摩) 형무소터

도요타마 형무소 내부

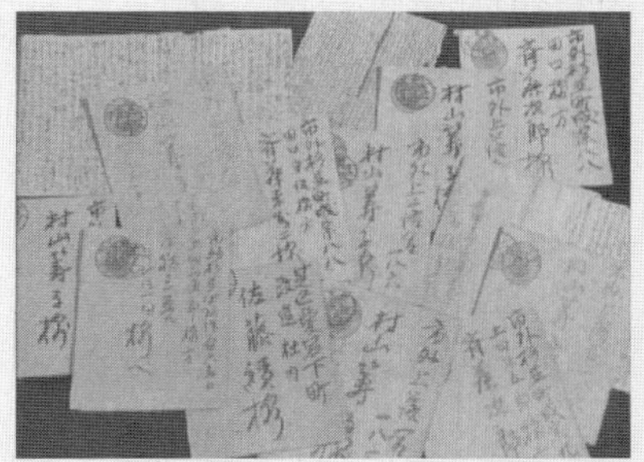

다키지가 옥중에서 동료들에게 보낸 서간

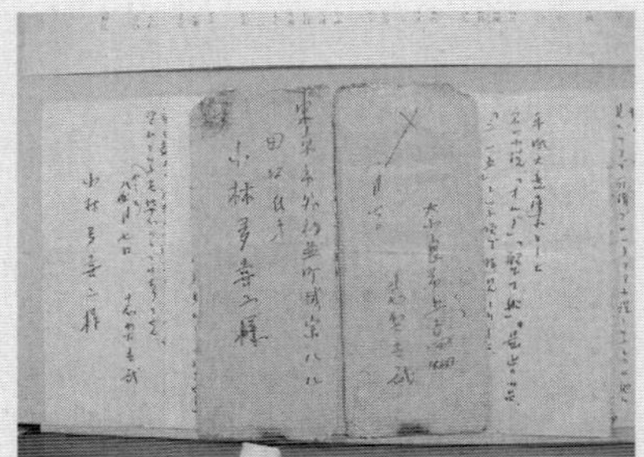

시가 나오야(志賀直哉)로부터 온 서간

다키지의 부인 이토 후지코(伊藤ふじ子)

1931년 무렵의 다키지

『당 생활자』의 무대가 된 방독마스크
제조 공장 후지쿠라(藤倉)공업

다키지의 지하활동 거점이었던
도쿄의 아자부쥬반(麻布十番)

다키지가 연인 다키에게 보낸 최후의 엽서

다키지가 검거된 미나토구(港區) 아카사카(赤坂)

다키지가 살해당한 쓰키지(築地)경찰서

다키지의 유체를 에워싼 동료들

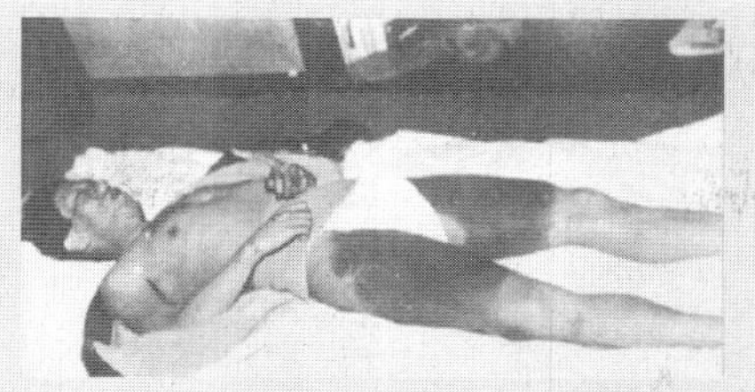

다키지의 유체

다키지의 죽음을 '심장마비'로 보도한 부르주아 신문

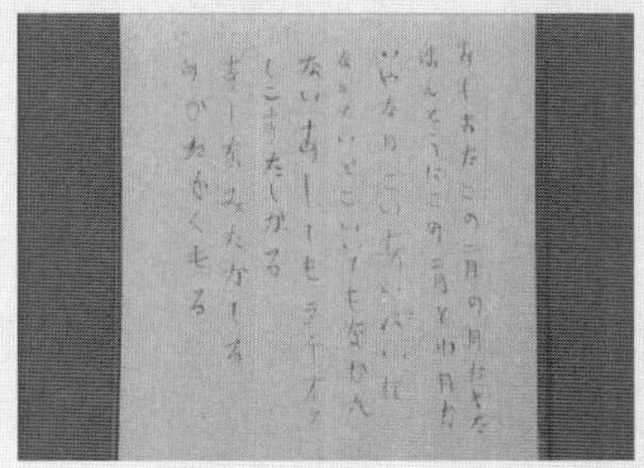

자식 잃은 슬픔을 노래한
어머니 세키(セキ)의 시

다키지를 추모하는 다키지제(多喜二祭)

고바야시 다키지 문학비

※ 사진은 일본 시라카바문학관 다키지도서관(白樺文学館多喜二ライブラリ)
의 기획·협력 하에 장편기록영화 「시대의 목격자·고바야시 다키지」(時代
を撃て·小林多喜二より)에서 발췌하였음을 알립니다.

▌일러두기▐

1. 이 책은 고바야시 다키지 탄생 100년 사후 70년을 기념, 일본 시라카바문학관(白樺文學館)이 기획하고 지원하여 출판한 이즈도시히코(伊豆利彦)의 ≪전쟁과 문학(戰爭と文學)≫(本の泉社, 2005)〈일본도서관협회 선정도서〉를 우리말로 옮긴 것이다.

2. 이 책은 시라카바문학관의 출판비 지원으로 간행되었다.

3. 이 책에 실은 모든 한자는 정자로 표기했다.

4. 지명·인명·고유명과 문헌 제명 등의 한자는 처음 1회에 한해 표기하고 나머지는 생략함을 원칙으로 삼았다.

5. 문헌 제명·신문명·잡지명은 ≪ ≫, 대화체나 긴 인용문은 " ", 일반 인용문이나 단어 등은 〈 〉, 그 외 필요한 부분은 ' '로 표기했다.

6. 맞춤법과 외래어 표기는 1989년 3월 1일부터 시행된 『한글 맞춤법 규정』과 『문교부 편수자료』, 『표준국어대사전』(국립국어연구원, 1999)에 따랐다.

▌머리말▐

"자 새로운 해가 왔다. 우리의 시대가 찾아왔다. 우리는 무엇을 할 것인가가 아니라 어떻게 할 것인가를 생각해야할 시대다."라고 고바야시 다키지가 일기에 쓴 것은 1928년 1월 1일 24세를 맞은 신년 벽두였다.

그 해 2월 20일에는 일본에서 최초로 보통선거가 실시되어 시대는 큰 변화의 움직임을 보이고 있었다. 지난해부터 다키지의 주변에는 '이소노 소작쟁의磯野小作爭議', '오타루 항만쟁의小樽港灣爭議' 등 큰 쟁의가 계속 발발했다. 노동자, 농민은 어쩔 수 없게 된 자신들 생활을 스스로의 힘으로 되찾기 위해 일어서고 있었다. 무교육의 농촌 여성이 태어나서 처음으로 연단에 서서 더듬거리는 말로 생활의 괴로움을 호소하며 지주의 횡포에 대항하기도 했다.

다키지는 은행원 신분을 이용해 얻은 자료를 제공하는 등 조용히 농민들의 투쟁을 지원했다. 이 투쟁을 통해 조합이나 노농당勞農黨 사람들과 친해져 〈자본론〉을 비롯한 그 외의 연구회에도 참가하게 되었다.

2월 선거 때는 은행의 눈을 피해 운동을 도왔으며, 연사 중 결원이 생기면 연단에 서기도 했다. 자본가나 지주는 더욱 부유해지고 노동자나 농민은 더욱 빈곤해지는 구조를 그 지방의 경제실태에 입각해 폭로할 때 이야기에 사로잡힌 청중의 뜨거운 마음을 직접 느끼고 감동했다.

어두운 시대였다. 긴 불황이 지속되어 금융공황의 큰 물결은 일본 경제를 뿌리 채 뒤흔들었다. 아쿠타가와 류노스케芥川龍之介가 스스로 죽음을 선택한 것은 1927년 7월이었다. 다키지도 이 현실에 괴로워하며 어떻게 살 것인가의 문제로 계속 고뇌하고 있었지만 새 세계가 열릴 것을 확신하고 새로운 동료들과 함께 강한 의지로 전진하려고 했다. 이 감동을 다키지는 ≪히가시쿳짱행東俱知安行≫에 그려 넣었다.

그런데 또 1928년 3월 15일의 대탄압이 습격해왔다. 조합과 노농당의 새로운 동료들이 잇달아 검거되었다. 다키지는 홀로 남겨져 방향을 잃고 혼란의 나날을 보냈다. 그렇지만 이윽고 옥중 동지들의 형편을 알았고, 그들의 불굴의 투쟁을 접하고 새로운 용기를 얻었다. 그 폭풍 속에서 분열하던 프롤레타리아 예술운동의 통일이 실현되었는데, 낫프(전일본무산자 예술가연맹)의 성립은 다키지에게 자신이 나아가야할 길을 분명히 제시해 주었다.

탄압에 항거하며 투쟁하는 예술의 확립, 투쟁함으로써 단련돼

향상되는 예술, 그것이야말로 자신이 나아가야할 길이라는 확신이 다키지를 앞으로 떠밀었다. 이렇게 해서 그 탄압과 정면으로 맞서는 내용을 담은 ≪1928년 3월 15일≫은 쓰여졌다.

3월 15일에는 〈반동적인 군국주의 내각의 타도연설회〉를 개최할 예정이었다. 육군대장 다나카 기이치田中義一 내각은 경제위기로부터의 탈출구를 중국 침략에서 찾았는데, 그 후의 일본 운명을 결정할 방향을 확립한 내각이었다. 중국에서는 국민혁명이 진행되고 있었다. 북벌군은 노동운동, 농민운동에 힘을 입어 점점 세력을 확장했고, 남경에서 북경으로 군벌의 군대를 쳐부수며 전진하고 있었다. 다나카 내각은 이에 대해 재류 자국인 보호를 구실로 산동성으로 출병하여 성도省都 제난濟南에 주류했다.

다나카 내각은 중국혁명을 저지해, 중국을 분열 지배할 목적으로 전쟁준비를 진척시키고 있었다. 전쟁을 기도한 자는 자기를 절대화하고 반대자를 폭력적 방법으로 배제한다. 타국을 폭력적 방법으로 지배하려는 자는 자국 국민의 자유와 인권도 폭력으로 강탈한다. 타국에 대한 전쟁은 자국 국민에 대한 전쟁이기도 하다. 더구나 일본은 민주주의를 적대시하는 천황제 국가이다. 전쟁에 반대하는 것은 천황에 반대한다는 뜻이었다.

〈3·15〉 대탄압은 파업이나 소작쟁의로 일어서는 노동운동이나 농민운동의 발전, 제1회 보통선거로 공산당의 지지 하에 투쟁한 노농당의 진출, 거기에서 보이는 새로운 운동의 발전을 두려워한 나머지 선두에 서서 싸우는 사람들을 억누르려고 한 소행이었다.

투쟁하는 사람들의 양심과 의지를 폭력으로 굴복시키려는 일본 경찰의 고문은 더없이 가혹했다. 그것은 아브 그레이브의 미군 폭행과 상통한 데가 있다. 지금 미국이 이라크 전쟁과 관련해 아랍 민중에게 가하고 있는 탄압 방법은 고문으로 자백을 강요함은 물론, 줄줄이 검거해 인간적인 프라이드를 파괴하고 전향과 충성을 맹세시키는 등 당시 일본 특별고등경찰의 방식과 매우 유사하다.

빈곤에 시달리고 인간적인 생존을 강탈당해 고난에 괴로워하는 민중의 해방을 추구한다면 이 경찰 권력과 투쟁하는 일 없이는 한 발자국도 앞으로 나아갈 수 없다. 폭력에 대항해 문학으로 투쟁한다. 다키지의 권력과의 싸움은 숨겨진 탄압의 진상을 폭로하고 투쟁하는 사람들의 숨겨진 진실한 모습을 묘사해내는 것이었다.

〈3·15〉의 실태는 사람들에게 완전히 알려지지 않았다. 다키지는 그 고문의 충격과 고통 하나하나를 자신의 몸에 가하는 고통으로 생생하고 실감나게 그려 사람들 앞에 내밀었다. 불굴의 투사뿐만 아니라 겁내며 기세가 꺾여 후퇴하는 조합원과 희생자 가족들의 동요하는 모습도 새겨 이 사건을 폭넓고 다면적인 필치로 그려냈다. 그 탄압을 다양한 사람들 즉 일본인 전체의 문제로 그린 것이다.

≪1928년 3월 15일≫에서 시작되는 다키지의 문학 활동은 〈전쟁에 대한 전쟁〉의 선포였다. 신문이나 라디오는 진실을 전하지 않았다. 다키지는 숨겨진 진실을 폭로해 그것을 국민 전반의 문제로 삼았다.

≪히가시쿳짱 행≫에서 처음으로 선거운동에 참가한 감동을 그린 다키지는 ≪게 가공선蟹工船≫이나 ≪부재지주不在地主≫에서 〈국가〉나 〈천황〉이라는 언어가 얼마나 국민을 가혹한 노동으로 내몰고 잔혹한 착취를 자행하고 있는지, 전시체제가 얼마나 기계적으로 조장되고 있는지를 묘사했다. ≪공장세포≫, ≪오르그≫에서는 가장 근대적인 공장에서 행해지는 가장 근대적인 자본주의적 착취의 실태를 포착하고 그것과 투쟁하는 노동자의 모습을 그렸다.

은행에서 해고당해 상경한 다키지는 공산당에 대한 자금지원 건으로 검거되었다. 게다가 ≪게 가공선≫ 때문에 불경죄로 추궁을 받고 기소를 당해 옥중생활을 보내는데, 옥중에서 지금까지의 작품을 반성하고 숄로호프의 ≪고요한 돈 강≫과 같은 스케일이 큰 작품을 쓰려고 생각했다.

출옥 후 자신의 성장과정도 포함시켜 오타루를 무대로 후쿠모토福本주의의 태동 시기부터 〈3·15〉사건에 이르기까지 커다란 역사적 흐름을 그려낸 ≪전형기의 사람들轉形期の人々≫을 쓰기

시작하지만, 만주사변이 발발하여 집필을 이어가지 못하고 ≪늪 뒤편 마을沼尻村≫, ≪당 생활자黨生活者≫, ≪지구의 사람들地區の人々≫ 등, 전쟁 발발 전후의 농촌과 공장, 그리고 자신이 사는 오타루 마을 지역의 투쟁을 그린 작품을 발표한다.

만주사변이 시작되자 〈비상시非常時〉라는 언어가 유행했다. 국가주의 조류가 지배해 프롤레타리아 문학운동의 주요 멤버는 모조리 검거되었다. 기관지는 계속 발매금지가 되었거니와 작가동 맹도 파멸상태가 되었다. 옥중 동지들은 잇달아 전향했고 〈정치주의〉 비판도 높아졌다. 이 시기에 작가동맹 서기장이 된 다키지는 지하에 잠행해 지하에서 운동을 지도하였다. 가혹한 전쟁 현실과의 대결을 회피하고 〈문학〉을 강조하였으며, 탄압을 피하려는 경향을 〈우익적 편향〉으로 강렬하게 비판하는 논문을 연속적으로 발표했다. ≪당 생활자≫는 이와 같은 문학적 투쟁의 실천으로 지하활동이 곤란한 상황에서 쓰여져 사후 발표된 것이다.

≪1928년 3월 15일≫에서 경찰 권력의 가혹한 고문에 굴하지 않고 싸운 혁명 전사를 그린 다키지는 그러한 고문으로 죽음을 당했다. 경찰은 전쟁과 천황제 국가 권력에 대한 철저한 투쟁을 계속 주장하는 다키지를 격렬히 증오하였으며 그와 같은 국가역적은 죽여도 좋다고 공언했다. 다키지가 죽음을 당한 것은 우연이 아니다. 그 사건 전후에 공산당 중앙위원 이와타 요시미치

岩田義道와 노로 에타로野呂榮太郎도 죽음을 당했다.

다키지의 작품은 복자伏字투성이가 되어 삭제, 발매금지를 당했고, 결국엔 작가 자신마저 죽임을 당했다. 전쟁을 위해서 국가는 전쟁에 반대하며 민중의 해방을 추구한 사상과 문학을 탄압해야 했다. 전쟁은 타국을 향해 무기를 사용하는 전쟁일 뿐만 아니라 자국 국민의 사상과 언론에 대한 전쟁이기도 했다. 다키지 사후 작가동맹은 해산되었고 다키가와瀧川 사건, 미노베美濃部 사건과 탄압은 자유주의자에게도 영향을 끼쳐 암흑의 시대가 찾아왔다. 일본은 오로지 전쟁의 길을 걸었다. 그리하여 중국에 대한 전면적 전쟁에서 영·미를 적으로 하는 세계전쟁으로 돌입해 결국 완전한 패배에 이르기까지 내몰리게 되었던 것이다.

이 암흑시대에는 다키지 작품이 출판되지 않았을 뿐 아니라 그 이름을 말하는 것조차 금지되었다. 1926년에 태어난 나는 다키지에 대해 이름도 몰랐다. 내가 알고 있는 것은 적색은 무섭다는 사실 뿐이었다. 전후가 되어 비로소 전쟁에 반대하고 생명을 희생하며 싸운 작가가 있다는 사실을 알고서 놀라 감동했던 것이다. 지금 그 만주사변을 일깨우는 이라크 전쟁이 계속되어 일본이 미국의 꽁무니에 붙어 대의를 구실로 내건 무법 전쟁에 가담하고 있다. 그런데 전쟁체제의 확립을 서두르고 있는 이 시기에 다키지는 다시 새로운 의미로 소생하고 있다.

전쟁이 시작되면 전쟁에 반대하는 언론은 검열을 받고 말살당한다. 전쟁은 언론의 자유를 강탈하고 인권을 파괴한다. 그 전쟁시대의 경험은 그것을 가르쳐주고 있다. 출판 자유는 확립되었는가? 지금도 국기(히노마루)·국가(기미가요) 문제에 단적으로 나타나는 것처럼 언론과 사상의 자유에 대한 압박은 점점 높아가고 있다.

우연히 알게 된, 정보 역사학을 배운다는 학생과 서로 얘기를 하는 동안에 그가 고바야시 다키지를 알지 못하며 이름조차 모른다는 사실을 깨닫고 놀랐다. 내가 일본 역사를 기념하는 작가로 경애하고, 전후 60년간 유사한 사건이 있을 때마다 상기하며 읽어온 작가를 지금의 학생은 알지 못한다. 나뿐만이 아니다. 다키지를 기념하는 집회에는 지금까지 보이지 않던 다수의 사람들이 모이게 됐는데도 젊은 세대 대부분은 그의 이름조차 모르는 것이다.

이런 현상은 그 전쟁시대와 유사하다. 우리가 다키지를 모르는 것처럼 지금의 학생도 다키지를 알지 못한다. 왜 이런 일이 일어나는 것일까? 지금 일반 서점에서 간편하게 읽을 수 있는 다키지 작품은 ≪1928년 3월 15일≫, ≪게 가공선≫, ≪당 생활자≫ 정도밖에 없다. 그런 상황 속에서 어두운 시대와 싸운 불굴의 혁명전사로서의 다키지를 찬미하는 언어가 작품을 장식하고 있다.

　지금 많은 일본 청년들은 혁명의 저 먼 곳에 동떨어져 있으면서 일본의 번영만을 구가하기에 바빠 지금의 일본을 되돌아보지 않고, 단지 이 사회에서 어떻게 안락하게 살 것인지, 어떻게 쾌락을 탐할 것인지만 생각하고 산다. 다키지 문학에 대해서는 너무나도 어두워 자신과는 관계없는 대상이라는 생각이 그들을 다키지에게서 멀어지게 하고 있는 것이다. 그러나 지금 현대 사회는 뿌리채 흔들려 긴 불황으로 '리스트럭처링Restructuring'으로 불리는 해고사태가 확대되고 있다. 젊은이들은 직장을 잃거나 혹은 열악한 노동조건 하에서 일하고 있다. 이런 상황을 어떻게 할 것인가. 매스컴은 이것을 사회현상으로만 전하고 학자나 평론가는 당연하다는 듯 다양하게 해석할 뿐이다.

　출구가 보이지 않는 어두운 시대이다. 젊은이들은 희망도 이상도 없이 자신을 잃고 방황하고 있다. 절망하여 찰나적 향락을 추구, 자살이나 범죄의 길로 들어서는 사람도 적지 않다. 국가에 의존할 뿐더러 폭력을 미화하고 애국심에 매달려 전쟁에서 해결책을 찾는 경향이 확대되는 현상도 무시할 수가 없다.

　다키지의 시대는 노동운동이 고양된 시대였다. 그러나 또 한편 이와 같은 변질적 현상이 퍼져 전쟁으로만 일본의 위기를 타개해야 한다고 주장하는 사회 파시즘, 국가사회주의의 움직임이 점차 강해진 시대였다. 다키지는 처음부터 전투적, 혁명적 작가는 아니었다. 더욱이 강철의 혁명가도 아니었다. 이와 같은 시대의 동향과 싸우며 자신의 살 길을 찾아 자주 절망적, 허무적 상태에 빠져보기도 하고 지그재그의 길을 더듬기도 하며 전진했을 뿐이다.

다키지는 분명히 죽음에 이르기까지 계속 권력과 투쟁한 불굴의 전사였다. 그러나 나는 다키지가 암흑의 시대를 살았고, 자기 내부의 모순을 확실히 응시했으며 고뇌의 시대를 산 작가였다는 측면에 더욱 강렬한 관심을 품고 있다. 다키지는 동시대 청년의 고뇌와 모순을 직접 느끼며 살았거니와 그것을 정면으로 돌파한 작가였다.

나는 다키지와 아쿠타가와 류노스케나 시가 나오야志賀直哉, 다자이 오사무太宰治와의 공통점을 강조하고 싶다. 프롤레타리아 작가로서 출발하기 전, 습작시대의 다키지가 나오야에게 매료된 사실은 잘 알려져 있다. 옥중에서 그때까지의 작가 활동을 반성하고 새롭게 출발하려고 했을 때 〈갑자기 끓는 듯한 마음으로〉 나오야에게 편지를 썼다. 그리고 출옥 후 지하생활로 옮기기에 앞서 바쁜데도 일부러 나오야를 찾아 나라奈良를 방문했다. 나오야는 다키지의 죽음에 즈음하여 깊은 애도의 정을 표명했으며, 전후 혼란 속에서 줄곧 다키지를 회상했다. 나오야와 다키지의 깊은 인연을 명백히 하는 것은 다키지 문학을 이해함에 있어서 중요할 뿐만 아니라 나오야 문학을 새롭게 조명하는 일이 된다.

다키지를 특별한 작가로 일본 근대문학사에서 분리할 것이 아니라 동시대 작가들과의 관계를 분명히 밝히고 문학사 속에서 정당하게 평가할 필요가 있다. 그것은 다키지에 대한 인식을 새롭게 할 뿐만 아니라 일본 근대문학사에 새로운 전망의 길을 열어줄 것이기 때문이다. 그럴 때만이 다키지 문학과 일본 근대문학은 현대를 사는 사람들의 마음을, 격렬한 시대에 농락당한 쇼와 청년들의 마음에다 접목시켜 줄 것이다. 그리하여 오늘의 우리에게 그 암울한 전쟁의 시대를 새로운 눈으로 발견하고 역사와 인간에 대해서도 새롭게 인식하게 하는 계기를 마련해 줄 것이다.

나는 전후 처음으로 다키지를 접했을 때부터 여러모로 다키지에 대해 생각해왔다. 이 책에는 오래 전에 쓴 것부터 최근에 쓴 것까지 두루 수록되어 있는데, 나는 시대현실과 절실한 마음으로 마주하며 끊임없이 현대를 사는 새로운 다키지 상을 추구해왔다. 일본이 전쟁에 발을 들여놓으면서 '국가를 위해'라는 개념이 강조되었고 국가 권력이 인간들의 생활을 위협하기 시작한 현재까지, 이와 같은 문제와 격렬히 투쟁한 다키지의 생애와 문학은 독자의 가슴에 새로운 생명으로 소생할 것임에 틀림없다. 이 책이 거기에 다소나마 도움이 된다면 기쁘겠다.

2005년 1월 10일 이즈 도시히코(伊豆利彦)

▌차례▐

제2장 프롤레타리아 문학작품과 그 이론에 대하여

제3장 시가 나오야와 고바야시 다키지

제1장

지금 고바야시 다키지를 생각한다

탄생 100년 기념
고바야시 다키지 국제 심포지엄에서 생각한 내용

1 들어서며

2003년은 고바야시 다키지 탄생 100년, 사후 70년이 되는 해로, 이를 기념하여 도쿄의 규단카이칸(九段會館)을 비롯한 전국 각지에서 성대한 기념집회가 열렸다. 나는 도쿄와 가나가와(神奈川)의 집회에 참가했는데, 양쪽 다 예상외로 많은 사람들이 모여 성황을 이루었다. 그러나 참가자 중에는 나이 든 사람들이 많았고 젊은 사람들은 적었다. 다키지는 이제 노인들의 추억 속에 살아 있을 뿐 젊은 사람들과는 연이 없는 작가가 된 것일까?

하지만 작년(2003년) 시라카바(白樺)문학관의 다키지 도서관이 발족하여 작년과 올해 기념 심포지엄을 열었다. 작년에는 이토 세이(伊藤整)와 시가 나오야(志賀直哉)와, 고바야시 다키지의 관계

를 중심으로 다키지를 일본 근대문학사 속에서 평가하는 시도를
하였고, 올해는 세계에서 다키지가 어떻게 읽히고 있는가에 대해
미국, 러시아, 중국, 한국의 연구자가 모여 국제 심포지엄을 열었다.

고바야시 다키지 국제 심포지엄 풍경
(2005.8.29~30 신바시(新橋)·야쿠르트홀)

　중국이나 한국의 경우, 다키지 생전 또는 생후에는 일본과
마찬가지로 프롤레타리아 문학이 번성하였으며 다키지에 대한
소개나 연구도 활발했다. 하지만, 해방 후 한국에서는 일본문학이
배격되었고, 또 6·25전쟁 후에는 냉전과 남북대립 때문에 프롤레
타리아 문학은 전면적으로 말살되었다. 중국에선 신중국 성립
후 일본의 혁명적 문학이라는 이유로 번역되어 읽히기도 했지만,

〈문화대혁명〉으로 일본문화 전체가 배격되어 다키지도 무시당하게 되었다. 〈문학대혁명〉 후에는 〈개혁개방〉 정책에 의해 탈이데올로기 경향이 강해졌으며 혁명적 문학에 대한 관심은 거의 사라진 실정이라고 한다.

한국이나 중국의 실정은 일본과 유사할 것이다. 나와 거의 비슷한 중국의 고령 연구자 여원명(呂元明) 씨는 "다키지가 읽히지 않는 것은 그 정도로 중국이 행복해졌다는 의미"라고 언급했는데, 그건 복잡한 뉘앙스를 지닌 말이었다고 생각한다. 중국의 젊은 연구자 하북대학(河北大學) 부교수 장여의(張如意) 씨는 "지금까지 다키지를 읽을 기회가 없었지만, 중국의 다키지 수용사를 탐색하는 작업을 하며 다키지 문학의 전모를 접하고 현대의 중국을 생각함에 있어서 많은 시사를 받았다"고 서술했다.

공산당이 정권의 중심에 자리 잡고 있는 중국에서는 다키지의 혁명적, 반권력적 문학은 환영받을 수 없다는 이상 현상이 일어났다. 그러나 한국은 물론, 중국에서도 급속히 시장경제화가 진행되는 과정에서 도시와 농촌의 격차, 빈부의 격차가 확대되어 급격한 자본주의를 실현한 전쟁 전의 일본처럼 동일한 문제가 발생하고 있다. 다키지 문학이 중국과 한국의 젊은 연구자에게 신선한 감동을 불러일으켜 적지 않은 시사점을 안겨주게 된 것은 이와 같은 이유 때문이라고 생각한다.

그 심포지엄의 테마는 '시대를 초월하는 언어, 세계를 엮는 언어, 다키지가 그린 〈자본주의〉'였는데, 그것은 다키지 문학을 다키지가 산 시대의 특수한 일본 현실에 가두려 함이 아니라 자본주의 발전이 낳은 모순을 추궁하고 사회적 부정과 싸우는 전투적 인간을 그린 문학 ― 시대와 장소를 넘어 살아 있는 언어의 문제로 추구하려고 한 문제의식을 표현하고 있다. 이처럼 보편적, 세계적인 넓은 시야를 확보함으로써 다키지 문학은 새로운 생명으로 현시대에 소생할 수 있게 되었다고 생각한다.

러시아의 가리나 두트키나(Galina Dutkina) 씨는 다키지에게 〈팟시오나루노스치〉(激情受難性, 激情受難主義로 번역을 해야 할까?)라고 하는 말을 던짐으로써 다키지의 문제를 세계적인 문학의 문제로 고찰했다. "고바야시 작품 속에 드러난 대단한 성의, 정열을 느끼고 소련의 독자들은 무의식중에 일본에서 일하는 사람들에 대한 공감, 애정에 충족되어 일본 보통 사람들의 생활방식이나 비애를 알게 되었다."고 하는 말도 중요한 지적이었다. 더욱이 "소련의 번역자들은 개인에 대한 폭력이나 사람들의 모욕에 대하여 항의하는 고바야시 작품을 번역하면서 자기 국가 속의 '전제(專制)'에 대하여 숨겨진 항의의 뜻을 표현했다고도 말할 수 있다."고 했는데 그 언술은 지금 다시 다키지를 읽고 그의 문학을 논하는 의미를 설명해주었다.

어느 나라, 어느 한 시대이건 억압으로부터 해방을 추구하는 투쟁은 다른 나라, 다른 시대의 또 다른 투쟁을 새로운 빛으로 비추며, 고무하고 격려한다. 지금 다키지가 소생한다는 것은 그러한 의미이다.

미국의 노마 필드(Norma Moore Field) 씨는 시카고대학에서 젊은 연구자를 모아 다키지 번역 일을 진행하고 있다. 미국에서도 1930년대에 다키지 작품은 번역되었다. 다키지 번역을 출판한 곳과 동일한 출판사가 흑인 작가 리차드 라이트 작품도 출판했다. "그것은 자본주의 지배와 거기에 대항하려고 한 세계적 운동을 단적으로 설명하고 있다."고 언급한 필드 씨는 다키지의 ≪1928년 3월 15일≫을 들추어 라이트와 대비해 논했다. 그 도입부에서 필드 씨는 당시의 번역이 얼마나 딱한 것이었는가에 대해 "생략의 묘사가 풍부한 작품을 한낱 프롤레타리아 문학의 희화인 것처럼 손상시켰다."고 서술하며, 번역물에는 연행돼가는 사내들의 아내와 자식의 시점뿐만 아니라 고문을 받는 그들의 내면 묘사조차 빠져 있다는 사실을 강조했다. 아마 그것은 번역자의 역량뿐만 아니라 당시의 다키지에 대한 관심과 현재의 관심에 대한 편차를 증명하는 예이리라 생각한다.

필드 씨는 흑인과 백인간의 단절의 깊이를 응시하고 그 극복, 즉 "이쪽의 인간이 저쪽으로 옮기는 것"은 가능한가라는 점을 문제로 삼아 다키지처럼 혜택 받은 입장에 있는 자가 어떻게 노동자의 입장에 설 수 있을 것인지에 큰 관심을 보였다. "흑인이 백인을 동지로서 신뢰할 수 있는가?"라는 점이 "모친이 단지 홀로 남은 자식을 운동에 바칠 수 있을까?"라는 점과 더불어 라이트의 절실한 과제였다고 했다. 그러한 관점에서 다키지에 대해 날카롭게 문제제기를 했지만 그 과제는 필드 씨 자신의 과제처럼 생각되었다.

≪1928년 3월 15일≫의 고문 서술에 대해 "독자에게 있어서 견딜 수 없는 묘사를 전개한다는 의미는 어떠한 것일까? 수난의 언어화라는 개념은 사상적, 정치적 또는 미학적 문제이기도 하다."라고 추궁한 필드 씨는 이라크 전쟁의 현실, 특히 아브 그레이브의 문제를 의식하고 있었다. 이라크인 학대의 그 충격적인 사진에 관한 문제를 어떻게 생각할 것인가? 그 사진은 피해자의 내면에 대해선 전혀 언급하지 않았지만 강렬하게 사람들의 마음을 감동시켰고, 이라크 전쟁의 본질을 폭로해냈다. 그 사진과 ≪1928년 3월 15일≫의 차이는 어디에 존재할까? 그 사진이 준 충격이 필드 씨에게 ≪1928년 3월 15일≫의 의미를 새롭게 조명하게 했다. 또한 ≪1928년 3월 15일≫이 촬영자의 의도를 초월해 그 사진의 의미, 이라크 전쟁의 본질을 인식시킨 것은 분명하다고 생각한다. 그것은 〈이쪽〉인 학대하는 자 쪽에서 촬영한 것이다.

그런데 다키지는 〈저쪽〉, 즉 탄압당하고 고문당하는 자의 측면에서 그리고 있다.

백인과 흑인의 관계에 있어서 백인으로 〈이쪽〉에 서 있는 필드 씨는 그 사진에서도 이라크를 침략하고 그 학대행위를 한 미국의 국민으로서 〈이쪽〉에 서 있다. 필드 씨가 다키지에 있어서 의제로 삼은 〈이쪽〉과 〈저쪽〉의 문제는 지금의 상황, 특히 이라크 전쟁이 초래한 우리 자신의 문제라고 나는 생각한다. 필드 씨 시점에서 보면 지금과는 동떨어진 먼 옛날, 70년 전의 먼 타국 이야기가 지금 이라크 전쟁에 비추어져, 아니 지금의 이라크 전쟁을 비추며 지금의 세계, 지금의 우리들 문제로 소생하고 있는 것이다.

시카고대학에서 노마 필드 씨 지도 하에 다키지 번역 일을 하고 있는 젊은 연구자 쟈스틴 제스티(Jesty Justin)씨의 ≪1928년 3월 15일≫에 대한 발표도 필드 씨와 마찬가지로 지금의 이라크 전쟁, 특히 아브 그레이브의 충격을 자기 자신과 관련 있는 것으로 수용해 백인 범죄의 시점에서 흑인 문제와 관련지어 다키지를 논했다.

제스티 씨는 다키지를 읽기 시작한 지 얼마 지나지 않았을 것으로 생각한다. 하지만 다키지를 자신의 문제와 관련지어 읽었기 때문에 보고 내용을 그러한 소박한 감동으로 생생하게 표현할 수 있었을 것이다. 제스티 씨도 충격적인 고문의 묘사에 대해

"다키지 자신의 판단에 반대하는 것 같습니다만, 나는 이처럼 사람의 오감을 통해 공격해오는 듯한 힘 있는 광경을 보고 놀랄 정도로 임팩트가 있다고 느꼈습니다. 추상화된 ≪게 가공선≫의 서술자나 주인공보다도 훨씬 효과적이라 생각했으며 지금도 그렇게 생각하고 있습니다."라고 서술했다.

제스티 씨는 처음으로 읽었을 때는 "투명에 가까운 문장이나 번갈아 등장하는 인물들이 화자가 되는 구성, 그리고 그에 따라 영화와 비교할 만한 선명한 묘사"가 인상에 남았지만, 번역하는 동안에 등장하는 몇 사람의 화자가 결코 따로따로 개별적으로 떨어져서 존재하는 인간으로 그려지지는 않는 사실을 깨달았다고 한다. "류키치(龍吉)에 대한 폭력과 억압은 그의 신체 경계선에 머무르지 않고 부인 게이(惠), 딸 사치코(幸子)에게까지 그 여파가 미치는 것입니다. 고문을 받는 와타리(渡)의 목소리는 유치장에서 자고 있는 사타(佐多)에게까지 전해지고 그의 신체를 전율시키는 것입니다." 또 "사타의 고뇌는 그 모친에게까지 연결돼 있습니다." 제스티 씨는 "≪3월 15일≫은 커뮤니티의 상호의존 관계를 구체적, 생리적으로 묘사했고, 커뮤니티 그 자체도 고통이나 번민을 느낄 수 있도록 그렸다고 하는 사실을 깨달았다."고 말한다.

다키지는 그 고문의 충격을 자신의 몸에 가해지는 고통으로 느꼈으며, 그 장면을 격렬한 증오와 분노의 마음을 담아 끙끙

신음하면서 썼다고 진술했다. 다키지는 그것을 권력에 대항해 싸우는 모든 사람들, 그리고 가족들 모두에 대한 폭력으로 그려 그 아픔과 고뇌를 표현했다. 그 사실을 예리하게 감지한 뒤 ≪1928년 3월 15일≫의 의미로 포착해 얘기한 제스티 씨에게 나는 감명을 받았다. 그리고 제스트 씨는 그 아브 그레이브의 무시무시한 영상을 생생히 상기하면서 이 보고를 했을 것으로 생각했다.

제스티 씨는 공민권 운동의 발단이 된 한 소년의 학살, 그 소년의 참혹한 사체가 담긴 사진을 공개해 사회에 호소한 모친에 다해 얘기했다. 그 사진을 다키지의 무참한 사체가 담긴 사진과 함께 놓고, 죽은 다키지에게 매달리는 다키지의 어머니인 세키 씨의 사진을 그 소년의 어머니 사진과 비교해 보였다. 세키 씨의 아픔과 괴로움이 세키 씨만의 것이 아니라는 사실, 그것은 이 소년 모친의 아픔과 괴로움이며, 억압당하고 학대당하고 학살당한 많은 사람들, 그 모친들, 나아가 피압박 인민 모두의 아픔과 슬픔이라는 것을 호소했다.

그리고 나는 이라크에서 죽음을 당한 많은 사람들, 특히 어린애들의 비참한 사진, 그 어린애의 유해를 어루만지며 통곡하고 슬퍼하는 모친들의 사진을 상기하지 않을 수 없었다. 이라크 전쟁은 다키지를 새로운 빛으로 조명하고 있다. 또한 다키지는 우리가 살고 있는 지금의 시대를 새로운 빛으로 조명해내고 있다.

2 나와 고바야시 다키지와의 만남

고바야시 다키지가 태어난 것은 1903년(메이지 36) 10월 13일로 러일전쟁의 전야였고, 그가 세상을 뜬 것은 1933년 2월 20일이었다. 〈만주사변〉으로 시작된 중국 침략은 〈만주국〉의 성립과 국제연맹 탈퇴로 이어져 일본이 수렁에서 헤어나지 못하고 국제적 고립화의 길로 빠져든 시기이다. 그 분위기는 곧 한없이 확대되어 중국 본토 전역에 이르는 전쟁으로 번졌다. 그리고 결국 세계를 적으로 삼는 대전쟁으로 발전해 일본을 파멸의 길로 들어서게 한다. 그런데 이때에 고바야시 다키지는 흉악한 특별고등경찰의 고문으로 학살당하는 것이다.

왜 다키지는 죽음을 당해야 했을까? 그것은 다키지가 전쟁에 반대하는 작가였기 때문이다. 전쟁의 진실을 폭로하며 국민에게 호소하는 작가였기 때문이다. 국민을 전쟁으로 내몰려고 하는 권력은 진실을 두려워했다. 전쟁에 반대하는 작가들의 작품을 검열대상의 복자투성이로 만들어 발매금지의 고초를 겪게 했음은 물론, 그러한 작가들을 침묵시키기 위해 투옥, 고문하였고, 끝내 학살까지 자행했던 것이다.

그러한 다키지를 나는 전쟁이 끝날 때까지 알지 못했다. 지금의 젊은이들이 다키지를 모르듯 나도 몰랐던 것이다. 전후가 되어 비로소 전쟁에 반대해 싸운 사람들이 있다는 사실을 알았다. 나는 다키지가 죽음을 당했을 때 소학교(초등학교) 1학년이었기 때문에 그것도 무리는 아니었을 것이다. 어른들은 알고 있었겠지만 어떻게 알고 있었을까? 내 주변의 어른들은 머리 좋은 사람들이 적색분자가 되는데, 적색은 무섭다, 적색분자만은 되지 말라고 가르쳤다. 적색이 무섭다는 말은 적색분자가 되면 감옥에 수감되니까 무섭다고 하는 의미였던 것 같다. 국적(國賊)이나 비국민(非國民)이라는 말은 듣지 않았던 것 같은데 그렇게 믿고 있는 국민도 많았다고 생각한다. 그들의 투쟁은 왜곡되고 은폐되어 있었다. 물론 전쟁에 반대하는 감정을 줄곧 지닌 사람도 그 시대에 있었다고 생각하는데 그들은 침묵하고 있었다.

다키지 사후 70년, 전쟁이 끝난 뒤로 벌써 60년이 흘렀다. 세상은 완전히 바뀌었지만, 그 정도로 성대한 기념집회 하에 심포지엄이 열리는 경우는 다른 작가에게는 없는 일이다. 그 정도로 많은 사람들이 지금도 다키지를 생각하고 다키지를 사랑하며 그 생애와 문학에 감동하고 있다. 참가자들은 거기에 감복하여 용기를 받았다며 감상을 토로하고 있다. 분명히 지금도 그와 같은 사람들이 있다. 그곳에 다키지에 대한 특별한 의미가 존재하리라 생각한다. 그러나 국민 전체의 입장에서 보면 극히 소수임에 틀림없다. 일본인 대다수가 다키지에게 관심을 갖지 않게 되었고 작품도 읽지 않게 된 것이다. 이러한 간극에 지금의 다키지 문제, 나아가서 지금의 일본 문제가 존재한다고 생각한다.

기념집회나 심포지엄 참가자들은 인생의 어떤 단계에서 다키지를 만나 생애에 지울 수 없는 인상을 깊이 새겼을 것이다. 그 사실이 오랫동안 그들 마음속에 살아남아 생을 떠받치며 북돋워왔을 것이다. 전후에도 다키지에 대해 학교에서 가르침을 받은 예는 특별한 경우를 제외하고는 없었다고 생각한다. 다키지에 대한 애정은 그러한 개인의 인생과 깊은 관계를 맺고 있다.

내가 다키지를 회고할 때 언제나 생각나는 것은 전후 처음으로 다키지 제사에 참가했을 때의 일이다. 1948년 3월 8일 히토쓰바시의 교육회관에서 거행된 제2회 다키지 제(祭)였다.

다키지의 어머니도 참석했다고 기억하는데, 쓰보이 시게지(壺井繁治) 씨가 거기에서 자작 〈2월 20일 - 고바야시 다키지의 어머님께 -〉를 읽었다.

고바야시의 어머님

당신의 아들이 살해당하고 12년이 지났습니다.
당신의 아들이 경찰에 붙잡혀

24시간 싸우다 살해당한 사실을 알았을 때

나는 감옥에 감금돼 있었습니다.

      (중략)

어머님

당신은 어떠한 생각으로 그 소식을 접했습니까?

      (중략)

아니, 어떠한 생각으로 당신 아들의 무참한 사체를 품어 안았습니까?

당신 아들의 죽음을 듣고 잇달아 몰려온 동료들이

오는 자마다 모두 잡혀,

당신 아들을 죽이고 아직 피도 마르지 않은

그와 같은 손에 붙잡혀

소중한 장례조차 만족히 치를 수 없었던 일.

몰라보게 변한 아들의 사체를 앞에 두고

당신이 마치 그렇게 하면 숨이 끊어진 아들이 되살아날 것처럼

자신의 몸 전체를 슬픔과 가엾음의 덩어리로 삼아

고문 기구로 살해당한 생생한 그 상흔을 계속 쓰다듬던 일.

      (중략)

나는 한이 담긴 이들 수많은 얘기를 아내의 입을 통해 직접 들었습니다.

그건 오랫동안 붙잡힌 몸이 풀려

누추한 우리 집으로 되돌아온 그날 아침의 일입니다.

      (중략)

그날로부터 벌써 9년이 지났습니다.

그 9년간은 완전히 어둠의 시기였습니다.

당신 아들이나 아들의 동료들이

생명을 걸고 반대한 전쟁이 끝없이 이어져,

남편을 잃고, 아버지를 빼앗기고, 자식을 여읜 사람들의 숫자가

거리와 마을에 점점 불어났습니다.

우리의 아름다운 국토는 다 타 황량한 들판이 되었습니다.

우리의 동료는 뿔뿔이 흩어졌습니다.

우리 앞 어떤 곳이든

밀정과 총검과 절대 명령이 앞을 가로막아,

부모와 자식

남편과 처

새로운 동료들 사이에 교차하는 분노의 언어마저

속삭임으로 대신해야만 하는 시대였습니다.

　쓰보이 씨는 가식 없는 목소리로 여유 있게 읽었다. 다키지를 생각하는 것은 자신이 보내온 전쟁의 시대를 생각하는 일이었다. 쓰보이 씨의 시에는 깊은 슬픔과 함께 굴욕과 회한, 그리고 강한 분노가 서려 있었다. 우리처럼 전쟁밖에 모르는 세대도 자신들의 잃어버린 청춘을 회고하고, 그 전쟁으로 죽어간 사람들을 생각하며 깊은 슬픔과 분노에 마음이 동요되었다. 다키지나 다키지

다키지의 데스마스크를
안은 어머니·세키(セキ)

와 함께 투쟁한 사람들이 있었던 사실조차 알지 못했던 우리들은 눈가림을 당하며 그 전쟁의 시대를 살았고, 전장으로 옮겨져 목숨을 빼앗겼던 것이다. 전쟁이 끝나고 자유와 해방이 찾아왔다고 말했다. 그러나 우리에게 기쁨은 없었다. 우리의 회한과 굴욕, 슬픔과 분노, 그것은 쓰보이 씨의 시에 흐르는 감정이기도 했다. 이쪽과 저쪽, 각각 경험은 180도 달랐지만 그 무거운 감정은 서로 통하고 있었다고 생각한다.

쓰보이 시게지나 나카노 시게하루(中野重治), 미야모토 유리코

(宮本百合子), 구라하라 고레히토(藏原惟人), 구보카와 쓰루지로(窪川鶴次郎), 도쿠나가 스나오(德永直) 등 '신일본문학회'의 창립 멤버는 다키지와 동시대 인물들이었다. 다키지와 함께 싸우다 구속되고 유치돼 고문을 받으며 옥중생활을 보낸 사람들이었다. 전쟁의 시대 천황제 국가 권력 하에서 어두운 침묵의 나날을 보내야 했던 사람들이었다. 다키지에 대한 추억은 자신들이 보내야 했던 나날을 되살아나게 했고 천황제 국가 권력에 대한 증오심을 새롭게 일깨웠을 것이다. 그러나 이들 대부분은 천황제 국가 권력에 굴복했으며 전향했다. 다키지에 대한 기억은 일면 어둡고 무거운 굴욕의 기억을 환기시키는 것이 아니었을까 하고 생각한다.

패전은 해방이었다. 천황제 정부와 군대는 패배했고, 민주주의의 빛이 미국으로부터 비춰왔다. 민주주의 혁명이 일본의 과제였다. 천황제 타도의 사상을 지녀 그 때문에 천황제 국가 권력의 탄압을 받고 그 중압감에 계속 시달린 사람들이야말로 당연히 선두에 서서 싸워야할 터였다. 그리고 분명히 그들은 그러한 슬로건을 내걸었다. 그러나 발걸음은 무거웠다. 미야모토 유리코가 ≪신일본문학≫ 창간 준비호(1946년 1월)에 쓴 〈노랫소리여, 솟아라〉는 그러한 사정에 대해 언급했다. 또한 동 준비호에서 나카노 시게하루가 결집을 호소한 문장에서도 그것은 느껴진다. 그러나 전후 민주주의 문학은 이 전쟁 하의 굴욕, 전향의 문제와 정면으로 맞서는 일을 하지 않았다. 오히려 이전의 프롤레타리아 문학을 전면적으로 긍정, 고바야시 다키지를 미화하고 찬미했다. 천황제 국가 권력을 오로지 비난하고 저주하는 말을 열거하며 전쟁 하의 자신들의 문제를 뛰어넘어 자기의 정통성을 보증하려고 했다.

한편 히라노 겐(平野謙)이나 아라 마사히토(荒正人) 등의 ≪근대문학≫은 ≪신일본문학≫보다 빨리 창간됐을 뿐더러 전쟁 후 곧 활발한 활동을 시작했다. 그들은 프롤레타리아 문학의 정치주의를 비판했다. 특히 히라노 겐은 고바야시 다키지에 대해서도 격렬히 비판했다. ≪당 생활자≫에서의 여성에 대한 묘사법은 당시의 '하우스키퍼 제도'를 반영하는 것으로 보고 여성 멸시를 비난하고 당시 운동의 〈전근대성〉, 〈비인간성〉을 강조했던 것이다. 히라노는 "히노 아시헤이(火野葦平)가 정치의 희생자였던 것처럼 고바야시도 마찬가지로 정치의 희생자로 양자를 표리관계로 포착하는 시점이 필요하다고"까지 주장했다. 히라노에 따르면 ≪당 생활자≫의 가사하라(笠原), 즉 〈나〉=당의 희생자였을 뿐만 아니라 그 〈나〉=작자인 다키지도 정치=당의 희생자였던 것이다. 히라노의 비난은 천황제 국가 권력을 향한다기보다 오히려 그와 싸운 당=정치의 비인간성을 향한 것이었다.

요즈음 히라노가 권력층으로 전향해 정보국에서 근무하고 있었다는 사실이 밝혀졌다. 히라노는 당시 운동의 정치주의와 비인간성을 비난했다. 또한 자신을 그 희생자로 삼음으로써 〈전향〉, 〈배반〉이라고 하는 전시 하의 심적 부담을 면하려 했을 것이다. 이에 비해 나카노 시게하루가 공산당원으로서 당당히 일본 프롤레타리아 작가동맹의 정통성을 지키기 위해 분투한 것은 당시의 정치와 문학의 논쟁거리였다고 새삼 생각된다. 그러나 그들은 다 전향자였고, 서로 그 사실을 숙지하면서도 거기에 대해서는 일절 언급하지 않았다. 또한 지금 자신이 살고 있는 생생한 전후의 현실에서 멀리 떨어져 〈정치와 문학〉이나 〈인간적〉이라고 하는 문제만을 서로 논하고 있었다. 그런 까닭에 고바야시 다키지를 둘러싼 정치와 문학 논쟁은 추상적이고 무모한 신학 논쟁처럼 여겨져 나에게는 조금도 재미있게 느껴지지 않았다.

나는 고등학교(舊制) 2학년으로 채 열아홉도 되지 않은 몸으로 군대에 가 육군 이등병으로 종전을 맞이했다. 집은 불타버렸고 식량은 극도로 부족했다. 굶주림에 괴로워하며 진흙투성이가 되어 바둥거리고 있었다. 전쟁의 시대, 우리들의 세계는 봉쇄돼 있었다. 〈민주주의〉라고 하는 언어도 〈천황제〉라고 하는 언어도 전후가 되어 비로소 알았다. 전쟁이 끝난다는 사실도 처음으로 실감했으며 평화라는 것을 처음으로 알았다.

고바야시 다키지도 구라하라 고레히토나 나카노 시게하루도 동떨어진 세계에서 사는 인간이었다. 역사 속의 인간, 전설의

인간이었다. 그러나 그들은 나의 세계를 열어주었다. 그들이 쏟아
낸 전후의 언설은 공허한 것으로 생각되었지만, 내가 산 것과는
완전히 다른 세계를 살며 어두운 현실과 정면으로 투쟁한 전시
하의 그들의 언설, 특히 다키지의 작품은 나를 자극시켰다. 이들의
작품에 나는 감동했음은 물론 고무되었다. 나는 다키지에 의해
우리가 알지 못한 전시 하의 투쟁을 알았고, 일본의 역사를 알았다.
아무것도 모르고 전쟁의 시대를 보낸 것을 원통히 생각했으며
그와 같은 무지를 강요한 천황제에 격렬한 분노를 느꼈다. 그리고
나는 새롭게 열린 눈으로 세계를 조망했다. 우리가 살고 있는
암담한 일본의 현실을 보았던 것이다.

쓰보이 씨가 〈다키지의 어머님께〉를 읽은 날 저녁, 미국문학
연구자인 마쓰모토 마사오(松本正雄) 씨가 새롭게 발견된 다키지의
미발표작 ≪방설림(防雪林)≫(≪사회평론≫ 1947년 11~1948년 1월호
초출)에 대해서 얘기했다. 그리고 호죠(北條) 사나에 씨가 자작
〈천황 히로히토에게〉를 낭독했다. 이 호죠 씨의 시는 쓰보이
씨의 시와 함께 지금도 강렬한 인상으로 남아 있다.

당신은 알지 못해
잿빛 슬픈 나날을,
하늘에는 바람이 몰아치고

비는 모든 만물을 세차게 내리친다.

아아 온종일

밤새껏

모든 사람들은 굶주림에 목말라 소리 없이 울며

그을린 허무한 거리를 헤맨다.

왜 우리는 굶주려야 할까?

왜 우리에겐 집이 없는 걸까?

왜 일 해도 일 해도

배를 채울 수 없는 걸까?

왜 우리의 아들들은 전쟁에 나가 죽고

왜 우리의 딸들은 팔려가고

왜 우리의 작은 어린애들과 천사와 같은 갓난아기까지

굶주려 죽어야만 하는 것일까?

당신이 시작한 전쟁 때문에 덧없이 전멸했고

당신 때문에 불에 타죽었다.

많은 사람들의 소중한 뼈와 눈물로 파묻힌 땅 위에

지금 나는 일어서

이렇게 묻는다.

옥돌과 검과 거울을 가지고

이 가엾은 민중들 앞에 서서 답을 구하라.

이 불에 탄 일본의 사랑하는 땅을 걸고,

올바르다는 이유로 당신이 살해한 사람들의 목숨을 걸고,

당신이 죽음의 구렁텅이로 몰아넣은 많은 병사들
부모들 아내들의 눈물과 피를 걸고,
가난하고 굶주린 사람들의 눈물과 피를 걸고
천황 히로히토
당신은 답을 해야만 한다.
당신은 답을 해야만 한다.

회장 밖은 한풍이 휘몰아치는 추운 밤이었다. 새까만 폐허의 거리와 함께 머리 위로는 얼어붙은 듯 아름다운 별 총총한 밤하늘이 펼쳐져 있었다.

나는 호죠 씨처럼 오로지 천황 한 개인의 책임을 묻는 사람은 아니다. 하지만 국민 다수는 지금의 이라크나 아프가니스탄 난민과 마찬가지로 비참한 생활을 강요당했다. 불에 타고 남은 자리로 파고든 사람들이 전등도 없이 지하실에서 보냈다. 제대로 일을 갖지 못한 사람들이 대부분이었다. 공장도 기업도 불에 타, 혹은 도산하여 거기에 복원 군인이나 귀환한 사람들이 한꺼번에 몰려들었다. 항구에는 미군 병사를 상대하는 여자들이나 부모도 집도 없는 전쟁 재해 고아가 넘쳐났다. 정전이 빈발했고 미군 병사의 강도나 강간 사건도 끊임없이 전해졌다. 식량배급은 계속 늦어지고 중단되었으며, 미국의 잉여 농산물, 사탕이나 통조림이 주식

대신에 배급되었다. 인플레이션은 물가를 매년 몇 배 몇 십배 끌어 올렸다. 이러한 상태가 노동자 운동을 급격히 발전시켜 국철 파업이나 전산 파업이 이어졌다. 그리고 마침내 총파업은 점령군에 의해 강제로 중지되었다. 이른바 〈2·1 파업〉이다. 일본이 어떻게 될 것인지는 그 누구도 알 수 없었다.

이러한 일본을 어떻게 할 것인가? 어떻게 하면 굶주림에서 탈출해 생산을 회복할 것인가? 어떻게 하면 인간다운 생활을 회복할 것인가? 전쟁 중에는 허무적 상태에 빠져 고바야시 히데오(小林秀雄)의 ≪무상이라는 것(無常ということ)≫ 등에 매료돼 있던 나는 이 암흑세계 일본에 살며 일본에 대한 뜨거운 애정을 느낄 수 있었다. 이 비참한 일본의 현실을 직시하고 그 해방을 바라게 되었던 나에게 다키지는 새로운 생명으로 소생했다.

3 젊은 세대와 다키지를 생각한다

최근 다키지를 기념하는 집회, 혹은 심포지엄에 모인 사람들은 생애의 한 시기, 아마 청춘시절의 한 시기에 어두운 일본 현실에 직면해 일본의 해방을 추구하며 뜨거운 마음으로 다키지를 읽은 적이 있을 것이다.

그 전쟁에서 천황의 군대가 패배해 무조건 항복한 뒤 벌써 60년 가까이 시간이 흘렀다. 이 60년에 이른 시간은 일본을 변화시켰고 또한 미국과 세계를 변화시켰다. 50년대 초의 6·25전쟁과 공산주의자 추방, 대미 단독 강화에 반대해 민족독립과 민주주의 옹호의 깃발을 내세우며 싸운 나날, 그리고 안보반대 투쟁, 60년대의 베트남 전쟁 반대, 대학민주화 투쟁, 그러나 그러한 사건들은 모두 먼 옛날 일이 되었다.

일본은 미국과 동맹국들과만 강화를 맺었다. 나아가 중국과 소련을 적시하는 서방 진영의 일원으로 변모해 6·25전쟁에서는 미군의 최전선 기지가 되었다. 일본의 공장은 무기탄약 제조·수리공장이 되어 그곳으로부터 병력 물자가 출하되었다. 일본에서 발진한 미군기와 함선의 포격으로 조선의 국토와 도시는 철저히 파괴되었고, 조선과 중국의 시민이나 병사가 대량 살육을 당했다. 전쟁 반대, 평화와 민주주의, 민족독립을 수호하려는 운동은 전국적으로 전개되어 문학의 세계에서도 국민문학 운동이 일어났다. 그러나 이 전쟁에 의한 특수로 일본 경제는 전후의 황폐에서 벗어나 부흥을 실현했고 국민도 기아에서 탈출했다. 베트남 전쟁 떄도 마찬가지였다. 이 두 전쟁에 의해 일본 경제는 위기를 탈출했으며 고도 경제성장을 실현했다. 일본은 아시아 인민의 유혈을 토대로 그 번영을 실현했던 것이다.

1960년의 미일 안보조약 개정에 반대하는 투쟁은 시민적인 확산을 불러일으켜 국민적인 운동으로 발전했으나, 결실을 맺지 못하고 심각한 좌절감을 남긴 채 귀결되었다. 국민의 에너지는 대미종속 하에서 소득증가를 슬로건으로 내건 고도 경제성장 정책으로 이상하리만치 빠르게 그곳으로 흡수되어갔다.

스탈린주의 비판이라는 흐름 속에서 반체제 운동은 방향을 잃었고 좌절감이 짙게 감돌았다. 문학 세계에서도 좌절감과 출구가 없는 울적한 감정이 주축을 이루었다. 고도 경제성장이 초래한 물질적 풍부함과 대중사회를 지향하는 상황에서 젊은이들은 고독, 불안, 불신, 절망에 괴로워했다. 오에 겐자부로(大江健三郎)와 이시하라 신타로(石原愼太郎)가 젊은 작가로 등장한 것은 이와 같은 시대였다.

베평련〈ベ平連〉(베트남에 평화를! 시민연합)의 운동은 이와 같은 시대에 정당이나 노동조합에서 독립한 시민운동의 의미를 띠고 새롭고 커다란 흐름을 조성했다. 학생들은 대학 개혁운동을 위해 일어섰으며 전공투운동이 전국으로 파급되었다. 학생들은 대학을 점령했고 기동대와 격돌했다. 도쿄대학 야스다(安田)강당을 점거한 학생들과 경찰의 2일간에 걸친 공방전을 정점으로 한 이 움직임은 노동운동, 시민운동의 지원을 받지 못하고 대학 측의 요청에

의한 경찰력 투입으로 진압되었다. 결국 69년 말에는 거의 모든 대학이 진화 상태로 되돌아갔다.

대학 교원들은 대학 자치의 입장에서 경찰력의 도입에는 최후까지 반대했지만, 폭력화한 학생들을 설득하여 사태를 해결할 능력은 없었다. 따라서 비참한 결과가 초래될 수밖에 없었다. 이때부터 대학은 국가 권력이 지배하는 장소가 되었다. 일본의 자유와 진보를 대표하는 것처럼 여겨져온 연구자들은 자신들의 무력감에 깊은 상처를 받았다. 교수와 학생 사이의 인간적 신뢰관계도 상실되어 대학은 단지 취직만을 위한 기관이 되었다. 그 당시 대학은 사망했다. 뛰어난 연구자겸 성실한 지식인이었던 몇 사람의 대학교수가 이 격동 속에서 자살했고 대학을 떠났다.

당시 운동하던 학생들은 〈대학의 환상〉이라고 말하며 〈대학의 해체〉를 주장했다. 대학이 마치 국가 권력에 대치하는 지(知)와 학문, 자유와 진보를 추구하는 인간적 정신의 거점인 것처럼 대학생 스스로도 생각했다. 하지만 그처럼 세상으로부터 인정받고 있다고 여긴 것은 환상이며, 이 〈대학의 환상〉을 파괴하고 대학도 또한 국가 권력의 하부기구로 민중지배의 도구인 사실을 명확히 해야 한다는 것이 그들의 주장이었던 듯하다. 그리하여 그들은 성공했다. 그 이후 대학은 〈자유와 진보〉의 거점으로서의 역할을 중지했고 대학교수라는 신분은 학문을 사고파는 하나의 직업이 되었다.

대학뿐만이 아니라 사회 전반에 걸쳐 그 〈인간적 자유〉라든가 〈사회적 진보〉와 같은 개념에 대한 신뢰가 사라져 냉혹한 사회구조 속에서 어떻게 살 것인가 하는 것만이 관심사가 되었던 것이다.

학생들도 열병의 아픔이 가신 것처럼 학생운동으로부터 이탈했다. 각 대학은 학생 자치회도 없는 상태가 지속되어 쇼와 초기도 전쟁 후도 항상 반체제운동의 거점이던 학생운동은 완전히 무력화되고 말았다. 학생들은 사회나 정치에 대한 관심을 잃었고 대학은 취직기관, 유흥장소가 되었다. 물론 학문 그 자체에 흥미를 가지고 열중하는 학생도 있었을 것이다. 그러나 그 학문은 오로지 개인적인 목적을 위한 것으로 인간의 해방이나 사회의 진보와는 관계없는 경우가 많았다.

그것도 무리는 아니었다. 일본은 미국에 종속함으로써 세계에서 가장 풍족한 나라가 되어 있었다. 메이지시대 이래 후진국으로 계속 빈곤과 사회모순으로 고민하던 일본은 지금은 세계에서 1, 2위를 다투는 경제대국, 선진국이 되었다. 메이지시대 이래, 특히 쇼와 초기 이래의 사회변혁 사상은 지금의 일본과는 관련이 없었다. 물론 경쟁은 가혹했고 자본주의의 모순은 새로운 형태로 정신을 해치고 있었지만, 미국의 세계지배의 틀 속에서 오늘의 번영을 이룬 이상 그 테두리 안에서 해결해갈 수밖에 없었다. 더구나 일찍이 학생들의 이상이기도 했던 〈사회주의 소련〉이

붕괴해 자본주의의 우위성이 분명해진 것처럼 보이는 시점에서 이 자본주의를 부정할 근거는 어디에도 없었다. 사회주의는 〈악〉이고 자본주의는 〈선〉이었다. 그런 이상 자본주의가 너무나 모순에 가득 차 있더라도 그것을 벗어날 방법은 없었다. 특히 일본은 미국에 종속하여 오늘의 〈번영〉을 실현했다고 본다면, 그리고 그것을 긍정해 그 〈번영〉을 향수하는 이상, 스스로 이 모순을 뚫고 새로운 가능성을 개척할 기력은 없었다. 일본의 대미 종속은 정치나 경제는 물론, 문화의 각 부분, 학문, 사상으로까지 침투해 일본인의 혼을 퇴폐시켰다.

이와 같은 시대에 고바야시 다키지에 대한 관심이 사라지는 것은 당연했다. 예전에는 권력이 거기에 대해 깨닫는 것을 금했지만, 지금은 국민이 스스로 그것을 꿰뚫지 못하게 되었다. 국제 심포지엄에서의 여원명 씨 지적에 의하면 그만큼 국민이 행복해졌다는 의미일까? 하지만 나는 이 시기에 다키지론을 썼다. 이 책에 수록한 〈청년 다키지의 방황과 발견〉을 요코하마시립대학의 《논총》에 발표했던 것이다. 이번에 다시 조사해보니까 게재지 발행일은 1970년 3월과 12월로 되어 있었다. 대학의 《논총》은 누구에게 강요당하지 않고 참으로 자유롭게 연구 성과를 발표하는 공간이다. 업적을 쌓기 위해 논문을 게재하는 일도 있겠지만 다키지론이 거기에 어울린다고는 생각하지 않는다.

내가 근무하던 대학도 1969년 초여름부터 학생들에 의해 봉쇄되었다. 우리는 경찰을 불러들이지 않고 스스로 해결하기 위해 분투했다. 그러나 그해 겨울 결국 기동대의 손에 의해 봉쇄가 해제되었다. 학생들은 전혀 대항하지 못하고 경찰이 들어왔다는 사실만으로 퇴거했다. 따라서 희생자는 생기지 않았지만, 우리는 맥이 빠지는 듯한 허무함을 느끼지 않을 수 없었다. 나는 경찰의 손에 의해 해방돼 폐허가 된 연구실에서 그 누구도 원하지 않는데도 다키지론을 썼으며 그것을 학생들도 읽는 《논총》에 발표했던 것이다.

학생들 중에는 기동대에게 맞아서 부상당한 사람도 있었다. 또 검거되어 유치장에서 지내고 그런 이유로 충격을 받은 사람도 있었다. 그들은 국가 권력의 두꺼운 벽에 부딪혀 취약한 육체와 정신적 한계를 느끼며 맥없이 쓰러져갔다. 그들은 자신의 나약함과 마주하고 있었다. 그들은 참담한 패배감에 사로잡혀 있었다. 허무와 공허, 끝없는 무력감에 지배되어 있었다.

그들은 전후 우리가 다키지와 만났을 때와 같은 그러한 장소에서 있었다. 전쟁의 시대를 산 우리는 일본이 패배해 자신의 모든 것이 부정되는 상황 속에서 이상도, 희망도, 믿음도 찾을 수 없었거니와 단지 정리할 수 없는 격정에 내몰려 폐허 속을 헤매고 있었다. 거기에서 출발해 다키지를 알았고 평화와 민주주의를 알았으며 민중의 투쟁 역사를 인식하고서 전후를 사는 새로운 자신을 재건해

나갔던 것이다.

그러나 그들은 전후에 태어나 전후의 민주주의를 믿지 못했기 때문에 그 허위를 무너뜨리려 했다. 우리에게는 해방이었던 민주주의가 그들에게는 견디기 어려운 속박인 데다 억압적 제도였다. 베이비 붐 세대인 그들은 과격한 경쟁에 내몰렸고 대학은 이른바 억압의 상징이었다. 그들은 그 전후 민주주의에 항의하고 반항하고 투쟁했으나, 패한 뒤 자신을 상실해 이상도 희망도 믿음도 없이 공허한 마음을 끌어안고 방황하고 있었다. 우리가 바로 들어간 장소로 반대로 그들은 나오고 있었던 것이다.

나는 그러한 그들에게 다시 한번 다키지를 배우라고 주장할 셈은 아니었다. 그와는 반대로 다키지도 우리와 마찬가지로 괴로움, 번민, 의문을 안고 절망하는 청년이었다는 사실을 얘기하고 싶었다. 다키지는 그 절망과 싸웠고 시대의 조류에 자극받아 투쟁의 전열에 합류했으나 싸움에 패하여 죽음을 당한 것이다. 나는 당시 〈《당 생활자》의 문제〉(〈고바야시 다키지론 노트 - 《인간적》인 것과 관련하여 -〉 《일본문학》 1967년 11월, 1968년 1월)이라는 문장을 발표했다. 그건 《당 생활자》 그 자체가 강철과 같은 공산주의자를 그린 것이 아니라 살아 있는 육체를 지닌 혁명 운동가를 그린 것이며, 그의 내부에 자신에 대한 의구심이 있어 그 내부 갈등이 이 작품을 문학으로 성립시키고 있다는 사실을 밝히려고 한 시도였다. 그건 지금까지의 다키지 상과는 다른 다키지 상이었다고 생각한다. 지금까지 다키지는 불굴의 투사로서 신격화되는 경향이 잦았다. 다키지가 천황제 국가 권력에 학살당한 그 순간부터 그의 생애와 문학은 미화·영웅화·신격화되었다. 분명히 다키지는 보통 작가는 아니었을 것이다. 그러나 그 다키지도 근본으로 되돌아가면 보통 인간이었으며 보통 작가였다. 나는 가능한 한 보통 인간, 보통 작가라는 측면에서 다키지를 생각했다. 시대는 변했고 형태는 바뀌었지만 우리와 같은 문제로 고뇌하고 괴로워했으며, 나아가 그런 이유에서 그렇게 살았고 그와 같은 문학을 창출했다고 생각한다면 다키지는 우리에게 가까운 작가가 되는 것은 아닐까 하고 느꼈다.

당시 나는 나쓰메 소세키의 문제에 몰두하고 있었다. 나는 이 소세키와 다키지를 동일한 문제를 지닌 작가로 동시에 파악하고 싶다고 생각했다. 분명히 두 사람은 이질적인 작가로 볼 수 있을 것이다. 그러나 그 차이의 근저에는 동일한 문제가 존재한다. 소세키는 자본주의 사회를 사는 소시민 계급의 남녀에게 빛을 비춰 출구 없는 모순과 고뇌의 문제를 그렸다. 그 모순을 내부로부터 그렸던 것이다. 그의 문학 근저에는 항상 자본주의 사회에 대한 비평이 자리 잡고 있었다. 그 비평은 생애 최후의 작품 ≪명암≫에서는 고바야시(小林)나 하라(原)라고 하는 가난한 화가 청년을 등장시켜 이 사회를 암부(暗部)로부터 비추어내는 곳까지 발전했다. 다키지도 이 사회의 모순을 살며 고뇌하는 상황 속에서 이 사회의 암부를 직시하는 시점에서 출발했다. 그러나 혁명적인 기운이 고조되는 시대의 동향에 자극받아 출구 없는 〈순환소수〉처럼 한없이 계속되는 고뇌의 나날에서 탈출하여 혁명적인 작가로서의 길을 걸었다.

어떤 의미에선 자본주의 사회에 사는 자의 모순과 고뇌를 그렸으나 한편으론 이 사회를 변혁하려고 하는 입장에서 그것을 그렸다. 나아가 자본주의 사회의 내부에서 이것을 변혁하려고 하는 인간의 모순과 고뇌를 그렸다. 동시에 자본주의 사회에 사는 인간의 모순과 고뇌를 그렸기 때문에 다키지는 소세키의 세계를 확대했다고 생각할 수가 있다. 그 초기 작품군은 이와 같은 전환의 고뇌를 표현하고 있다. 나는 소세키와 다키지를 그 차이점이 아니라 그 근본에 존재하는 동일성의 관점에서 포착하려고 했다. 단절이 아니라 연속성에 눈을 돌린 것이다.

소세키와 다키지를 동일성과 연속성에 주안점을 두고 파악하는 것은 시마자키 도손(島崎藤村)이나 후타바테이 시메이(二葉亭四迷), 이시카와 다쿠보쿠(石川啄木), 시가 나오야, 아쿠타가와 류노스케 등도 마찬가지로 동일성과 연속성의 관점에서 파악하려는 의미와 같다. 차이를 무시하는 것이 아니다. 오로지 차이만을 주목해 이들 작가들을 각각 독립된 존재로 별도로 파악하려는 것이 아니라 그 동일성과 연속성을 주목함으로써 그 차이를 명확히 하려는 것이다.

이렇게 다양한 작가들의 갖가지 문학적 행위의 근저에 존재하는 동일성을 명확히 밝힘으로써 문학사는 다양한 작가와 작품을 서로 관련짓고 조명하며 살아 있는 문학사로서 소생할 것이다.

4 〈9·11〉은 다키지 읽기에 어떠한 가능성을 열었는가?

금년 고바야시 다키지 국제 심포지엄에서 코디네이터로 진력하신 시마무라 데루(島村輝) 씨는 1957년생으로 전공투(全共鬪) 세대보다는 10년 더 젊다. 그래도 올해 47세가 되는데 프롤레타리아 문학연구자로서는 최연소자라고 생각된다. 그 세대에서 프롤레타리아 문학을 연구하고 있는 경우는 극히 이례적이라고 할 것이다. 시마무라 씨 등이 보여준 다키지에 대한 관심의 본질은 우리가 지닌 것과는 완전히 다른 내용이었다고 생각한다.

우리의 경우 다키지에 대한 관심은 직접 우리의 삶의 방식과 관계되는 것이었다. 그 전쟁시대에 생명을 걸고 평화와 민주주의를 위해 투쟁한 문학자가 있다고 하는 사실에 놀라워 그 정신을 계승해 투쟁하려고 하는 마음이 다키지에 대한 관심의 근저에 있었다. 우리는 전쟁을 경험했고 전후의 비참한 현실을 살며 사회의 변혁과 인간의 해방을 꿈꾸었던 것이다. 시마무라 씨 등의 세대는 이러한 경험과 전적으로 거리가 멀었다. 일본은 세계 제2의 경제대국으로 성장해 굶주림과 빈곤의 문제는 이미 중요한 문제가 아니었다. 그들 세대는 미국적인 생활과 사고방식이 일본의 구석구석까지 침투해 일본이 미국에 종속되어 있다는 사실까지도 특별하게 의식하지 않았다. 소련의 사회주의는 파탄하여 이윽고 해체와 붕괴의 길을 걸었다. 자본주의 사회의 모순은 날이 갈수록 심각해져 시대의 회의감은 강해졌지만, 그것이 사회주의 혁명에 의해 극복될 것으로는 생각되지 않았다. 평화나 환경문제를 내건 시민운동은 있었지만 이 회의적 상황을 타개할 가능성은 어디에서도 찾아볼 수가 없었다. 말하자면 출구가 없는 절망적인 시대였다.

이러한 시대에 살며 다키지(프롤레타리아 문학)에게 관심을 갖는다는 것은 어떠한 의미일까? 시마무라 씨는 '지금의 현실을 어떻게 할 것인가'라는 정치의식에서 벗어나 혁명적 현실, 혁명적 인간이 어떻게 그려져 있는가 하는 문학표현의 문제로, 오로지 미학적 관점에서 그걸 검토하려고 했다.

이번의 심포지엄에서도 '시대를 초월하는 언어, 세계를 엮는 언어, 다키지가 그린 〈자본주의〉'라는 테마를 내걸고 〈신체를 위협하고 폭력을 표현하는 언어〉로서 ≪1928년 3월 15일≫을, 〈착취의 구조를 공개하는 언어〉로서 ≪게 가공선≫을, 〈현대화하는 농촌을 재편성하는 언어〉로서 ≪부재지주≫를, 〈기계화, 산업의 합리화와 관련된 언어〉로서 ≪공장세포≫를 논한다고 하는 시점을 제시했다.

그러나 지금 〈9·11〉 이후 정치 문제는 좋든 싫든 간에 우리의 문제가 되었다. 예상 밖의 일이 계속해서 일어난다. 이게 어디로 향할 것인지는 우리들 중 아무도 알지 못한다. 아마 전쟁을 시작한 부시 대통령도 알지 못할 것이다. 모든 것은 오산의 연속이다. 그리고 그게 전쟁이라는 것이다. 지금은 이제 뒤로 물러날 수가 없다. 그리고 앞으로 나아가면 한없이 희생을 초래한다. 그것은 〈만주사변〉에서 시작하여 중일전쟁의 수렁에 빠져 결국에는 영미를 적으로 하는 〈대동아전쟁〉으로 돌입, 비참한 패배에 이른 그 전쟁의 경험이 얘기해주고 있는 것이다.

그 전쟁은 15년 지속되었다. 관동군이 자기들의 손으로 철도를 폭파했고, 이를 계기로 만주 전 지역으로 전쟁을 전개, 괴뢰정부를 만들어 〈만주국〉이라고 칭하였으며 〈오족공화(五族共和)〉〈왕도락토(王道樂土)〉의 건설을 주장했다. 하지만, 중국인민의 저항이 계속되어 일본군은 점령 지배를 중국 전 지역으로 확대, 전쟁의 수렁으로 빠져들어갔다.

일본군은 연전연승을 거두었다. 그러나 그 지배는 철도 연선의 도시지역에 불과했고 중국인민의 저항은 집요하게 계속되었다. 일본군은 소탕작전을 반복, 항상 승리했으나 또한 계속 전력을 소모하였으며 그 한계의 타개책을 전쟁의 확대에서 찾아 결국 파멸에 이르게 된다. 〈확대 불허〉라든가 〈조기 해결〉 등의 구호를 외치며 줄곧 전쟁의 종식을 위해 노력도 하였지만, 그건 결국 실현되지 않았다. 전국 각지의 도시가 다 불탔고 히로시마·나가사키에 원폭이 투하되는 비참한 결과를 초래해 일본의 무조건 항복으로 겨우 전쟁은 종결되었다. 이 전쟁의 희생자는 전사 또는 전병사(戰病死)한 군인·군속 약 230만 명, 외지에서 사망한 민간인 약 30만 명, 내지의 전재 사망자 약 50만 명, 합계 약 310만 명에 달했다고 한다. 이에 대해 중국의 희생자는 군인 사상자 약 400만 명, 민간인 사상자 약 2,000만 명에 이르렀고 필리핀에서는 군민 약 수십만 명이 사망했다고 전해지고 있다. 한번 시작한 전쟁은 이기는 중에는 중지하기 어려우며 지기 시작하면 더욱 중지하기 어렵다. 이렇게 희생을 치르고 인적, 물적으로 전력을 소진한 뒤 간신히 일본은 항복했다.

이 비참한 전쟁의 단서가 된 〈만주사변〉이 시작되고 약 1년

반 뒤 다키지는 죽임을 당했지만 그 사이에 장편 ≪전형기의 사람들≫을 시작으로 ≪모친들(母たち)≫, ≪늪 뒤편 마을≫, ≪당생활 자≫, ≪지구의 사람들≫을 발표했다. 정부는 전쟁을 시작하자마자 문화단체에 대한 탄압을 강화하여 동지들을 모조리 검거했다. 가까스로 위기를 면한 다키지는 지하활동으로 거점을 옮겨 조직활동과 집필활동을 지속했다. 이 시기의 다키지는 막 시작된 전쟁의 시대를 사는 국민생활의 고통스런 현실을 선명히 그려냈다.

≪늪 뒤편 마을≫은 도쿄의 공장에서 일하던 청년이 심한 불황으로 직업을 잃고 북해도의 생가로 돌아온다고 하는 설정 하에 그려진다. 일본이 전쟁에 돌입한 것은 은행이나 기업이 잇달아 도산하는 맹렬한 불황에서 탈출을 추구하기 위해서였다. 요키치(要吉)는 국가 사회주의자가 되어 있었다. 청년단, 청년훈련소, 재향군인과 교섭했음은 물론, 소학교(초등학교) 교장 등과 관계를 맺고 공산당이나 농민조합을 공격하여 몇 십년 동안 흉작에 시달리는 농민이 〈소작료의 전면과 부채 탕감〉을 이루기 위해 일어서려고 하는 것을 저지하는 책동을 계속했다. 만주에서 극한 상황과 싸우고 있는 군대를 생각하면 어떠한 노고도 견뎌야한다고 생각했다. 전쟁은 궁지에 몰린 농민의 필사적인 요구를 억압하기 위한 도구가 되었다.

어린애들은 작문 시간에 먹을 것도 없는 생활의 실정을 그대로 엮어 쓰고 있었다. 수업료를 납부하지 않기 위해 학교를 쉬는 어린애도 불어나고 있었다. 그 어린애들에게 만주에서 싸우는 군인을 위해 위문금 모집을 요구했다. 위문금을 요구할 때가 아니라고 말한 요시이(吉井)선생에게 교장은 눈빛을 달리해 "일본 국민은 적어도 한사람도 빠지지 않고 1전이라도 2전이라도 내서 국가총동원의 결실을 보여야할 때가 아닌가?"라고 하며, 몇 푼이라도 주머니에 돈을 넣어온 학생이 열 사람 정도밖에 없다는 것을 알자 "창피해서 이걸 동사무소로 가지고 갈 수 있겠나"라고 말했다.

농민들은 전쟁이 시작되면 좋을 거라고 생각하고 있었다. 만주의 광대한 토지를 일본의 것으로 삼으면 자신들의 생활이 나아질 거라고 생각하고 있었다. 그러나 매일 하루노동으로 겨우 생활하는 촌민 두 사람에게 드디어 〈금족령〉이 내려졌다는 사실을 접하자 마을은 떠들썩했다. 일가의 생계를 도맡을 사람을 잃게 되었다. 그렇지 않아도 괴로운데 남은 가족은 어떻게 될 것인가? 소집영장을 받은 두 사람의 송별회에서 교장은 술에 취해 "축하할 일이야!" 하며 반복하지만 이시야마(石山)의 젊은 부인은 무릎에 젖먹이를 앉힌 채 일동의 뒤에서 때때로 손등으로 눈을 비비고 있었다. 간다(神田)의 부친은 곤드레만드레 술에 취에 노래를 불렀고, 기묘한 모습으로 춤을 추다가 큰 목소리로 웃기 시작하는가 싶더니 갑자기 울기 시작했다.

정치 언어가 낯설게 그대로 등장하는 등 문학적으로는 결점이 눈에 띄는 작품이지만 《늪 뒤편 마을》은 불황과 흉작에 내몰려 전쟁에 동원되는 당시의 일본 농촌 상황을 갈 곳 잃은 농민의 입장에서 그리고 있다. 매년 흉작으로 입에 풀칠도 하지 못해 그들은 전쟁을 기대하기도 했던 것이다. 그런데 그 전쟁이 국민끼리 서로 다툴 때가 아니면 군대의 노고를 빙자해 소작료 감면, 부채 탕감을 이루기 위해 필사적으로 봉기하려는 농민들을 제압하는 데 이용되었다.

마을 청년들을 난입시켜 농민집회를 파괴한 요키치는 "국적들을 정벌했다!"며 개선가를 불렀다. 청년단, 재향군인회와 경찰의 결탁, 그리고 새롭게 대두한 국가 사회주의의 문제에 다키지는 눈을 돌려 흔들리는 농민들의 찢긴 마음에 다가서려 했다.

다키지는 '후쿠모토(福本)주의'의 대두에서 〈3・15사건〉까지의 과정을 천 장을 넘는 장편소설로 완성하려 했지만 만주사변의 시작으로 탄압이 강화되는 상황 속에서 당 정책을 작품화할 필요를 느껴 《늪 뒤편 마을》을 썼다. 국가를 내세워 전쟁으로 돌진해가는 시대였다. 이 작품은 청년단이나 재향군인회, 특히 국가 사회주의자의 본질을 폭로하고 전쟁에 반대하며 지주와 국가 권력의 횡포에 대항하는 운동 의식을 우선시하여 농민의 현실에 깊이 다가선다고 하는 측면에서 보면 불충분했다고 생각된다. 그러나 지금 이 작품이 우리에게 어필하는 점은 그 정치적 주장이 아니라 농민을 전쟁으로 내몰려고 한 세력의 동태이며 비참한 농민의 현실이다.

다키지는 자신들의 주장이 얼마나 정당했고 얼마나 곤란한 상황을 타개했으며 얼마나 승리했는지를 쓰고 싶었을 것이다. 하지만 그 투쟁은 결국 실패했고 그렇게 항거했음에도 일본은 계속 전쟁을 확대해 몇 백만의 희생자를 낳았다. 지금의 우리에게 있어서는 다키지 투쟁의 정당성을 확인, 그 길을 다시 가겠노라고 선언하는 것만으론 충분하지 않을 것이다.

이라크 전쟁은 역력히 그 전쟁을 상기시킨다. 분명히 그 전쟁은 침략전쟁이었다. 그리고 일본 국민 다수는 그 전쟁을 지지했다. 왜 일본 국민은 그 전쟁을 지지했을까? 다키지 일행은 정당한 주장을 하며 그 전쟁에 저항했음에도 왜 실패했을까?

전쟁에 반대하는 사람들에 대한 탄압은 너무나 가혹했다. 치안 유지법으로 희생된 사람들을 헤아리면 분명한 학살에 의한 죽음이 65명, 고문·학대의 원인으로 옥사한 사람이 114명, 병이나 그 외의 이유로 옥사한 사람이 1,503명, 체포 후 신병 양도자는 705,681명, 미신병 양도자는 수십만 명이라고 한다. 이와 같은 탄압에 항거하여 일본의 젊은이들은 싸웠지만 패배했다. 왜 그들은 그러한 투쟁을 했을까? 그 투쟁에 어떠한 의미가 있는 것일까?

이라크 전쟁은 끝없이 수렁으로 빠져들고 있고, 일본 또한 이 전쟁에 참가하여 더욱 그 참가를 확대하려고 하고 있다. 미국에서는 대통령선거에서 부시 대통령이 재선되었고 미국 국민은 이 전쟁을 지지하는 의사를 표명했다. 이 선거에서 케리 씨는 부시 비판의 논리를 폈는데, 그 지지자가 부시 지지와 거의 동수라는 사실은 당시의 일본과는 견줄 수 없는 현실을 반영한 것이라고 생각한다. 그러나 현재 미국의 전쟁은 당시 일본의 전쟁과 비교할 수 없는 대량살육의 잔혹한 전쟁이다. 그렇게 해서 앞으로 미국은 어디로 나아갈 것인가?

언론자유는 있어서 전쟁반대 세력은 선거에서 대립후보를 세워 싸울 수 있었지만, 선전은 했을지라도 승리할 수는 없었다. 이번 선거에 있어서도 여러 가지 문제가 지적되고 있다. 권력에 의한 정보 조작의 문제는 심각하다. 만일 민주당 후보가 대통령에 당선됐다고 해도 그것이 금방 전쟁종결의 길을 열어준다고 생각지는 않지만 부시의 재선으로 전쟁의 악화를 더욱 피할 수 없게 되었다. 부시도 이라크로부터의 조기 철군을 바라고 있을 것이다. 그러나 그를 위해서는 이라크 국정이 안정돼야만 하는데, 지금의 잠정 정부는 너무나도 취약하다. 선거가 실시되어 괴뢰정부가 수립되어도 그게 괴뢰정부인 한 인민의 반항은 누를 길이 없다. 철군하기 위해 더욱 병력을 확대하는 것이 필요하게 될지도 모르겠다. 이렇게 해서 전선은 확대되고 상태는 심각해진다.

일본의 전쟁은 그 사실을 확실히 가르쳐주고 있다. 1931년 9월의 유조호(柳條湖) 사건에서 시작한 일본 전쟁은 15년의 장기 전쟁이 되었다. 전력에 있어서는 물론 일본이 매우 우세하여 연전연승, 순식간에 만주로 진출했고 남경에 왕조명(汪兆銘) 정부를 수립했다. 그러나 중국인민의 장기저항 전쟁으로 운신의 폭이 좁아져 국제적으로 고립되었고 결국 영미를 적으로 하는 세계전쟁으로 돌입, 전선을 무한정 확대해 비참한 패배에 도달한 것이다.

베트남 전쟁도 15년 계속되어 미국의 패배로 끝났다. 처음에는 그 정도로 대전쟁이 되리라고는 그 누구도 상상치 못했을 것이다. 하지만 케네디, 존슨, 닉슨에 이르기까지 3대 대통령이 관여, 연간 최대 54만 명의 군대를 파견해 1,500억 달러의 거액을 사용했지만 참담한 패배를 당했다. 이 전쟁의 경제부담은 미국 경제를 파탄시켜 여러모로 파란을 불러일으켰다.

지금의 전쟁이 미국을 어디로 이끌 것인가? 지금부터 긴 전쟁이 지속되어 가속도로 증대하는 인명의 희생과 함께 전비 또한 장대 높이처럼 격증한다면 미국의 국민생활은 어떻게 될 것인가? 그리하여 미국 경제가 파탄난다면 세계 경제는 격동의 상황을 야기하고 말 것이다.

이번 선거에서 부시에게 승리를 안긴 것은 그리스도교적 보수주의의 오랜 가치관에 매달린 사람들이었다고 한다. 그러나 베트남 전쟁을 종결시킨 것은 국제적 운동과 연결된 커다란 반전운동의 물결이었고 인종차별 철폐를 추구하는 공민권운동이었다. 그것을 지탱한 것은 도덕혁명이요, 정신혁명이었다. 부시를 승리하게 한 것은 이와는 반대의 움직임이었다. 그러나 전쟁은 급격히 사람들의 생활을 바꿨고 사상을 바꿨다. 지금 미국인 다수가 보수적, 국가주의적, 애국적이라 할지라도 전쟁이 막다른 곳에 이르러 장기화하고 국민생활의 파탄이 진행된다면 커다란 변화가 일어날 것임에 틀림없다. 베트남 전쟁의 경험이 그것을 일러주고 있다.

일본의 경우 데모크라시의 전통이 없을 뿐더러 국가주의와 연결된 천황숭배의 감정이 강했으며 극도의 빈곤이 전쟁지지에 국민을 동원했다. 치안유지법망의 통제는 엄격해 국민을 구속했고 전쟁에 반대하는 자는 국적이라 불려 국민적인 비난과 공격을 받았다. 이런 어려움 속에서 다키지 일행은 전쟁으로 일꾼을 잃어 한층 노동조건이 혹독해지는 현실을 명백히 밝혔다. 또한 전쟁반대와 생활을 수호하는 투쟁을 연결시켜 전쟁을 미화하고 국민을 전쟁에 동원하는 선전의 허위성을 폭로해 전쟁반대의 운동을 일으키려고 했던 것이다.

≪당 생활자≫는 〈나〉의 시점에 주목, 한 공장 내의 투쟁에 집중하여 전쟁이 시작된 후의 일본의 변화를 그리고 있다. 노동조

합의 간부들이 전쟁지지로 기울어 청년단이나 재향군인회와 손잡고, 전쟁에 반대하며 노동조건의 개선을 찾고 해고에 반대하는 움직임을 제압하려 했다. 대중은 자칫하면 그들의 주장에 동요되는 경향이 있었다. 이 곤란한 상황에서 〈나〉가 지도하는 그룹은 필사적인 투쟁을 전개한다.

여태까지 〈나〉의 삶의 방식에만 관심을 기울이는 경향이 있었지만 〈만주사변〉 직후의 일본현실, 즉 실업이 계속되면 죽을 수밖에 없는, 일하는 사람들이 흔들리고 있는 모습에 눈을 돌려 그려낸 점이 요즈음 특히 주목된다. 전쟁으로 수요가 급증하자 군수공장으로 전환한 공장이 젊은 노동자를 전쟁터에 뺏겨 인원이 부족했기 때문에 범람하는 실업자를 임시공으로 모집했다. 그런데 "전쟁을 위해서다.", "비상시다."라고 하며 저임금과 가혹한 노동조건으로 그들을 혹사시켰다. 더구나 회사 사정을 이유로 가차없이 해고하는 것이다. 그런데도 전쟁지지로 돌아선 노동조합의 동료 모임 간부는 이번 전쟁은 고용을 늘리고 있으므로 노동자를 위한 결과가 된다고 주장하며 국가가 추천하는 위문금 모집에도 찬성했다. 내지에서는 자본가에게 착취당하고, 극한의 만주에서 싸우는 병사는 프롤레타리아로 전장에서 적탄의 희생이 되고 있다. 그런데 우리의 동지를 돕는 대상은 우리밖에 없으므로 위문금을 내는 것은 문제될 게 없다고 말하는 것이다. 이 위문금 문제는 전쟁반대를 주장하는 공산당원과 그 지지자를 구분, 〈국적〉, 〈비국민〉, 〈울트라〉라는 딱지를 붙여 고립시켜서 경찰에게 넘겨주기 위해 이용되었다.

전쟁과 함께 〈비상시〉라는 언어가 유행했으며 애국심이 강조되었다. 전쟁 풍경은 새로운 모드로 미디어에 범람하였고 국가주의 사상이 국민들 사이로 침투하였다. 노동운동은 분열된 데다가 사회민주주의 세력은 전쟁지지로 전환했다. 공산당은 고립되었으며 혹독한 탄압으로 조직이 해체되고 있었다. 〈직공의 옷을 입은 헌병〉이 노동자 속에 섞여 그들의 행동을 살피기 시작했다. 노동자의 권리를 지키고 노동조건의 개선을 추구하는 〈나〉와 그 동료들의 운동으로 점차 지지자는 늘어났지만 역시 고립을 면치 못하고 상부조직과의 연락도 단절되어 공장 동료도 피체포자가 되었다. 〈나〉는 지하로 활동영역을 옮겨 거기에서 뉴스를 전하며 진상을 계속 호소하지만 고립감, 초조감, 피로감은 점점 깊어간다.

신문, 잡지, 라디오는 전시 일색으로 물들었고 세계의 정보는 전해지지 않았다. 만주에서 일본군이 무엇을 하고 있는지, 원래 이 전쟁의 발단인 유조호 철도폭파 사건이 관동군의 음모였다는 사실도 물론 알려지지 않았다. 상부와의 연락이 단절된 것은 그들의 운동이 점점 고립되어 세계정세에서 분리, 암중모색의 상태로 투쟁하지 않을 수 없게 되었다는 것을 의미한다. 생활도 곤란해졌거니와 먹을 것도 부족하여 점점 건강도 쇠약해져갔다. 그리고 일단 체포되면 4~5년이라는 옥중생활이 기다리고 있었다. 이러한 〈나〉를 지탱하게 한 것은 무엇일까?

〈나〉는 부모의 노고를 생각하고, 그걸 몇 백만 노동자가 강요당하고 있는 노고에 견주었다. 아버지는 생애를 소작인으로 살며 가혹한 노동을 참고 견디었지만 그 때문에 빨리 세상을 떴다. 그 아버지에 대한 생각이 〈나〉를 지탱시킨다. 〈나〉는 일본 노동자·농민운동을 긴 일본의 고난의 역사에 결부시키는데, 그 사상 자체가 세계의 현실에서 분리, 고립한 세계에 유폐되어 관념화되는 것을 피할 길이 없었다. 이미 일본 공산당은 파괴되었고 세계의 운동으로부터 단절돼 차츰 무력해지고 있었다. 하지만 그 공산당을 상기하고 믿음으로써 조금이라도 절망으로부터 구원받을 수 있었던 것이다.

대량해고의 날이 다가왔다. "대량해고 반대!", "파업으로 반대하라!" 〈나〉 일행은 그러한 삐라를 뿌린다. 당시 당 이름이 들어간 삐라를 뿌린 자는 2~3년에서 4~5년의 징역을 각오해야만 했다. 삐라는 공장 노동자들의 마음을 세차게 움직여 그러한 지지로 삐라를 뿌린 수야마(須山)는 체포를 피할 수 있었다. 〈나〉 일행은 성공을 기뻐하지만 그 다음날 회사 측에서는 선수를 쳐 600명의 임시공 중 400명에게 2일분의 일급을 건네고 문 앞에서 그들을

해고해버린다. 경찰이 15~16명 출장 나와서 어리둥절한 모습의
여공들을 쫓아 보낸다. 수야마도 이토(伊藤)도 해고되었다. 막판에
교묘히 기선을 제압당해버리는 것이다.

5 은폐된 전쟁의 진실과 폭로하는 언어

아브 · 그레이브의 포로학대는 고바야시 다키지 일행을 무법으
로 체포하여 고문한 그 치안유지법 하의 일본을 상기시킨다.
그 포로들은 갑자기 침입한 미국병사에 의해 어떠한 증거도 없이
테러리스트, 혹은 테러리스트와 관계가 있다고 의심받아 구속되었
다고 한다. 전시라고 하는 이유로, 그리고 이라크인이라고 하는
이유로 인권유린을 당했다. 미 본국에서도 아랍계 이민이나 유학
생에게 그와 같은 무법적인 조사가 행해졌다고 전달되었다. 무엇
보다도 아프간 공격, 그리고 이라크 전쟁 자체가 결국 무법적인
생트집을 부려 시작한 무법적인 전쟁이었다. 선제공격의 이유도
원래 확실한 증거 없이 의심만으로 상대를 공격하는 무법적인
것이었다. 이와 같은 무법적인 전쟁의 시대에는 인권무시에 해당
하는 수많은 무법적 예가 무법적인 정부에 의해 자행된다. 더욱이

그것을 흥분한 민중이 지지한다.

〈미국 애국법〉(별칭 〈테러리즘을 적발하고 저지하기 위해 적절한 수단을 제공함은 물론, 미국을 단결시키고 강화하는 법률〉)은 세계무역센터 빌딩, 그 외 건물이 동시에 폭파당한 직후인 2001년 10월 26일 이례적으로 단기간에 성립되었다. 하지만 철저한 심의가 이루어지지 못했기 때문에 테러의 정의, 테러방지 조치와 시민의 자유옹호, 프라이버시 보호 등의 관련 문제는 애매하게 처리된 반면, 연방조사국(FBI) 따위 조사당국의 권한은 대폭으로 확대되었다고 한다.

'일본 변호사연합회'에서 파견되어 뉴욕대학 로스쿨 객원연구원으로 뉴욕에 체재하고 있는 이토 가즈코(伊藤和子 : 변호사) 씨는 〈애국법〉이 제정되어 너무나 간단히 시민을 체포하고, 도청하는 등의 인권침해가 허용되고 있으며 자유가 억압받고 있다고 토로하고 있다. 이토 씨가 도미하고 얼마 지나지 않은 금년 8월 하순, 뉴욕에서 개최된 공화당대회 전날에는 40만 명이 모여서 'NO! 부시' 데모를 거행했다. 그 전야에도 참으로 많은 시민이 다채로운 프로테스트를 전개했는데 경찰은 평화로운 프로테스트에 대하여 〈애국법〉을 적용해 대회기간 중에만 1,800명이라는 대량의 시민을 체포했다. 이 중 약 500명에 대한 체포를 재판소가 위법으로 인정해 석방했지만 그 외 시민의 재판은 진행 중(당시)이라고 한다.

금년 여름에는 아브 그레이브·관타나모에서 행한 고문 경과에 관한 기밀 메모가 모두 공개돼 부시 대통령과 국방부장관 등 정권 핵심이 고문·학대에 허락 신호를 내린 사실이 명백히 밝혀졌다. 9월 중순에는 유엔의 아난 사무총장이 "이라크 전쟁은 위법이었다."고 단언했고, 일전에는 미국의 대량파괴 병기조사단이 "이라크에 대량파괴 병기는 없었다."고 하는 최종보고를 발표하는 등 이라크 전쟁에 대한 부시정권의 책임은 객관적으로 분명해졌다.

이토 씨는 이와 같이 말했지만, 그게 금방 미국 여론으로 연결되지 않는 것이 이 나라의 복잡한 부분이다. 미디어에서는 "테러에 강한 자세로 맞서지 않는 자는 미국 지도자로서 적합하지 않다."고 하는 논조가 강해져 이대로는 부시가 재선될 가능성도 꽤 존재하는 상황이라고 전했다.(법학관 헌법연구소의 홈페이지 〈금주의 한마디〉 2004년 10월 18일)

그리고 결국 부시 대통령은 재선되었고 케리 씨는 패배했다. 이토 씨는 실망했을 테지만 이렇게 해서 이라크 전쟁은 다음 단계로 들어선 것이다. 무라카미 히로미(村上博美) 씨(워싱턴 DC 거주 싱크탱크 연구원)는 이 선거 전인 금년 5월 "미국이 점점 추해지는 것을 걱정하는 것은 불과 극소수의 사람들에 지나지 않고 그 외 많은 미국인에게는 걱정거리가 되지 않는 듯싶다."고 자조 섞인 기분으로 말하는 미국인 친구의 얘기를 전했다.

"학대 스캔들이 분출해도 국방장관의 사임을 원하는 여론의 목소리는 잠잠하고, 부시 대통령의 지지율도 그렇게 크게 떨어진 것은 아니다(케리와 부시의 지지율은 거의 같음). 즉 여론조사로 보는 한 비교적 많은 미국 국민은 테러전쟁에 대한 부시 대통령의 지도력을 평가하고 있으며 600명(당시)을 넘는 희생자도 대테러전쟁을 위해서라면 용인하는 것이다.”

워싱턴 DC의 중심부에서 최근 공개를 시작한 제2차 세계대전의 기념비를 본 미국 친구는 “파시스트는 이탈리아와 독일의 것이었는데, 미국이 이렇게 파시스트적일 줄은 몰랐다.”고 코멘트를 했다고 한다.(메일 매거진 JMM 272호 〈미국 신화의 붕괴〉)

이라크에서는 그 자르키위 일행이 숨어 있다는 이유로 페루자에 만 명 이상의 미군과 이라크 정부군이 공격, 맹렬한 공중폭격과 함께 대규모 살육을 자행했다. 이에 대해 페루자에 사는 시민일동, 페루자 인권민주센터, 페루자 이슬람 평의회, 교직원조합, 부족장회의, 파트와 종교교육의회 etc.가 연명으로 아난 유엔 사무총장 앞으로 메시지를 보냈다.

이 메시지는 〈페루자에서 미국과 그 동맹국은 알 자르키위라는 새로운 정체불명의 표적을 만들어냈습니다. 자르키위는 미국의 범죄행위를 정당화하는 새로운 구실입니다. 이 새로운 인물은 1년 전에 날조되었습니다. 그리하여 1년 동안 미국은 민족, 이슬람교의 사원, 레스토랑을 공격하였고 여성, 어린애를 살해했습니다.

그리고 항상 "우리는 알 자르키위에 대한 공격을 성공리에 수행했다"고만 말하며 결코 자르키위를 살해했다고는 말하지 않았습니다. 말할 수 없을 것입니다. 자르키위 따위는 실재하지 않기 때문입니다.〉라고 호소하며 "이제 자르키위는 미국이 날조한 가상의 인물임을 알았습니다."라고 서술했다.

존재하지 않는 대량살상 병기의 존재를 이유로 대량살육 전쟁을 벌인 미국은 지금 또 존재하지 않는 자르키위를 이유로 페루자 시민을 살육하고 있다고 한다. 아무튼 자르키위가 지금 페루자에 없다는 것은 분명한데 병원이나 모스크까지 파괴하며 골목길 하나하나, 민가 한 채 한 채를 무장한 병사들이 탐색, 여성과 어린애와 일반시민을 살해하고 있다. 더구나 미군이 부상당한 포로를 총격해 살해한 사실이 밝혀져 대량의 포로들에 대한 미군의 잔학행위가 문제가 되고 있다. 텔레비전에 비친 이 포로들의 모습은 일반시민과 조금도 구별이 되지 않는다. 페루자에서는 아브·그레이브 이상의 잔학행위가 자행되고 있다. 지금 미국은 예전의 독일이나 일본보다 더욱 지독한 파쇼적인 국가가 된 것일까? 이게 부시 재선 후 이라크 전쟁의 새로운 단계, 미국의 새로운 단계이다. 이렇게 해서 미국은 어디로 가는 것일까?

일본의 고이즈미 수상은 이라크 중부 페루자를 향한 주둔 미군의 총공격에 대해 "성공시켜야 한다. 치안 개선이 이라크 부흥의 열쇠이니까"라고 말하고 그 이유로 "테러리스트 그룹이 혼란을 야기하려고 움직이므로"라고 덧붙이며 미군의 주장을 그대로 되뇌고 있다. 고이즈미 수상이 야스쿠니 신사 참배를 아시아 국가들의 반대에도 불구하고 완고하게 계속하려는 것은 메이지 이래의 전쟁을 정당화하고 그것을 계승할 것임을 내외에 표명하기 위해서이다. 지금까지 결코 허용되지 않던 이와 같은 행위가 지금 내각 총리대신의 이름으로 계속 행해지고 있다. 이는 미국의 범죄적인 이라크 전쟁에 고무되어 그 동맹국으로서 세계의 어디에라도 군대를 파견하는 군사국가가 되려고 하는 야망의 표현이라고 생각한다. 이렇듯 메이지 이래의 일본 전쟁을 긍정하고 미화하는 움직임이 지금 일본에서 강화되고 있다. 그것은 애국심을 강조하는 교육개혁, 평화원칙을 부정하고 헌법 개악을 노리는 세력의 확대, 군사력 강화, 무기수출 3원칙의 완화로 진행되고 있다. 이렇게 해서 일본은 어디로 가는 것일까?

지금 미·일의 많은 국민은 전쟁의 정보가 범람하고 있음에도 그 진정한 상황을 알려고 하지 않는 듯 보인다. 자신들의 행복, 자국의 〈국익〉을 위해서는 전쟁도 어쩔 수 없다고 생각해 이 전쟁이 어디로 자신들을 이끌고 갈 것인가에 대해서는 그다지 생각하려고 하지 않는 것이다. 전쟁은 적으로 생각하는 국가 국민의 인권을 무시함은 물론, 그 생명을 강탈하는 일에도 무관심하게 만든다.

하지만 그것은 또 전쟁에 반대하는 사람들의 인권을 유린하는 행위에도 무관심하게 만들어 결국 자기 자신의 인권도 유린당한다.

이러한 전쟁을 미국인들이 하리라고는 생각지 못했다. 일본의 전쟁은 특별한 것으로 일본의 사상탄압은 일본 천황제의 이상함에서 기인한다고 생각하였다. 그러나 지금 미국 전쟁의 범죄성이 분명해진 상태에서 보면 일본만이 특별했던 것은 아니라는 사실을 깨달았다. 일본의 전쟁은 세계 역사 속에서 다시 검토해야할 필요가 있을 것이다. 미국의 전쟁은 일본이나 독일의 전쟁에 비춰봄으로써 그 본질과 앞으로의 전개가 명확해진다.

이라크 전쟁에 대해서 일본인들은 비교적 냉정하며 부시에 반대하는 목소리가 많다. 그러나 한국이나 중국, 아시아 문제에 접하면 극도로 감정적으로 돌변해 전쟁도 곧 불사하겠다는 듯한 논조가 통용된다. 대미종속 60년이 일본인의 굴욕감, 열등감을 비대하게 만들어 이것이 아시아에 대한 우월감, 모멸감으로 전이된 것은 아닐까?

미국도 '9 · 11사건'이 없었다면 그와 같은 감정 폭발은 없었을 것이다. 전쟁을 통해 미국의 세계지배를 꾀하는 세력은 '9 · 11사건'을 이용해 대아프간 전쟁을 일으켰고 나아가 이라크 전쟁을 전개했던 것이다. 이라크 전쟁 개전 이유가 허구였던 것은 분명해졌지만 그래도 흉악한 후세인을 타도하고 이슬람 세계에 민주주의 국가를 수립한 것은 이 전쟁의 커다란 의미라고 그들은 주장하고 있다.

일본에서는 북한의 납치사건을 이용하여 일본 국민의 반북한 감정을 부추기고 있다. 인권유린의 사악한 김정일 체제를 타도하라며 어디까지나 강경수단으로 굴복시키라는 주장이 고조되어 경제제재의 주장이 강해지고 있는데 그게 결국 무력제재의 주장으로 변하지 말라는 보증은 없다. 여기에서 만일 뭔가 사건이 일어나면 일본 여론은 대북한 전쟁으로 노도처럼 동원되는 것은 아닐까? 미국은 이라크 때문에 힘에 겨워 지금 그런 일은 있을 수 없다고 생각하지만 있을 수 없는 일이 발생하고 발생된다. 그게 요즘 시대가 아닌가. 최소한 그와 같은 긴장이 촉발되면서 일본의 군사력 강화, 언제라도 전쟁에 돌입할 수 있는 체제 정비가 속도를 타고 있다. 만일 미국이 〈악의 축〉, 〈불량배 국가〉인 북한을 〈민주화〉하는 전쟁을 일으켜 일본이 거기에 참가하는 사태가 벌어진다면 일본에선 극악무도한 김정일 체제를 타도하는 정의의 전쟁을 국민이 열광적으로 지지하는 듯한 사태가 발발할 것 같다. 전쟁이 시작되면 나라가 전쟁 일색이 되어 다시 평화를 주장할 수는 없다. 올림픽이나 축구만으로도 그 정도로 열광한다. 일본의 머스미디어와 여론에 대한 획일성을 생각하면 그 두려움은 상상을 초월한다. 전쟁에 반대하는 자는 〈이적행위자〉이며 〈반일분자〉라는 공격이 일제히 그들에게 집중될 것이다.

다키지 시대는 먼 과거가 되었다. 또 같은 일이 반복된다고는 생각하지 않는다. 그러나 다키지 시대에 일어난 일이 지금 또다른 형태로 일어나고 있는 것은 아닐까? 이라크 전쟁이 다키지 시대, 다키지 작품을 상기시킨다. 히노마루, 기미가요의 문제로 다수의 교사가 처분당하는 지금의 일본 현실이 다키지 시대, 다키지 작품을 상기시킨다. 또한 다키지 작품에 의해 보기 어려운 지금 시대의 진실이 보인다. 지금까지 다키지 시대와 작금의 이질성만이 강조되어 왔다. 그 시대는 천황제 하의 암흑시대였고, 지금은 민주주의의 자유로운 시대로만 여겨왔다. 그러나 지금 우리는 그 이질성과 함께 동질성을 깨닫고 그 동질성을 주목함으로써 현대라는 시대의 본질을 더욱 명료히 알 수가 있게 되었다. 더욱이 현대의 생생한 사건과 서로 대조해봄으로써 그 시대가 생생히 되살아나는 것을 느낀다.

다키지는 그 전쟁이 어떻게 전개되어 어떻게 결말을 맞이했는지 알지 못한 채 개전 후 얼마 지나지 않아 이 세상을 떠났다. 게다가 당시는 정보가 부족하여 상부조직과의 연락도 단절돼 그 전쟁이 어떠한 전쟁인지, 일본군이 중국에서 어떠한 짓을 했는지조차 알 수가 없었다. ≪당 생활자≫의 주인공은 거의 밀폐된 세계에서 살고 있었다. 그저 공장 노동자와 밀착, 그들 생활을 통해 국민에게 있어서 전쟁이 어떠한 것인가를 명백히 밝히고 그것을 폭로했던 것이다. 단지 한 장의 삐라를 돌렸다. 그 때문에 몇 년이나 형무소 생활을 각오하지 않을 수 없었다. 그러한 상황에서 그들은 모든 위험을 감수하며 삐라를 만들어 뿌렸다.

사람들은 진실에서 멀어져 있었다. 숨겨져 있는 진실을 사람들에게 전해야 한다. 그것이 ≪1928년 3월 15일≫ 이래 다키지의 문학 활동이었다. 그리고 그 때문에 권력의 손에 의해 다키지는 죽음을 당했던 것이다. 그러나 그 목숨을 건 투쟁에도 불구하고 커다란 전쟁의 소용돌이는 다키지 일행의 운동을 파괴해갔다. 다키지 일행의 운동은 전쟁을 저지할 수가 없었다. 그들은 고립되었고 국민들은 전쟁에 떠밀려갔다. 처음엔 무관심했던 국민들도 곧 전쟁에 동원되어 몇 백만 명이 피를 흘렸고 그들의 집은 불에 탔다. 게다가 직장을 잃고 초토화된 국토를 목적 없이 방황하게 되었다. 다키지 일행의 투쟁은 무용한 것이었을까?

지금의 우리는 다키지 시대와 비교해 훨씬 많은 정보를 갖고 넓은 안목으로 미래를 전망해 볼 수 있는 위치에 있다. 세계 인민의 반전평화에 대한 목소리는 일찍이 듣지 못했을 정도로 커다란 데모가 되어 전쟁세력을 고립시키고 있다. 미국 국내의 운동도 몇 십만에 이를 정도로 커다란 데모가 될 것이며 민주주의의 전통은 프법적인 인권유린을 허용하지 않을 것이다. 하지만 대통령선거에서 부시 대통령이 재선되어 미군의 공격은 격화하고 있다. 퇴각하고 싶어도 퇴각할 수 없는 미군은 끝없는 전쟁의 수렁에 빠져 미국 경제와 사회의 혼란은 바로잡기 어려운 실정이 되고 있다. 광란의 부시 정권이 어떠한 폭거로 나올지 알 수가 없다.

　우리는 다키지 시대와 비교해 훨씬 넓은 안목으로 미래를 전망해 볼 수 있는 위치에 있다고 말할 수 있지만 이 전쟁이 언제 끝날지도 어떻게 전개되어 어떠한 결말을 맞을지도 모르는 것이다. 미군은 더욱더 광폭해지고 일본은 오로지 거기에 추종할 줄밖에 모른다. 야스쿠니 참배를 고집하고 메이지 이후의 전쟁을 미화하는 고이즈미 정권이 계속 집권하고 있고, 전쟁을 위한 체제 구축이 척척 진행되고 있다. 또 북한이나 중국에 대한 국민의 반감을 충동질하여 전쟁을 긍정하는 국민적 감정이 점점 조성되고 있다. 이대로 간다면 결국 헌법과 교육기본법이 개정돼 인권유린과 언론의 억압이 일상화될 것이다. 벌써 교육 현장에서는 히노마루·기미가요 문제가 증명하듯 진실을 얘기하고 자신의 양심에 따라 사는 것이 곤란하게 되었다. 교육 현장만의 문제는 아니다. 각기 직장에서 사람들이 자유롭게 행동하고 진실을 말하며 자기의 양심에 따라 사는 일은 어렵게 되었다. 정보는 범람하고 언론은 자유롭다고 하지만 보도는 권력에 의해 조작돼 진실을 전할 수 없게 되었다. 국가 권력이 직접 언론을 탄압하는 것은 다키지 시대처럼 혹독하지는 않지만 국민은 더욱 교묘한 수법으로 진실로부터 멀어지고 허위 정보로 인해 조작당하고 있다.

다키지 시대에 국민이 전쟁의 진실을 알지 못했던 것처럼 지금 우리는 범람하는 정보에도 불구하고 그 진실을 알지 못할 뿐 아니라 지금부터 어떻게 사태가 전개될지를 알지 못한다. 전쟁은 이제 막 시작됐을 따름이다. 다행히 일본은 헌법의 제약을 받아 아직 본격적인 전쟁에 발을 들여놓지는 않았다. 전쟁은 이제부터 다. 〈유사법제〉나 〈국민보호법〉 등을 제정했고 〈공모죄〉를 비롯한 그 밖의 법의 제정을 서두르고 있다. 게다가 헌법이나 교육기본법의 개악도 서두르고 있다. 일본은 한발 한발 본격적인 전쟁을 향하여 돌진하고 있는 것이다. 그렇게 해서 일단 전쟁이 시작된다면 전쟁 찬미의 목소리가 높아짐은 물론 전지 병사의 노고가 강조되고 애국심도 강조될 것이다. 하지만 이 전쟁이 어디로 일본을 이끌 것인가?

일본이 그 15년 전쟁에 돌입하고 얼마 지나지 않은 시기에 그 전쟁이 국민에게 어떤 것인가를 목숨 걸고 사람들에게 알렸고, 전쟁반대의 깃발을 높이 내건 다키지 일행의 투쟁은 너무나도 곤란한 상황에서 계속 집필된 다키지 작품으로 오늘날 전해졌다. 그 결과 우리는 당시 노동자·농민의 생활 현실을 알았으며 전쟁과 국민생활의 현실을 관련지어 생생한 감각으로 느낄 수 있었다. 우리는 다키지 일행이 이 진실을 전하기 위해 얼마나 탄압과 가혹한 고문을 당해야만 했는지를 이해했고 감동했으며 거기에 고무되었다. 다키지 문학은 지금 이 시대에 새롭게 소생하여 여러 가지 의미를 안겨준다.

지금의 교육에서는 현대사, 특히 쇼와 전쟁의 역사를 배울 수 없다고 한다. 그리고 젊은이들은 전쟁을 미화하는 만화 따위로 겨우 그것을 배우고 있다고 한다. 과거 전쟁의 역사를 젊은이들은 알고싶어 한다. 그 역사를 국민생활의 현실에서 분리된 군사적 실체로써 뿐만 아니라 국민생활의 생생한 현실과 연결된 넓고 깊은 인간적 드라마로써 젊은이들에게 알려줄 필요가 있다. 젊은 이들에게 숨겨져 있는 과거의 전쟁에 대한 진실을 그들에게 알려야 한다. 그것은 다키지 일행의 투쟁에 버금가는 진실을 전하기 위한 투쟁이다.

그것은 우리 자신이 지금의 현실 속에서 다키지를 다시 발견하는 일이기도 하다. 이러한 투쟁 속에서 다키지는 다시 부활할 거라고 믿는다.

(2005년 1월 10일)

청년 다키지의 방황과 발견

1 다키지의 가족

고바야시 다키지가 실제로 사회주의 운동에 참가한 것은 1927년(쇼와2) 후반에서 1928년에 걸친 일이었다. 특히 1928년 2월 제1회 보통선거 운동에 참가하여 히가시쿳짱(東倶知安) 방면의 연설대 일원이 된 것은 다키지 생애에 결정적인 의미를 지닌다.

이때의 일은 ≪히가시쿳짱 행≫으로 작품화되지만 이 무렵 다키지는 아라이 기이치(新井紀一) 앞 서간에 "필연적으로 실제 운동 쪽에 발을 들여놓고 있는" 사실을 알리고 "그것은 자신의 생활, 경우, 의식, 문예와 완전히 뗄 수 없는 상호작용에서 오는 것처럼 느낍니다."고 서술했다. 다키지는 실제 운동으로 들어가는 것을 자신에게 있어서 필연적인 코스로 생각했는데, 이러한 자각의 근저에는 빈농의 자식이라는 자의식이 존재하고 있었다.

죽음으로 중절된 ≪당 생활자≫(≪중앙공론≫1933·4~5월호)에는 빈농이던 아버지와 어머니에 대한 일이 거듭 그려져 있다. 또 그 전후 발표된 ≪지구의 사람들≫(≪개조≫1933·3월호), ≪전형기의 사람들≫(≪낫프≫1931·10월~11월호, ≪프롤레타리아 문학≫ 1932·1월~4월호)에서도 다키지는 자신의 성장과정을 집요하게 추구했다.

≪당 생활자≫에서 다키지는 자신의 개인적 생활 모든 것을 희생하며 투쟁한 지하 생활자의 희생도 몇 백만의 노동자나 농민이 매일 생활하며 치르고 있는 희생에 비하면 대단치 않다고 적었다. "나는 그것을 20년간이나 가난한 농사꾼으로 고생을 경험해온 아버지나 어머니의 생활에서 바로 알 수가 있다. 그러므로 나는 자신의 희생도 이 몇 백만이라는 거대한 희생을 해방하기 위한 불가결한 희생으로 생각하고 있다."고 말하는 것이다. 따라서 다키지 문학과 사상을 그의 성장과정에서 분리하여 생각할 수는 없다.

다키지의 아버지는 아키타(秋田)의 빈농으로 몸이 닳고 수명이 단축될 정도로 일했지만 결국 호구도 어려워 메이지 40년 다키지 나이 네 살 무렵 홋카이도로 이주했다. 다키지는 〈자필연보〉에 양친이 농한기에 둘이서 토공 광석차를 밀려고 외출한 사실을 기록하고 있다. 깎아지른 듯한 낭떠러지 앞 가파른 커브를 브레이크를 잡으며 질주하던 때의 일을 어머니에게 거듭 들었다고 한다.

죠리쓰 오타루상업학교(廳立小樽商業學校) 졸업 무렵의 다키지가족. 왼쪽부터 다키지, 아버지·수에마쓰(末松), 여동생·유키(幸), 남동생·상고(三吾), 어머니·세키

　≪전형기의 사람들≫에는 광석차를 미는 부모의 모습이 그려지거니와 들을 경작하는 가혹한 노동 때문에 완전히 몸을 망쳐버린 아버지의 모습이 그려져 있다. 다키지는 이러한 아버지에게서 아무리 일해도 일로써는 자신의 몸도 지탱할 수 없는 일본 농민의 전형적인 모습을 발견했다. 오타루에서 빵집을 시작한 뒤로도 행상까지 하며 일했지만, 그래도 먹는 둥 마는 둥한 생활이 지속되었다.

누나가 화산재 공장에 일하러가 새하얗게 질려 돌아와서도 오랜 시간 머리를 감겨주던 일, 여동생이 석탄재 버리는 곳에 코크스를 줍기 위해 간 일 등을 잊을 수 없는 기억으로 기록했다(〈자필연보〉). ≪사도(師徒)≫나 ≪최후의 대상(最後のもの)≫, ≪방설림(防雪林)≫이나 ≪게 가공선≫ 등에 그려진 밑바닥에서 사는 홋카이도의 노동자·농민의 모습은 다키지에게 있어서 결코 타인의 것이 아니었다. 다키지는 그들 속에서 자신의 양친을 발견했음은 물론, 자매를 발견했으며 자기 자신을 발견했던 것이다. 거기에 생애 그들과 같이 살았고 함께 투쟁했고 그 생활과의 투쟁을 계속 그렸던 다키지 문학의 강렬한 리얼리티의 근거가 존재한다.

제1회 보통선거 직후, 이른바 〈3·15〉 대탄압을 만나 이 폭풍우 속에서 다키지는 모든 탄압에 항거해나갈 수밖에 없는 자신의 숙명을 자각했다. ≪방설림≫(1928년 4월 작. 생전 미발표)을 썼고, ≪1928년 3월 15일≫(≪戰旗≫1928년 11~12월호), ≪게 가공선≫(≪戰旗≫1928년 5~6월호)을 발표함으로써 다키지는 프롤레타리아 작가로서 자기를 확립했다. 이 시기에 자기 사상과 문학의 토대로 자신의 성장과정을 요약하여 서술한 ≪자신 속의 회화(自分の中の會話)≫(≪문장클럽≫1929년 1월)를 완성한 것은 주목할 만한 일이었다.

이 무렵 그림을 그리는 친구 사이토 지로(齋藤次郎) 앞으로 보낸 편지에 "자신의 그림에 자신을 가질 수 없는 것은 내면적으로 보아 자신의 본질을 알지 못하기 때문이 아닐까"라고 적었으며, "화풍이 각 작품마다 변하는 것은 자신의 본질에 대한 맹목으로부터 온 것"이라고 지적했다.

이 편지에서는 긴 고뇌와 방황에서 탈출, 〈자신의 본질〉을 발견함으로써 나아가야할 길을 찾은 자의 자신감이 느껴진다. 다키지는 〈빈농의 자식〉인 자신을 자각, 〈빈농의 자식〉으로 살려고 한 것이다. 그 당시 다키지는 자신이 사는 삶에 새로운 길이 열리는 것을 느꼈다. ≪자신 속의 회화≫는 이러한 자각을 관통하고 있다.

> 다이묘(영주)와 지주와 무사, 이 세 계급을 몇 백년 전부터 양 어깨에 짊어져 단단한 어깨가 그 때문에 곱추처럼 완곡해진 아키타의 농사꾼이 역시 자기 자식이기 때문에 태어나기 전부터 미리 주인(朱印)을 찍은 제 백 몇 번째일지 모르는(!) 불행한 아이를 낳았다. (방점 인용자)

≪자신 속의 회화≫는 이러한 표현으로 시작되고 있다. 토지를 빼앗긴 농민은 이주민이 돼 잇달아 쓰가루(津輕)해협을 건너 홋카이도의 오지로 흡수돼 들어갔다. "눈 위의 평원을 걸을 때 그 한 사람 한 사람의 다리에 역시 무거운 쇠사슬이 질질 끌려가고

있는 것을 농사꾼의 아이는 어머니의 앙상한 등 위에서 느끼고 있었다"고 다키지는 적었다.

≪방설림≫과 ≪부재지주≫는 이와 같은 이주 농민의 모습을 생생하게 그려냈는데, ≪그렇게 출발한 여자(その出發を出發した女)≫나 ≪다키코 그 외(瀧子其他)≫의 여성들, ≪1928년 3월 15일≫이나 ≪게 가공선≫의 노동자들도 이렇게 고향 농촌에서 내쫓겨 홋카이도로 흡수돼 들어갔던 빈농과 그 아이들이었다. 〈빈농의 자식〉이라는 자각에 의해 다키지는 이들 민중과 가장 깊은 곳에서 연을 맺었다. 홋카이도에서의 노동자·농민의 모든 투쟁과 고뇌는 그들을 고향에서 내몰린 빈농과 아이들로서 포착할 때만이 그 모든 모순이 통일된 양상으로, 또한 입체적으로 그 근원으로부터 선명하게 떠오르는 것이었다.

▌2 혼과 문학의 고향

다키지 일가는 백부의 도움으로 오타루의 변두리 마을 와카타케쵸(若竹町)에서 작은 빵집(막과자집)을 열었다. 그 근처는 오타루항의 제2기 축항공사와 함께 급격하게 변화해갔다. 초기의 습작

≪류스케와 거지(龍介と乞食)≫, ≪사람을 죽이는 개(人を殺す犬)≫, ≪감옥 방(監獄部屋)≫ 등에는 이 축항공사, 매립공사를 하는 노동자의 비참한 모습이 소년시대의 다키지 마음에 일생 사라지지 않는 깊은 인상을 새긴 대상으로 그려져 있다.

1908년(메이지 41)부터 1930년(쇼와 5)까지 22년이나 되는 오랜 기간 다키지는 이 마을에서 살았다. ≪지구의 사람들≫의 무대가 된 곳은 다키지가 자란 마을은 아니지만 오타루 마을 반대편 끝에 있는 노동자 마을로 다키지가 사랑한 지역이었다. 다키지는 자기가 자란 마을과 이 지역을 서로 비춰보며 작품을 완성했다. "그래서 나는 이 '지구' 하나 하나의 골목길을 알고 있고 그 어디 어디 골목길에는 도랑 위를 덮는 판자가 몇 장 깔려 있는지조차 알고 있다."고 다키지는 적었다. 그곳은 일본 자본주의의 발전과 함께 발전한 마을이었다. 그곳은 일본 자본주의의 치부였고 암흑의 쓰레기 처리장이었다. 다키지는 이 마을과 함께 성장했다. 〈태어난〉 곳은 아키타의 시골이지만 〈자란〉 고향은 오타루로 "사실은 오타루가 나의 진짜 고향처럼 느껴진다(〈고향의 얼굴(故里の顔)〉, ≪여인예술≫1932년 1월호)"고 얘기했는데, 오타루는 단지 자란 고장일 뿐만 아니라 혼의 고향이며 그의 문학의 모태였다.

≪지구의 사람들≫(≪개조≫1933년 3월호)에서 이 지역은 단지 작품의 무대일 뿐만 아니라 실로 작품의 주인공으로 등장한

다. "가네(兼) 씨를 재외하면 아무도 모르는 사람들뿐이었지만 그 '지구'에서 일했던가 하고 생각하니 그 어떤 사람도 잘 알고 있는 사람처럼 마치 손바닥을 보듯이 훤히 그 세세한 움직임 하나하나까지도 알 것 같은 느낌이 들었다."고 작가는 적었다.

〈지구〉는 노동자의 마을, 가난한 사람의 마을, 매음부의 마을이었다. 시의 사람들은 이 〈지구〉를 특별한 지역으로 여겨 차별감정을 지니고 있었다. 마을 공장의 소음이나 매연이 자욱이 끼어 언제나 축축한 이 음울한 〈지구〉의 그 모든 음영, 그 느낌과 감촉, 그 야릇한 냄새조차도 실로 세밀하고 생생하게 그려냈다. 거기에서 작가의 이 〈지구〉에 대한 특별한 애착이 느껴진다.

또한 ≪지구의 사람들≫에는 지역의 초등학생이 느껴야했던 굴욕감이 그려져 있다. 시 운동회에 출장하는 〈지구〉의 초등학생들은 같은 유니폼을 마련할 수 없어서 그 때문에 "우시오다(潮田)의 학교, 가난뱅이 학교. 운동복 없다고 해서 울지 마라!"고 다른 학교 학생들에게 놀림을 당한다. 시 중앙지역 학생들은 같은 유니폼으로 출장해 만장의 박수를 받는다. "그러한 박수 속에서 8세나 9세의 어린애답지 않게 나는 고개를 숙이고 이를 악물었다! 이 운동회 사건이 마치 기둥에 새겨 넣은 손톱자국처럼 언제까지나 내 마음에 남아 있다."고 작가는 적었다. 소년의 마음에 새겨진 이 굴욕감은 한편으로 자신들을 경멸하는 사람들에 대한 반감과 증오가 되었고, 다른 한편으론 같은 운명을 사는 〈지구〉의 사람들에 대한 뜨거운 연대 감정이 되어 그게 다키지 내부에서 강고한 계급의식으로 성장하였으며 그 생애를 결정하였다.

차별받고 모욕당하며 유·소년기를 굴욕감과 반항의식 속에서 보내야만 했던 다키지의 마음은 결코 명랑하지 못했다. 인간은 원래 평등하다고 하는 듯한 추상적인 휴머니즘은 이처럼 그에게 수용되기 어려운 것이었다. 다키지의 사회주의는 이와 같은 어두운 유년기의 체험에 그 뿌리를 내리고 있으며 단지 휴머니즘의 연장선상에서 발견할 수 있는 것은 아니었다.

다키지에게 있어서 운명은 저주스러운 것이었으며 그는 이 운명을 탈출하지 않을 수 없었다. 〈자필연보〉에 의하면 학교에 다니는 긴 길을, 광산을 발견하거나 어머니를 인력거에 태워드리는 것만을 생각하며 걸었다고 한다. 암흑의 환경으로부터 탈출하는 소망을 소년 다키지는 입신출세의 꿈에 의탁했다. ≪겐(健)≫(≪新興文學≫1923년 1월)에는 다키지 소년시대의 굴욕과 괴로움이 작품화되어 있다. 〈겐〉은 아키타 사투리 때문에 초등학생 동급생이나 상급생으로부터 조롱받고 놀림을 당한다. 이러한 〈겐〉을 위로하며 격려한 사람은 〈훌륭하게 된다〉고 하는 생각이 있었다. 이 〈훌륭하게 된다〉고 하는 의식은 다키지의 생애를 관통하고 있다. 프롤레타리아 작가로서 가장 격렬한 투쟁의 길을 걸었을 때에도 이 유·소년기의 굴욕감과 반항심, 혹은 복수심은 살아 있었고 그것이 다키지를 많은 인텔리겐차 출신의 작가들과 구별해 주고 있다.

3　새로운 인간에 대한 자각

다키지의 문학에 대한 자각은 오타루상업학교 시절에 시작되었다. 다키지는 백부의 원조를 받아 오타루상업학교에 입학해 백부의 집에서 더부살이를 했고 빵공장 일을 도우면서 통학했다. 감수성이 예민한 소년에게 있어서 이와 같은 환경은 참기 어려운 것이었다. 다키지의 자존심은 자신의 환경에 대해 반항하지 않을 수 없었다. 게다가 이 반항심의 정당한 발현을 허용하지 않는 곳에 소년 다키지의 더욱 깊은 굴욕과 비애감이 존재하고 있었다. 이 굴욕과 비애감이 다키지를 그림과 문학으로 인도해 새로운 인간적 자각을 경험하게 했다.

이 무렵 쓴 《돌과 모래(石と砂)》(1920년 10월 작)에는 식객 입장의 굴욕과 비애, 그림에 대한 애착, 그림을 금하는 백부에 대한 저주와 반감이 그려져 있다. 늦잠을 잔 류키치(留吉)는 백부 가족의 차갑고

빈정거리는 눈초리를 느끼고 더욱 일어나지 못하게 되어 "어떻게든 되라. 젠장! ……모두 모여 나를 못살게 굴 작정이야…… 젠장!" 하며 눈물을 머금고 생각한다. "결국 나(식객) 입장에서는 조롱을 무기로 삼고 있는 적들 속에 있는 것이 가장 두렵다."(방점 인용자)라고 다키지는 표현했다.

백부는 류키치에게 그림을 그만두라고 한다. "그림을 그려서 뭐가 될래. 공부로 밥을 먹겠다면 공부를 해라. 잠자코 있어. 공부도 전혀 안하는 주제에"라고 하는 것이다. "'그림을 그만둬'라고 듣는 건 슬펐다 — 아니, 가장 두려운 일이었다."고 다키지는 적었다. 그러나 류키치는 항변할 수가 없었다. 항변은 자신에게 불이익이라고 생각하여 끝까지 입을 다문다. 자신의 방으로 가 홀로 있을 때 비로소 모든 눈물을 흘리며 우는 것이다.

≪전형기의 사람들≫에도 "더부살이라면 더부살이답게 행동해!"라고 꾸짖음을 당하며 〈신체가 부들부들 떨리는 듯한 굴욕〉을 가슴 가득 느끼는 소년을 그렸고, "하지만 거기에 대해 그는 도대체 어떻게 말대답을 할 것인가. '덕분에' 살고 있는 그가!"라고 썼다. 류키치는 그날 밤 얼굴까지 이불을 뒤집어쓰고 운다. "낮에 참았던 감정이 한꺼번에 밀려왔다. 그는 이불을 악물었다. 눈물이 계속 나왔다." 이와 같은 굴욕과 비애감은 다키지 자신의 것이었다.

자양화회(子羊畵會)에서의 다키지와 그의 동료들. 왼쪽부터 다키지,
사이토 지로(齋藤次郎), 기노시타 호이치로(木下鳳一郎), 하이노 분이
치로(灰野文一郎)

고등상업 5학년 무렵의 에세이 ≪서리 내리는 날 밤의 감상≫(교
유회 회지 ≪尊商≫ 1921년 4월)에 다키지는 "노예는 괴로운 복종을
강요당하며 마음은 항상 그 배로 복수와 반항 때문에 고민하는
것은 아닐까? ……그들에게는 개성과 자유를 정복당하면서도 인
간다운 번민이 존재한다."고 썼지만, 이와 같은 생각은 굴욕을
참고 비애와 번민 속에서 자기를 억제하며 살 수밖에 없었던
다키지 자신의 노예적인 생활로부터 유래한 것이다. 소년다운
단순함, 명쾌함, 솔직함과는 반대로 굴절된 복잡한 생각과 느낌을
품었다는 점이 주목된다. 소년 시기에 일찍이 노예적 암흑 속에서

타오르는 생명의 불씨를 발견하지 않을 수 없었던 것은 다키지의 불행이지만, 그 불행을 안음로써 다키지 문학은 독자적인 형태로 성장한 것이다.

백부의 가족에 대한 반항심과 모멸에도 불구하고 그것을 자신의 내부에서 삭이며 살 수밖에 없었던 다키지는 자조적이고 냉소적인 짓궂은 삶의 방식을 터득했다. 운명에 대한 저주와 자기의 무력에 대한 절망은 그를 허무적, 염세적인 청년으로 만들었다. 다키지는 주위 사람들에 대해 마음을 닫고 오로지 고독을 추구하며 공상을 즐겼다. 그리하여 그림을 그리고 시를 쓰는 소년이 탄생했다. 그것은 그에게 있어서 단 하나의 위안이며 구원이었다. 그림을 금지당하고 나서, 그는 오로지 문학에서 자신의 구원 받을 길 없는 마음, 누구에게도 이해받지 못하는 고독한 마음을 표현하고, 해방을 추구했다. 우리는 뒷날의 혁명적 문학자 다키지가 이처럼 고독하고 우울하고 감상적인 시를 쓰는 소년으로 출발한 사실에 주목할 필요가 있다.

고독과 공상과 예술에 있어서 소년 다키지는 비로소 자기 자신의 존재를 확인할 수가 있었다. 예술은 고독한 그를 그처럼 비애와 고통에 괴로워하는 사람들과 연결해주었고 오로지 하나뿐인 삶의 보람이 되고, 구원이 되었다. 이 시절 교유회 잡지 편집위원으로 활약했을 뿐 아니라 회람잡지를 만들기도 하고 ≪문장세계≫와 그 외 잡지에 투고하기도 한 것은 그러한 욕구로부터 기인하고 있다. 이 시기의 작품은 모두 어둡고 무겁고 우울하고 감상적이며, 허무적이고 염세적이다. 그러나 우리는 거기에서 자유와 생명을 추구하는 뜨거운 마음을 느낄 수 있다. 자유와 생명을 추구하는 마음이 허무적, 염세적인 감정으로 표현되지 않을 수 없는 곳에 소년 다키지의 불행이 존재한다. 하지만 다키지의 혼은 이 불행에서 잉태돼 자랐던 것이다.

≪나의 요람(私の搖籃)≫(교우회지)≪尊商≫4호 1920년 10월 작)으로 제목을 붙인 시에서 〈너〉라고 소리쳐 부르고 있는 대상은 고독한 자신의 혼이 투영된 것이다. 이 자기애적 경향이 현저한, 달콤한 감상에 젖은 서정시에 소년 다키지의 슬픔이 마음껏 노래로 표현되어 있다. 동시에 발표된 ≪운명의 아이러니≫는 덧없이 사라지는 파리의 생명, 살려고 발버둥치는 생명의 집착과 반항을 노래하고 있다. 그러나 모든 집착과 반항에도 불구하고 파리는 죽는다. 그건 필연적으로 파괴되어 사멸한다. 하지만 그 어둡고 절망적인 삶을, 그것이 어둡고 절망적이기 때문에 사랑하지 않을 수 없는 곳에서 다키지 문학은 출발했다. 그곳에 다키지의 민중작가로서의 특질이 존재한다.

다키지 문학은 그 출발점이 이미 어두웠다. 상업학교 3학년(15

서) 무렵의 작품 ≪저주받은 인간(呪われた人)≫(≪尊商≫2호)의 주인공은 집이 가난해서 소년시절부터 화산재 공장에서 일했고 그 때문에 폐결핵에 걸렸다. 그렇지 않아도 가난한데 일할 수 없게 된데다 치료비까지 지불할 수 없을 거라고 생각해 그는 자살을 결심한다. 이렇게 될 바에야 더 빨리 죽는 게 좋다고 생각한다. 인생에서 모든 광명을 빼앗겨 가장 어두운 운명의 밑바닥에서 사는 의미를 묻는 인간을 설정하지 않을 수 없는 곳에 소년 다키지의 어두운 마음이 존재하고 있었다. 그것은 또한 그 뒤의 다키지 사상과 문학의 방향을 제시하는 것이었다.

자신의 병을 알게 된 나이 든 부모의 놀란 얼굴을 상상할 때 이 주인공은 일종의 복수심을 느낀다. 그것은 다키지 자신의 마음에 숨겨진 감정이기도 했을 것이다. 고생하는 부모를 깊이 사랑하고 있었음에도 불구하고 그 애정은 또 이와 같은 복수를 원하는 마음과도 연결돼 있었던 것이다. 부모에 대해서 느끼는 이 복수심은 자기 자신의 저주받은 운명에 대한 복수심이었다. ≪돌과 모라≫에도 "그의 마음 깊은 곳에서는 역시 어떤 대상을 저주하고 있었다. 어렴풋한, 그러나 강렬한 어떤 것이었다."고 하는 표현이 사겨져 있다. 그가 저주한 대상은 단지 그림 그리는 것을 금지한 숙부만이 아니다. 자신의 경우와 운명, 거기에 항거할 수 없는 자기 자신, 나아가 인생 전반을 저주하지 않을 수 없었던 것이다.

이 무렵의 작품은 저주받은 운명, 암흑과 같은 인생만을 그렸다. 비참한 운명은 다키지의 마음에 일종의 자학적인 정신을 낳아 길렀다. ≪병원의 창(病院の窓)≫(≪尊商≫3호)에서는 다리를 부상당해 불구가 된 소년의 마음을 추구했고 ≪만춘의 신개척지(晩春の新開地≫(≪尊商≫4호)에서는 백치의 소년을 그렸다. 이와 같은 암흑의 운명에서만 인생의 진실을 확인했던 것이다.

바다에 비치는 반짝이는 별과 아름답게 빛나는 청홍 불빛이 점멸하는 항구의 야경을 보고 ≪병원의 창≫의 소년은 이 화려한 등불의 그림자, 거기에 비례할 정도로 짙은 음영이 존재하는 사실을 상기하지 않을 수 없었다. 생활난에 대한 호소나 사회 패배자의 신음 소리를 생각하며 눈물을 글썽이는 것이다. 이 소년이 이와 같은 현실의 추악한 모순을 생각하며 거기에 고뇌하게 된 것은 자신이 평생 불구로 살아야만 하는 비참한 운명 때문이었다.

"나의 그러한 사회 패배자 —불구자라는 사실에 대한 번민은 그저 단순한 체험이 아니라 한층 괴로운 발굴의 고통이었다."고 하는 소년의 자각은 다키지 자신의 것이었다. 초등학교에서는 아키타에서 건너온 이주자라고 놀림을 받았고 상업학교에서는 가난뱅이 마을 자식이라고 조롱당했으며 백부의 집에서는 더부살이라고 차가운 눈초리로 무시당했다. 이 견디기 어려운 마음의 상처로 다키지는 현실의 암흑과 추한 모순을 발견했다. 그러나 또한 그 비참한 체험, 번민을 통해 사회 암부에서 소외당하며 사는 사람들의 심금을 울렸다. 이 시기의 다키지가 자신의 고뇌를 고뇌로 그려 자신의 운명을 오로지 한탄만 한 것이 아니라 자기의 고뇌를 허구로 보편화해간 것은 다키지의 눈이 자기의 고뇌를 통해 사회로 확대돼갔음을 증명해준다.

다키지는 시라카바파(白樺派), 특히 시가 나오야의 영향을 강하게 받으며 성장한 작가이다. 그러나 다키지는 나오야와는 반대 방향으로 성장할 수밖에 없었다. 나오야는 오직 자신의 감성과 직관을 믿으며 자기를 절대화함으로써 독특한 리얼리즘을 확립했다. 나오야 문학은 강자의 문학이고 남성적이다. 이에 비해 다키지 문학은 약자의 문학이며 여성적 집요함을 피할 수 없었다. 다키지는 항상 타인의 눈을 의식해 자기 자신을 타자와의 관계에서 파악할 수밖에 없었다. 그는 자신을 믿지 못했고 자신의 미래를 믿지 못했다. 현실의 암흑에서 뿐만 아니라 자기 자신의 비참함, 비열함, 자기 자신의 암흑에서 눈을 떼는 일이 없었던 것이다.

다키지 문학의 근저에는 깊은 굴욕감이 존재한다. 다키지 문학은 이 굴욕감에서 탈출을 도모하는 노력 속에서 발전했다. 다키지는 미야모토 유리코(宮本百合子)처럼 자신 내부의 휴머니티, 자기의 정당성, 자기의 아름답고 따뜻한 마음을 믿을 수가 없었다. 또한 나카노 시게하루(中野重治)처럼 자신의 심정과 감성의 아름다움과 올곧음을 믿으며 결백하고 고집스럽게 자신을 관철함으로써 독특한 미를 생산할 수도 없었다. 다키지의 마음은 어둡고 다키지의 문학도 어둡다. 거기에서 불타는 선명한 불꽃은 어둡고 음습한 땅 밑에서 내뿜는 불꽃이다. 다키지는 광명을 믿지 않았고 오로지 암흑을 추구했다. 암흑과 회의의 수렁 속으로 빠져드는 곳에서 다키지 문학은 출발했다.

≪전등 밑에서(電燈の下で)≫(≪尊商≫3호 1920년 3월)는 아리시마 다케오(有島武郎)의 영향이 농후한 소품이다. "자네. 우리는 지금부터 먼 길을 용감히 전진해야만 해. 그리고 싸워야만 해. 여보게, 자네! 전진하세, 용감히." 이것은 아리시마의 ≪더 없이 작은 자에게(小さき者へ)≫(≪新潮≫ 1918년 2월호)나 ≪출생의 고뇌(生れ出づる悩み)≫(1918년 9월 간행)를 똑같이 그대로 모방한 듯한 문체이다. 그림을 그리는 소년이었던 다키지가 그 무렵 발표되어 평판이 높았던 ≪출생의 고뇌≫에 깊이 공감한 것은 당연하다고 여겨진다. 그러나 ≪출생의 고뇌≫는 모든 빈곤에도 굴하지 않고 운명을 극복해 오로지 자신의 그림을 추구하는 청년의 늠름함을 찬미하고 있다. 한편 ≪전등 밑에서≫는 운명에 눌려 비틀어 구부러진 소년의 비참한 운명에 대해 동정하며 위로와 격려의 마음을 보내고 있는 것이다. 다키지가 "자네"라고 큰소리로 부르고 있는 상대는 화를 잘 내고 비정상적인 반항적 소년이다.

"자네의 그 마음 - 비뚤어진, 병적인 - 것은 여러 가지 환경이 안겨준 생생한 결함 때문이야. 고통스런 사실이 내습한 데에 대해 자네는 얼마나 투쟁하고 반항했나? 그리고 심하게 부딪혀 학대받고 상처받은 마음은 이미 결코 완전한 상태는 아니었지. 결국 인생을 저주하게 된 마음은 그러한 상황 속에서 길러져온 것이니까." 다키지가 호소하고 있는 것은 앞서 본 ≪나의 요람≫의 경우와 마찬가지로 자기 자신의 상처받은 고독한 혼에 대해서였다고 말할 수 있을 것이다.

"O군! 야, 얼마나 기분 좋은 리듬인가. 내가 이렇게 마음속으로 외쳤을 때 거기에 끌려들어가는 듯한 어떤 힘이 있다는 것을 느꼈다."라는 표현에는 일종의 자기도취적 느낌이 따라붙어 거기에서 아리시마의 감성적 문체와 통하는 부분을 확인할 수가 있는데, 소년 다키지가 밝고 건강한 강인함이 아니라 운명에 상처받은 어둡고 광적인 정열에 매혹된 점이 주목된다. 그것은 다키지의 생애, 그 사상과 문학의 근원에 계속 불타던 어두운 불꽃이었다.

4 다키지의 방황

고바야시 다키지가 오타루고등상업학교(현 오타루상과대학)에 재학한 것은 1921년(다이쇼 10)부터 1924년(다이쇼 12)에 걸친 3년간이었는데, 입학의 해에 ≪씨 뿌리는 사람(種蒔く人)≫이 창간되었고 졸업의 해에 ≪문예전선≫이 창간되었다. 프롤레타리아 문학 발흥의 기운이 고조되어 마르크스주의 운동이 강해져갈 시기에 학창시절을 보냈으며, 다키지는 ≪씨 뿌리는 사람≫의 열렬한 독자였다. 고등상업 2학년 때에 ≪교유회 회지≫에 바르뷔스의 번역 〈The Presence〉와 〈운명?〉을 발표하였고 ≪씨 뿌리는 사람≫에 게재된 바르뷔스와 로망·로랑의 논쟁 등에도 접하면서 바르뷔스의 소개를 시도하기도 했다.

오타루고등상업 시절 작품에는 이미 다키지의 개성이 확실히 표현돼 있었다. 학대받은 사람들에 대한 동정과 연대감, 이와 같은 고뇌를 강요하는 대상에 대한 저주와 증오가 어두운 정열이 되어 이들 작품의 근저에서 타오르고 있었다. 그것은 어둡고 비참한 성장과정과 하루하루 고뇌에 찬 굴욕적 체험에 의해 배양되어 점점 확실한 윤곽을 지니는 모습으로 변해갔던 것이다. 그러나 이 시절의 사상과 감정은 미분화 상태로 그 작품은 내면에 넘쳐흐르는 감정에 형태를 부여한 수준에 머물러 있었다. 이러한 무자각적인 상태를 벗어나 자신의 삶의 방식을 자신의 세계관과 연결해 추구하고, 작품을 쓰는 의미를 찾아 확고한 사상을 구하기 위해 방황한 것은 재학중이던 3년간이었다.

이 3년간에 다키지는 ≪씨 뿌리는 사람≫의 강력한 영향 하에 사회와 문학에 새롭게 눈을 떠 독자적인 사상과 예술관을 자신의 것으로 확립해나갔다. 이 시기에 그는 작가로서의 삶에 대한 자각도 자신의 것으로 확립했다고 생각된다. 이 무렵 점차 사람들의 마음을 사로잡기 시작한 마르크스주의나 프롤레타리아 문학에도 깊은 관심을 보였지만 곧바로 이러한 움직임에 동조하지는 않았다. 사상적으로는 사회주의에 깊이 매료되었지만, 자기의 내적 요구를 그것으로 환원해버릴 수는 없었다. 이 시기의 다키지는 새로운 사상의 빛으로 자기 자신을 밝히고 자기 내부의 모순에 괴로워하면서 자신의 독자적이고 자각적인 삶의 방식을 발견하려고 방황했던 것이다.

"학교라는 곳은 지옥이다"고 다키지는 ≪교유회 회지≫의 〈편집여록〉에 썼다. "학교의 그 무의미하게 나열된 학과여! 그리고 그 앞에서 비난하고 싶지 않은 그 학과를 입 속으로 '불평하며 주절거리고' 있는 학생의 비참한 얼굴이여!" 문학예술에도 조예가 깊던 경제원론 전공의 신진교수 오쿠마 노부유키(大熊信行) 등에게 매료되어 개인적인 접촉도 가졌지만 다른 많은 학과에는 흥미를 갖지 못했고 고등상업의 교풍에 대해서도 반항적인 태도를 취했다. 다키지는 많은 강의가 타인의 생각을 자신의 생각으로 서술하는 축음기적인 형태여서 창조성이 없을 뿐더러 인간적인 토대를 잃고 있는 것을 비판했다. 다키지에게 있어서 학교에서 배우는 학문은 〈일의적(一義的)인 요구〉에 뿌리를 내린 것이 아니라 〈기모노적〉인 것에 불과한 것이었다. "기모노를 벗겨내야 한다. 나체와 나체 ─ 인간 대 인간의 교섭을 해야만 할 때 기모노가 무슨 소용이 있는가?" 다키지는 오로지 인간이 인간다워야 함을 추구했고 일의적인 요구에 따르며 사는 것을 원했다. 이와 같은 요구가 예술에 대한 갈망을 강화해 예술에 대한 태도를 한층 자각적인 것으로 삼게 했다.

≪역사적 혁명과 예술≫(≪新樹≫제 3집 1923년 11월)은 인간적이며 일의적인 것으로 여겨지는 다키지의 사상적, 예술적 방황에서 탄생한 에세이다. 다키지는 이 에세이에서 혁명을 문제시했거니와 혁명과의 관련에 있어서 예술 또한 문제시했다. 사회혁명은 다키지에게 있어서 인간적이고 일의적인 문제였다. 그러나 이 인간적, 사회적 혁명의 요구는 예술과 모순되지 않는 것이었다.

다키지는 톨스토이의 ≪회전기≫ 이후의 작품이 너무나도 비예술적 경향으로 흐른 사실을 지적했다. 그리고 예술은 프롤레타리

예술가가 생각하는 것처럼 혁명 수행의 수단이 될 수 없다고 주장했다. 민중이 계급의식에 눈떠 계급적 정열에 내몰린 동기가 되고 역사의 원동력이 되는 것은 의식주조차도 얻을 수 없다고 하는 경제적 사실이며 예술의 문제는 아니다. "예술은 사후적이고 간접적인 형태로 어느 정도로 자극적일지 모르겠다. 하지만 그 외에 한 발자국도 나아갈 수 없는 것이다."

다키지는 그가 이해한 유물사관에 근거해 이렇게 생각했다. 하지만 그럼에도 불구하고 예술가도 한편 일개의 인간으로 그 의미 외에 어떠한 존재도 아닌 이상 그 예술로 민중의 보다 나은 생활, 역사적 진화를 위한 혁명을 외치지 않을 수 없다.

예술을 혁명 수행의 수단으로 삼는 것은 유물사관을 배반한 생각으로 보면서도 유물사관의 정당함을 인정하는 인간이 그러한 점을 배반해 행위하는 사실을 인간적 사실로 중시했다. 유물사관이 엄연한 객관적 법칙임을 인정하면서도 동시에 인간의 주체적, 인간적 계기를 중시했던 것이다. 이러한 의미에서 다키지는 프롤레타리아 예술가의 노력을 인정하였고 또 톨스토이의 〈예술이란 두엇인가?〉라는 물음을 끝까지 추구했던 일의적인 태도에 깊은 경의를 표했다. 단지 감상하는 인간으로서가 아니라 창작하는 인간의 문제로서 생각할 때 다키지는 예술의 가장 본질적인 계기로 인간적이고 일의적인 태도를 견지하지 않을 수 없었던 것이다.

다키지는 인간적이고 일의적인 태도야말로 예술의 근본적인 조건이라고 생각한다. 그럼에도 불구하고 이 인간적이고 일의적인 태도가 왜 예술과 모순돼야만 할까? 고등상업 시절의 다키지가 이처럼 모순을 확실히 응시, 그 극복을 생애의 과제로 자기에게 부과한 사실은 주목할 만하다. 다키지는 이 모순을 극복, 〈일원적인 혼연경(渾然境)〉을 실현하는 것에 대해 자신에게는 〈신앙적 신념〉이 존재하는 사실 이외에 뭐라고도 말할 수 없지만 이 생각을 〈스스로〉 끝까지 규명해감으로써 활로를 찾을 수 있다고 생각한다고 얘기했다. 여기에 작가 다키지의 생애를 꿰뚫는 기본적인 태도 표명이 존재한다.

다키지는 고등상업의 졸업논문으로 스우트로의 희곡 ≪버려진 인간≫과 크로포트킨의 ≪빵의 약취≫의 번역을 제출했다. 이것은 형식파괴의 졸업논문이었다고 생각하는데, 다키지는 여기에 서문을 붙여 자신의 학문에 대한 생각, 인생에 대한 태도를 설명했다. 경제학이 현실 모순을 직시하여 이것을 해결하려고 하는 실천적인 의미를 떠맡아야함을 강조하고, "순리경제학은 경제정책을 예상하지 않으면 결국 부르조아의 정신적 유희에 불과하다."고 얘기했다. 학문을 인간적 기초 위에 두고 실천적 의미를 찾아 학문을 위한 학문 —현실에 대한 단순한 해석으로 끝나는 상태를 부정한 것이다. 이것은 예술에 있어서 예술을 위한 예술 —현실에 대한 단순한 묘사, 묘사를 위한 묘사에 그치는 예술을 거부하는 예술관과 연결되어 있다.

> 인생에 대하여 어떠한 것도 요구하지 않는다면 그 작가는 진정한 예술가가 될 수가 없다. 인생을 있는 그대로 묘사한다고 하는 정도밖에 그 작가에게 예술적 요구가 없다면 그는 사진가보다 못하다. …… (중략) ……작가는 몽상가여야만 한다고 들을 정도로 작가는 인생에 대해 요구하지 않으면 안 된다.

1921년 6월의 일기에 보이는 이러한 예술관은 오타루고등상업 시절에 차츰 형성, 발전되었다. 인생에 대한 예술의 의미를 찾지 않을 수 없었던 다키지는 항상 예술에 대한 심각한 회의감 때문에 두려움을 떨칠 수가 없었다. 오히려 그의 예술관은 회의와 부정으로 심화, 발전되었던 것이다.

다키지는 고등상업학교 입학 후 곧 회람잡지 ≪태어나는 아이들(生れ出ずる子ら)≫을 만들어 〈의혹과 개척〉이라는 문장을 썼다. 자연주의를 논하며 " '데 아르(である)'가 예술 본래의 사명일까? 그 전부일까? 그렇다고 해서 실생활을 떠나 예술이 존재하는 것일까?"라고 묻고 낭만주의, 상징주의에 대해서도 언급하면서 예술의 의미를 추구했다. "인생의 한 페이지를 드러내면 인생은

어떻게 될까? 존재하지도 않는 공상을 그린다면 그건 인생을 어떻게 한다는 뜻일까? —미화한다는 의미일까? 미화하면 어떻게 될까? 도대체!"

다키지 내부에는 예술을 단지 하나의 구원으로 삼는 듯한 예술에 대한 강렬한 갈망이 존재하고 있었다. 하지만 그 예술은 인생에 대하여 어떠한 의미를 지니는가에 대해 묻지 않을 수 없었다. 다키지에 있어서 자기는 자기로 시작해서 자기로 끝나는 것이 불가능했던 것이다.

자기에게 예술의 의미를 묻고 자기 생존의 의미를 추궁하지 않을 수 없던 다키지는 아무리 생각해도 해답을 찾을 수 없어서 고민했다. 다키지는 자기 또는 자기의 예술에 대해 부정적이고 절망적인 느낌을 갖지 않을 수 없었다. 하지만 그렇다고 해서 자기 내부에 존재하는 자기 표현의 요구, 〈창작하지 않고서는 배길 수 없는 심정〉을 지울 수도 없었다. 다키지 사상과 예술은 이 모순을 진지하게 수용하며 삶으로써 심화되고 발전되었다.

다키지는 이론가가 아니라 실천가였다. 예술창조도 그에게 있어서는 하나의 실천이었다. 자신이 나아가야할 길, 자신이 도달해야할 지점이 명료해진 후 거기에서 걷기 시작하는 형태는 아니었다. 그에게 있어서 무엇 하나 자명한 것은 없었고, 그가 추구한 것은 이론으로 다 해명될 수 있는 성질의 것이 아니었다. 다키지에게 있어서 현실은 암흑이었으며 그 암흑 속을 〈스스로〉 한발 한발 걸어감으로써 비로소 조금 〈활로〉가 열리는 형태였다. 설령 자신의 생존에 의미가 있든 없든 살아야만 했거니와 자기 표현의 길을 찾지 않을 수 없었던 것이다. 삶을 통해 자기 생을 의미 있는 것으로 만들었고 표현함으로써 작품을 의미 있는 것으로 창출할 수밖에 없었다.

이와 같은 다키지를 인도주의 작가로 일컫는 데에 부자연스러움은 없지만, 다키지에게 있어서 인도주의가 통속적인 의미의 인도주의와 구별되어야 하는 이유는 이미 밝혀졌을 것이다. 다키지 자신은 자신을 이른바 인도주의와 확실히 구별했다. 다키지가 그 출발점에 있어서 인도주의 뿐 아니라 모든 '주의'를 사상과 예술의 개념화와 고정화를 초래하는 대상으로 인식, 거기에서 자유로워지려고 한 점은 주목할 필요가 있다. 인도주의 작품은 "'인도(人道)'의 우리 안에서 웅크리고 있다."고 고등상업 입학 직후의 〈발자취(步み)〉(1921년 8월)라고 하는 문장에 썼다. "인도주의인 것을 발표하기 위한 도구로— 환원하면 '인도'라는 개념에 주안점을 둔 개념 소설이 된 것이다."고 주장하는 것이다.

다키지에게 인도주의적 경향이 있었다고 하는 사실은 분명하다. 그러나 통속적인 인도주의자처럼 인간에 대해 단순히 낙천적, 긍정적일 수는 없었다. 다키지에 있어서 인도주의적 경향은 자기 또는 인간의 암흑과도 같은 어두운 부분에 한층 깊은 관심을 갖고 비관과 절망을 수용하는 것이었다. 그럼에도 다키지는 비관적, 절망적 염세주의자인 상태에도 안주할 수 없었다. 절망적, 염세적인 어두운 인간관을 피할 수 없었음에도 불구하고 지금 그곳에 살아 숨 쉬는 자신의 생명이 존재한다고 하는 사실을 무시할 수는 없었던 것이다. 이 글에서, 고등상업 입학 직후의 다키지가 허무적, 염세적인 인간관을 배경으로 삼으면서 그것을 극복하려고 하며 〈이상적 찰나주의〉라고 하는 개념을 언급한 사실은 주목할 만한 일이다. 〈발자취〉에서는 사람의 일생을 찰나의 목숨과 같은 것으로 간주하면서 이 찰나의 생에 있어서 이상을 추구하려고 하는 생각을 토로했다. "자신의 끝의 끝까지 한 없이 표현하는 것이 염세주의에서 한발 나아가 광명을 확인하는 단계다."라고 말하는 것이다.

이처럼 자기의 주체적, 실존적 계기를 중시하고 생명의 원천으로서 창조성을 강조하는 사고는 〈의혹과 개척〉에도 〈역사적 혁명과 예술〉에도 공통되는 가치이지만 또한 가장 전투적인 프롤레타리아 작가로서 싸워서 쓰러질 때까지 다키지 생애를 관통한 것이었다. 다키지 사상과 문학은 끊임없이 현실의 암흑에서 자극을 받아 절망적인 것이 되기도 하였지만, 그럼에도 결국 자기를 무로 돌릴 수는 없었고 광명과 구원을 찾지 않을 수 없는 자기 내부의 생명에 대한 요구로 인해 발전할 수 있었다.

그러나 다키지는 위선의 광명과 구원때문에 현실에서 눈을 돌릴 수는 없었다. 다키지에게 있어서 광명은 그 현실의 암흑에서 나오는 광명이여야 했고, 그 구원은 이 현실의 절망 그 자체에서 발생하는 것이여야 했다. 여기에 다키지 사상과 문학의 근저를 형성하는 독자적인 리얼리즘이 존재하는데, 이 같은 리얼리즘의 방향이 확실히 확립된 것은 오타루고등상업 시절이었다.

번역 〈운명?〉에 붙인 작가 바르뷔스의 소개문에서 다키지는 광명을 찾는 바르뷔스가 얼마나 현실을 중시하고 있는지를 강조했다. 이 바르뷔스와 비교하면 ≪장·크리스토프≫의 작가 로망·로랑 등은 피상적인 존재라고 하는 것이다. 바르뷔스도 또한 〈신〉을 보았지만 그 〈신〉은 로랑의 공상적 신이 아니라고 다키지는 말한다.

"≪지옥≫을 읽어보면 그 신이 현실에 대한 투쟁에서, 부정에서, 퍼배에서……그러한 결과 마침내 절실히 등장하는 대상이 소위 신이라고 하는 사실을 곧 알 수 있다."고 다키지는 적었다. 이와 같은 바르뷔스에 대한 심취는 다키지 사상과 문학, 그 휴머니즘과 리얼리즘의 발전에 커다란 의미를 지니는 것이었다.

5 혁명과 예술

오타루고등상업 시절의 다키지는 사회주의에 대한 관심을 키워 ≪역사적인 혁명과 예술≫과 그 외의 작품에 엿보이는 그러한 사상을 자신의 것으로 확립해나갔다. 하지만 작품상에서는 시가 나오야에 심취해 일상생활을 제재로 복잡한 심리에 예리한 메스를 가한 듯한 내용을 많이 그렸다. 사상적으로는 상당히 사회주의 쪽에 기운 모습을 보였지만, 작품에는 그러한 경향이 나타나지 않았고 오히려 인간의 추악한 심리를 도려내는 듯한 사소설 풍의 내용이 많았다. 이 사상과 실제 작품과의 모순은 고바야시 다키지의 리얼리즘이 독자적인 것으로 형성되기 위해 필요했다. 이 시절의 다키지는 사상적인 성장과 함께 날카로운 메스로 자기 해부를 시행, 근본적인 자기 검토를 행했던 것이다.

≪류스케와 거지(龍介と乞食)≫는 고등상업을 졸업하던 해(1924)의 작품으로 추정되고 있는데, 거지에게 속임을 당한 작가의 분신, 류스케의 〈굴욕과 분노, 그 모욕에 대한 반항과 흥분으로 참기 어려운 울컥울컥한 기분〉을 극명하게 그렸다. 당시에는 비상식적일 정도로 많은 액수의 돈 1엔짜리 지폐 한 장을 거지에게 건넸을 때 류스케는 자기의 행위에 혐오감을 느낀다. 〈묘하게 친절을

떤다〉는 듯한 느낌이 들었던 것이다. 류스케는 사람을 친절하게 대하는 것을 부끄러워하는 인간이었다. 하지만 거지는 요란스레 고마워하며 손을 모아 그에게 절했다. 그는 자기 조소를 느끼지 않을 수 없었다.

〈겸연쩍은 역할〉이라는 점에서는 나오야의 ≪소승의 절대자 (小僧の神様)≫(≪시라카바≫ 1920년 1월)와 공통된 주제이다. 그러나 ≪소승의 절대자≫의 작가는 훨씬 세련되어 있었음은 물론, 안정된 심경의 상태에 있었다. 거기에서 겸연쩍음은 마음의 표면에서 일어난 잔물결과 같은 것이다. 그에 의해 타격을 받는다든가 격렬한 자기 혐오감에 빠져든다든가 하는 일은 없다. 이에 대해 다키지는 마음의 고통을 강렬히 추구했다. 심한 자기 혐오감과 자기 조소가 작가를 괴롭혔다.

더구나 이 작품은 류스케의 선의가 배반당해 류스케는 속았다고 하는 결말로 이어짐으로써 ≪소승의 절대자≫와는 완전히 다른 작품이 되었다. 그것은 선의의 대상에 대한 부정이고 조소이다. 나오야에게 있어서는 갑자기 어두운 그림자가 비치는 일은 있어도 기본적으론 작가의 자기 정체성은 의심받지 않는다. 이에 대해 다키지의 ≪류스케와 거지≫는 자기 부정적인 정신의 소산이며 인간에 대한 회의와 부정의 마음이 토대가 되고 있다.

류스케가 거지에게 돈을 준 것은 극히 자연스러운 감정에서 기인하지만 류스케의 자의식은 곧장 그것을 부자연스러운 형태로 변화시켜 버린다. 류스케는 결코 자연스런 마음으로 있을 수가 없는 인물이다. 끊임없이 타인의 눈을 의식, 자신의 행위에 위선을 느낀다. 류스케는 항상 자신에 대해 조롱하는 눈빛을 보내지 않을 수 없다. 그의 의식은 자기 부정적, 자기 조소적으로 움직인다. 주관적인 의지나 감정과는 독립, 현실에서 자신의 행위가 어떤 역할을 수행하는데, 타인은 이에 대해 자기의 의지나 감정과는 관계없는 차가운 눈으로 이를 평가한다. 소년 시절부터 식객 생활을 보냈던 다키지는 끊임없이 이 타인의 눈을 의식하지 않을 수 없었던 것이다.

'주의'를 부정하고 위선을 싫어하고 개성을 존중해 어디까지나 자기에게 충실하려 하는 다키지가 시라카바파의 강한 영향 하에 정신 형성을 이룬 것은 부정할 수 없다. 그러나 그 내실은 ≪류스케와 거지≫에서 보이듯이 완전히 이질적인 내용이 되지 않을 수 없었다. 어디까지나 자기 본위를 관철하려 하지만 그러면 그럴수록 그걸 막고 그걸 부정하는 걸림돌에 부딪쳐야만 했다. 더욱이 그것은 단순히 사회적인 것으로 자신 외부에 존재할 뿐 아니라 자신의 내부에도 존재했던 것이다. 다키지의 리얼리즘은 이 모순을 추구함으로써 발전해갔다.

이 자기의 내부에 있어서의 모순과 항쟁을 다키지는 ≪고뇌(惱

찌)≫(1922년 2월 작)에서 〈나〉와 자기 내부에 사는 〈그〉와의 대립으로 그렸다. 〈그〉는 〈나〉를 지키고 〈나〉의 자유를 빼앗는 의식이다. 〈그〉와의 교섭은 내가 아홉 살 때 할머니가 저세상으로 떠난 무렵부터 시작됐다. 할머니의 죽음으로 〈나〉는 어머니와 둘이서 보내게 되는데, 어머니를 소중히 생각하라는 말을 남긴 채 떠난 할머니의 말이 〈그〉로 변신해 절대적으로 친밀한 힘으로 〈나〉를 속박한다. 연애 사건으로 어머니와 다툰 〈나〉는 애인과 가출하려고 하며 그것을 말리는 〈그〉를 밀어제친다. 〈그〉는 그게 원인으로 죽지만 그 후 〈나〉는 매일 밤 〈그〉의 혼령 때문에 괴로워한다. 매일 밤 새벽 3시를 알리는 시계소리와 함께 〈나〉의 이불은 숨을 쉴 수 없을 정도로 무거운 힘에 눌리는데, "자네는 잊었나?"라고 하는 〈그〉의 낮은 목소리가 들려온다. 혼령은 1분 정도 있다가 사라지지만, 그 뒤에 찾아오는 쓸쓸함과 공포 속에서 〈나〉는 자신만을 의지해왔으나 자신에게 버려진 어머니의 쓸쓸한 모습을 떠올리지 않고는 배길 수 없다.

"그러나 나에게 어찌하라고 하는 걸까? 그녀는 내 옆에 있어도 계속 편안한 숨을 쉬고 있지 않은가!"(방점 원문). 매일 밤 혼령에 괴로워하면서도 〈나〉는 그녀의 웃음 속으로 빨려들어갈 수밖에 없다. "아아, 내게 어찌하라고 하는 걸까? 그러나 나는 어찌할 수가 없다. ─ 아마 제군에게도!". 이 반복되는 표현으로 이 작품은 끝을 맺고 있다.

'가족의 속박으로부터 해방'이라는 등의 근대적 모럴은 여기에서 결코 절대적인 가치를 지니고 있지 않다. 차라리 그 모순을 다키지는 문제로 삼고 있는 것이다. 20년 동안 자기 혼자만을 의지, 모든 고통을 감내하며 자신을 길러온 불행한 여자를 버릴지 어떨지가 문제인 것이다. 이는 가족의 속박이라고 하는 듯한 추상적인 문제는 아니다. 자유는 이제 절대적인 가치가 아니다. 자유 따위는 어디에도 존재하지 않는다. 어머니를 택할까? 애인을 택할까? 〈나〉는 애인을 골라, 새로운 생활을 선택했다. 그러나 그것은 어머니를 버린다고 하는 대가로 얻은 결과이기에 그로 인해 〈나〉는 평생 괴로워하지 않으면 안 된다.

어머니와 애인의 모순은 단지 그것만의 문제는 아니다. 어머니가 대표하는 것은 〈나〉의 과거이며 〈나〉를 양육한 사실이다. 빈농의 자식이었고 가난한 마을 자식이었던 다키지 입장에서 말하면 실로 어머니는 민중 그 자체였다고도 말할 수 있을 것이다. 그리고 새로운 여성과의 생활은 이른바 근대적 모럴에 의한 소시민적, 개인주의적인 행복이라는 개념이 될 것이다. 〈그〉를 일축하고 새로운 생활로 들어선 것은 분명히 〈인생의 한 전기〉였다. 타인 본위의 환경에 묶여 기성 도덕을 추종하며 살아온 청년이 그들의 속박을 풀어헤치고 자기 본위로 살려고 한 것이다. 그것은 확실히 근대적인 인간의 각성이며 새로운 생활의 시작이었다. 그러나 또 그것은 바로 새로운 모순의 시작이었던 것이다. 따라서 근대적인 모럴은 모순의 해결이 아니라 새로운 모순의 출발점이었다.

"아아, 내게 어찌 하라는 것일까? 하지만 나는 어찌할 수가 없다. 아마 제군에게도!"

다키지에게 있어서 모순이 없는 생활은 없었다. 생활은 풀기 어려운 수수께끼이며 모순이었다. 참생활은 어디에 있는 걸까? 그것을 추구하면 추구할수록 또한 그것을 잃지 않을 수 없었다. 모순에 가득 찬 현실, ―모순에 찢기며 사는 생의 진실을 추구하는 곳에서 다키지의 리얼리즘은 심화되었다. ≪형(兄)≫(≪문장클럽≫ 1922년 12월)에 그려진 형제의 대립은 ≪고뇌≫의 경우와 마찬가지로 다키지 자신의 내부 갈등에 형태를 안겨준 것이다.

형제는 백부의 도움으로 백부 집에서 학교에 다니고 있다. 남동생은 특대생으로 백부나 어머니의 신뢰도 두텁다. 그림을 그리고 소설을 쓰는 형 겐키치(賢吉)는 밤늦게 돌아오는 일이 잦을 뿐더러 백부에 대해서도 반항적이다. 작가는 동생의 상식적이고 우등생적인 삶의 방식에 대해서도 물론 비판적이지만, 동시에 거기에 반항하는 겐키치도 결코 긍정하지 않는다. 겐키치는 〈시종 초조해하고 편집적이며 신경질적〉이었다. 겐키치에게는 자신감이 없었거니와 남동생에 대한 열등감으로 괴로워했다. 〈세상 일을 생각하면 겐키치는 그렇게 안정할 수 없는〉 마음 상태가 된다. 남동생을 부정하면서도 남동생에게 구애받지 않을 수 없는 것이다.

≪형≫에서 작가는 세상의 상식적 모럴에 반항하면서 또한 자신의 내부에 대한 확신을 갖지 못하기 때문에 세상에 대해서도 무관심할 수밖에 없는 불안정함 속에 내재된 초조함을 그렸다. 이 불안정 속의 애매함은 작가 자신의 것이었다. 그것은 다키지가 빈농의 자식이면서 백부의 도움으로 고등교육을 받았던 사실에서 기인하고 있다. 이러한 위치에 머물러 있는 한 그는 그 자신일 수가 없다. 백부에 대한 반항도 비굴하고 자신감을 상실한 상태로 변해 콤플렉스를 심화시킬 뿐이다. 항상 타인의 눈을 의식하며 〈어떤 역할〉을 계속 연출해야만 한다. 이처럼 자신에게 참을 수 없는 자기 혐오감을 느끼면서도 도무지 거기에서 벗어날 수가 없다.

고등상업 3년 때의 작품 ≪휴가≫(藪入り)(≪신흥문학≫ 1923년 7월), ≪어떤 역할(ある役割)≫(≪교유회 회지≫ 1924년 3월)은 이처럼 모순에 가득 찬, 자기 자신이 지닌 굴욕적인 자세에 예리한 빛을 비추고 있다. 특히 ≪휴가≫는 다키지 자신의 모순의 근원에 메스를 가한 내용으로 주목받는다. ≪휴가≫의 류스케는 남동생의 희생으로 고등교육을 받는다. 작가는 이 류스케를 통하여 자기

자신의 에고이즘과 자기 기만을 파헤쳤다. 류스케는 F운송점의 일을 도우며 중학을 졸업했지만, 대학 예과에 진학하게 되자 가게 일을 할 여유가 없어졌기 때문에 고향으로 돌아가는데, 대신에 초등학교를 나온 요시(曲)가 가게에서 일하게 된다.

　류스케는 얼마나 자연주의자인가? 그는 자신의 행복을 위하여 남동생을 발밑으로 짓밟았다! 그리고 또 그는 얼마나 비겁자인가! 왜냐하면 그는 지금 그 추악한 에고이즘을 아름다운 가면으로 덮어 가리려고 하고 있으니까.

　이것은 다키지가 자기 자신을 책망하는 목소리였다. 그는 자신을 단지 피해자로만 생각할 수밖에 없었다. 그는 동시에 가해자였다. 그러나 어떻게 하면 좋았을까? 그는 자신의 에고이즘을 긍정할 수는 없었지만, 또한 그걸 버리고 떠날 수도 없었다. 단지 그것을 버림으로써 어떠한 것도 해결되지 않는다고 생각했다. 다키지는 자신의 추악한 에고이즘을 직시해야만 했다. 그 에고이즘을 조금이라도 긍정할 수 있는 것으로 삼기 위해서는 〈훌륭한 사람〉이 되어 일가를 구해야 한다고 생각할 수밖에 없었다. 그러나 〈훌륭한 사람〉이 되는 것은 어떤 의미일까? 다키지는 거기에서 자기 기만을 발견하고 자신이 〈아름다운 가면〉에 숨겨진 추악한 존재임을 통감해야만 했다.

〈자신이 자신이라는 사실〉이 시라카바파의 근본적인 이상이었다. 자기의 절대성, 보편성을 믿는 곳에서 시라카바파의 문학은 성립하고 있었다. 그러나 다키지에게 있어서 자기 자신에게 충실하다고 하는 것은 어떠한 의미일까? 신에게 충실하다고 하는 것은 어떠한 의미일까? 다키지는 타자와의 관계를 단절하고 자신을 생각할 수는 없었다. 가족이나 백부와의 관계를 무시하고 자기 자신을 생각할 수는 없었던 것이다. 더구나 다키지도 궁극적으로는 자기 자신에게 충실할 수밖에 없었다. 그 의미에서는 시라카바의 태생이었다고 말할 수 있지만, '충실해야할 자기 자신, 진실한 자기는 무엇인가'라고 하는 것이 문제였다.

시라카바파의 자기 의식은 자연에 대한 자기의 신뢰 위에 꽃을 피웠다. 자기의 의지는 즉 인류의 의지가 되어 자기 자신에 대한 회의감은 단절되었다. 그와 같은 자기를 사회와 대결시킨 곳에 아리시마 다케오의 모순과 고뇌가 있었고, 그 모순과 고뇌의 깊이가 아리시마의 리얼리즘을 독자적인 것으로 만들었다. 자신의 절대성과 보편성을 믿을 수 없게 되어 자기와 타자, 자기와 사회의 모순을 무시할 수 없게 된 곳에 시라카바파적 이상의 붕괴가 존재하지만, 또한 거기에 다이쇼 후반에서 쇼와 초기에 이르기까지의 사상과 문학의 커다란 전환이 보인다.

이러한 시대의 고뇌를 한 몸에 짊어진 곳에 시라카바 태생이면서도 한편 시라카바 부정자로 살며 세상을 떠난 아쿠타가와 류노스케의 비극이 존재한다. 아쿠타가와에 있어서 자기 추구는 자기 부정으로밖에 결실을 맺지 못했다. 다키지도 한편 시라카바 태생으로서의 일면을 지니면서도 시라카바의 세계에 살 수가 없어서 시라카바에 대한 부정자의 운명을 짊어졌다. 거기에 다키지와 아쿠타가와라고 하는 완전히 이질적으로 느껴지는 존재의 공통 문제가 존재하고 있었던 셈이다. 다치키도 역시 자기 자신을 상실한 곳에서 출발하지 않을 수 없었고, 분열하는 자아를 직시하는 곳에서 시작해야만 했던 것이다.

6 정체로부터의 탈출

오타루고등상업 졸업 전후의 인생 및 예술에 대한 다키지의 근본적인 생각은 ≪역사적 혁명과 예술≫이나 졸업논문에 확실히 나타나 있다. 인생에 대한 〈일의적인 태도〉를 관철하려 하며 그것과 예술과의 〈일원적인 혼연경〉을 지향했던 것이다. 졸업논문으로 수트로의 ≪버려진 인간≫을 번역한 것은 "모든 전제로 그 사실을 우리는 간파해야 한다"고 하는 신념으로부터 기인한다. 그 신념은 리얼리스트로서의 다키지 생애를 꿰뚫고 그 예술의 근저를 형성했다. 다키지는 그 희곡에서 세상의 프롤레타리아는 〈모든 사실〉을 발견할 것이라고 하며 "자신은 그러한 민중과 함께 앞으로 나아가겠다."고 선언하고 크로포트킨의 ≪빵의 약취≫를 번역했던 것이다.

고등상업 졸업 직후에 동인잡지 ≪크라르테≫를 창간한 것은 이와 같은 지향을 관철하려 했기 때문이다. 창간호 ≪동인잡기(同人雜記)≫에 많은 동인잡지가 예를 들면 바의 남녀의 시시한 교섭만을 그리고 있는 것을 비판하며 "크라르테는 그러한 것 속에 놓인 빛이다."라고 서술했다. 마에다가와 고이치로(前田河廣一郎), 아라이 기이치(新井紀一), 고마키 오미(小牧近江) 등의 프롤레타리아 작가에게 원고를 의뢰한 사실은 ≪크라르테≫ 창간에 대한 다키지의 포부를 보여주는 것이다. 다키지는 이 ≪크라르테≫ 제1집(1924년 3월)에 ≪폭풍우 상황≫을 썼고 제2집(1924년 7월)에 ≪막과자 가게≫, ≪수신과 소셜리즘≫을 발표했다.

≪수신과 소셜리즘≫은 사회주의의 논리적 기초를 논한 짧은 에세이로 "가장 도덕적인 인간이야말로 가장 위대한 사회주의자여야 한다."고 주장했다. 다키지에게 있어서 사회주의에 대한 관심은 고등상업 시절부터 점차 깊어졌는데, 실제로 다키지는 고등상업 졸업 후 집안의 경제를 떠맡는 처지에서 홋카이도 척식은행에 취직해 소시민적인 샐러리맨 생활을 보내야만 했었다. 사회주의에

대한 관심이 깊어짐과 동시에 생활과 사상의 모순이 다키지를 괴롭혔지만, 다키지 문학은 이러한 자기모순을 추구하는 내용으로 발전했다.

≪폭풍우 상황≫에서는 정규대학을 졸업하지 않고 미국에서 고학해 학생에게서 환영받지 못하는 '타이프라이터'나 '상업통신'이라는 과목을 가르치는 S교수의 애처로운 모습을 그렸다. 학생의 신망도 없거니와 가정적으로도 불행한 S교수는 학생의 인기를 얻으려고 엉뚱한 노력을 한다. 다키지는 이 S교수의 애처로움을 냉정한 눈으로 그렸는데 거기에는 단지 조소와 풍자뿐 아니라 저변 깊숙이 일종의 비애감이 흐르고 있다. 다키지는 이 애처로운 S교수에게 자신을 상실, 사는 기쁨도 자긍심도 잃고 시대의 흐름에 뒤처지는 불행한 인간의 모습을 발견하는 것이다.

자본주의 사회에 있어서 사람들은 꿈도 희망도 잃고 그저 살기 위해 사는 일을 도리없이 행한다. 다키지는 S교수에게 〈단지 남의 의지에 인종하는 것에만 익숙한〉 이들 다수 인간들의 상징을 본다. 학교를 나와 은행원 생활로 들어가려는 시기에 다키지가 이와 같은 작품을 쓴 것은 결코 우연이 아니다. 애처로운 S교수의 운명은 다키지 자신의 운명이 될지도 모르는 일이었다.

≪크라르테≫를 향한 다키지의 포부는 그만큼 컸지만, 은행원으로서의 안이한 생활이 걸핏하면 창작의 열의를 방해, 자신을

잃게 했다. 2집의 ≪막과자 가게≫는 시대에 뒤쳐져 쇠퇴해가는 한쪽 변두리 막과자 가게의 가족을 조용하고 안정된 필치로 그렸는데 구작을 고친 원고로 3호에는 작품을 발표하지 않았다. 이러한 상태로 ≪크라르테≫ 창간에 즈음하는 포부를 충분히 표명할 수 없었음은 자명하다. 다키지가 추구하는 강렬한 것, 독특한 내용은 얻지 못했고 조졸한 것으로 정리돼가는 경향이 현저했다.

특히 ≪크라르테≫ 2집이 나오기 직전인 1924년(다이쇼 13) 6월에 ≪문예전선≫이 창간되어 프롤레타리아 문학운동의 새로운 움직임이 강렬해짐에 따라 다키지 자신이 품고 있던 불만과 초조감도 높아져 갔다. 1925년(다이쇼 14) 3월 도쿄상대(현 히토쓰바시대학) 수험을 위해 상경한 것은 이러한 정체를 타파하고 새로운 생활과 문학의 길을 개척하려고 하는 마음의 표현으로 보아도 좋을 것이다. ≪크라르테≫는 창간 당초의 의욕에도 불구하고 점점 정체돼 발행의 지연도 현저해졌으며 1925년 2월에 4집이 겨우 발행된 뒤 1년간이나 휴간이 계속되었고 다음해 1926년 2월 제5집으로 폐간되었다.

도쿄상대의 수험에 실패한 일은 다키지 문학에 하나의 전기를 초래했다. 상경 의도는 오타루에서의 자기 과거 및 현재 생활, 그 정체한 은행원 생활과 가족의 속박에서 탈출하려고 하는 목적에 있었다. 격동하는 도쿄의 새로운 공기에 접하고 새로운 학문으로 생활과 사상을 새로 다지려는 의도였다. 그러나 이 의도의 좌절로 인해 새롭게 자기 자신을 다시 응시, 거기에서 자신의 숙명을 곤통하는 새로운 독자적인 문학을 개척하는 길을 걷기 시작하게 되었다. 이러한 의미에서 ≪다구치의 〈누나와의 기억〉≫(≪북방문예≫ 1925년 6월)은 다키지의 전환점을 시사하는 작품으로 주목된다. 이 작품은 뒤에 ≪동지 다구치의 감상≫으로 제목이 바뀌어 1930년 4월 ≪주간 아사히≫에 거의 원래의 형태대로 재발표되었다. 〈너 두나도 보잘 것 없는〉 자기의 과거를 뿌리치고 나아가려한 다키지에게는 드문 일이지만, 그 정도로 다키지에게 의미 깊고 〈애착이 가는〉 작품이었던 것이다.

오타루고등상업 직후부터 다키지는 원고 노트를 친구들에게 회람시키며 비평을 구해 ≪태어나는 아이들≫이라고 이름을 붙였는데, 이 작품의 발표에 있어서는 그 형식의 부활을 시도했다. 〈학창시절의 순진한 그리고 오히려 저돌적인〉 태도를 회복하려고 한 것이다. "자신은 서둘렀다. 매일 기진맥진한 생활이 두려워졌다. 게다가 점점 기계적으로 변해가는 은행 생활이 자칫하면 자신의 본업 위로 편하고 나른한 음영을 던지는 것도 두렵게 성각되었다. 반항이 필요했다."(≪태어나는 아이들≫에 대하여) 〈≪다구치의 〈누나와의 기억〉≫〉은 이와 같은 반성 위에 선 노력의 최초 결실이었다. 이 작품에는 다키지의 소년 시절 체험이 확실히 새겨져 있다. '자필연보'에는 누나가 화산재 공장에서 일한 뒤 새하얗게 질려서 돌아와 오래 머리를 감겨 주던 일이나 여동생이 화산가스 버리는 곳에 코크스를 줍기 위해 간 일을 기억하고 있다는 기술이 있는데, 다키지는 자신의 성장과정의 굴욕적인 체험을 뒤돌아봄으로써 새로운 문학적, 사상적 전환의 출발점을 모색했던 것이다.

다키지에게 이 작품은 〈하나의 모험〉이었다. "자신은 처음 자신의 감정으로 의도를 표현하려고 했다. 무엇보다도 그게 이 작품의 커다란 시도였다."고 다키지는 이 작품에 대해 서술했다. 종래의 다키지는 ≪류스케와 거지≫, ≪형≫, ≪휴가≫ 등에 분명히 보이는 것처럼 자기 부정적, 자기 조소적인 경향이 뚜렷했다. 이 분석적, 이지적인 문체에서 감정을 세차게 치솟게 하는 묘사적 문체로 전환을 도모하는 노력 속에 다키지의 새로운 출발 자세를 찾아볼 수 있다. 다키지의 이 전환은 불행한 경우에 처해 있던 다구치 다키(田口タキ)에 대한 애정의 깊이와 관계가 있다. 제목에 '다구치'라고 하는 이름을 사용한 것도 우연이 아니다. 다키의 운명을 자신의 누나와의 기억으로 연결시키는 곳에서 이 작품은 탄생했다. 자신 또는 자신의 가족과 다키 또는 다키의 가족을 그 근본적인 장소에서 연결하는 공통의 내용을 이 작품은 그렸다.

다키지 가족과 마찬가지로 다키 일가도 아키타에서 옮겨온 이주자들이다. 다키지는 우연히 백부의 원조로 학교를 나와 소시민적 생활을 자신의 일상으로 삼는다. 다키지의 자기 조소적인 인간불신의 감정은 이와 같은 생활 상태에서 기인했다. 다키와 만나 다키를 사랑함으로써 다키지는 자신이 원래 다키와 공통 운명을 짊어지고 있는 존재라는 사실을 자기의 감정 가장 깊은 곳에서 통절히 느낀다. 다키를 통해 다키지는 자신의 혼을 발견했다. ≪다구치의 〈누나와의 기억〉≫은 이 혼의 근원적 체험을 작품화한 것이다.

삼태기를 짊어지는 누이의 부끄러움, 그 누이를 놀리는 구경꾼, 소년 〈다구치〉가 보낸 청어를 여자애 부모가 한마디로 거절하는 굴욕. 그것은 인간적인 감정이 깨달은 체험인 동시에 계급적 자각의 단서가 되는 자극이었다. 설령 그것이 다키지 자신의 직접 체험이 아니라 할지라도 그 굴욕 속에서 살아야 하는 빈농의 자식으로서의 자각이, 이 작품을 자신의 체험으로까지 승화시켰고 그것을 뜨거운 감정으로 담아낼 수 있었던 것이었다. 그것은 멸시당하고 수렁에 빠진 듯한 굴욕 속에서 모든 것을 빼앗기며 사는 여성에 대한 사랑으로 확실히 다키지 내부에서 소생하는 것이다. 다키지는 이 자각에 투철함으로써 엉거주춤한 생활에서 파생되는 엉거주춤한 문학을 극복하려고 했다. 거기에 다키지 문학이 갖는 전환의 의미가 존재한다.

▌**7** 소녀 다키와의 만남

다키지가 다키를 처음으로 알게 된 것은 1924년 10월이었다. 다키는 오타루 이리후네(入舟) 마을의 일품요리집에서 접대부로 일하고 있었다. 아직 16세의 불행한 소녀에 대한 동정은 애정으로 변하는데, 이 사랑은 결코 단순한 것이 아니었다. 1925년 3월 다키 앞으로 보낸 서간에는 돈이 없으니까 "다키 씨를 하루라도 빨리 나가게 해주려고 생각해도 단지 그건 생각일 뿐이요."라고 썼고 "미덥지 않겠지만 언젠가 나의 사랑으로 완전히 다키 씨를 구해줄 테야."라고 맹세했다. 다키지가 의지할 만한 것은 사랑밖에 없었다. "결코 비관하거나 실망하거나 하지 마. 우리 두 사람 사이의 사랑을 믿자."고 한 다키지였지만, 그러한 다키지 쪽이 다키를 믿지 못하고 의혹 때문에 고민했다.

1926년(다이쇼 15) 5월 무렵의 일기에는 다키에 대한 사랑과 질투에 내몰린 마음의 갈등이 극명히 점철되어 있다. 그 무렵 다키지는 이미 다키의 빚을 갚아주고 와카타케(若竹) 마을 자택에 살게 했는데 다키의 과거는 다키지를 계속 괴롭혔다. 다키를 믿을 수 없는 것은 다키의 환경 때문이기도 했지만 또한 자신도 믿지 못하는 곳으로부터 오는 인간 일반에 대한 불신 때문이기도 했다.

다구치 다키(田口タキ)

다키지는 염세적이고 인간 부정적인 사상으로부터 탈출하기 위해 필사적이었다. "자신은 정말로 그녀를 사랑하고 있다. 그녀를 잃는 것은 자신의 '죽음'을(어떠한 의미에서도) 의미하고 있다."(일기 1926년 6월). 그는 자신의 의혹을 근거 없는 것이라고 생각하지만 그러나 그 의혹에 괴로워하는 자신으로부터 벗어날 수는 없었다. 다키지에게 있어서 사랑하는 것은 괴로움이었고 믿으려고 하는 것은 의혹을 심화시키는 행위였다.

다키를 알고 얼마 지나지 않아 다키지는 ≪그의 경험≫(≪크라르테≫ 제4집 1925년 2월)을 완성했다. ≪류스케의 경험≫(≪極光≫

1926년 7월호, 1925년 8월 작), ≪And again!!≫(1926년 7월 작)은 모두 이 작품의 개작이다. 여자에 대한 의혹이나 불신, 질투, 절망, 또는 자기 혐오감이나 열등감을 추구하는 이들 작품이 다키지 자신의 직접 경험에 기인한다는 사실은 ≪류스케의 경험≫의 부기에 따르더라도 분명하다. 여인에게 배반당해 여인에게 절망했다고 하면서도 여인을 찾고 연애를 동경하지 않을 수 없는 무의미한 고뇌. 공허한 삶 때문에 견딜 수 없는 외로움. 끊임없이 안절부절못하는 암담한 마음. 작가는 이러한 내용을 가능한 한 냉혹한 시선으로 그려냈다.

≪그의 경험≫을 집필한 직후에 다키지는 도쿄상업대학 수험을 위해 상경했다. 거기에는 다키에 대한 감정의 갈등으로부터 탈출하려는 의도도 포함돼 있었을 것이다. ≪다구치의 〈누나와의 기억〉≫은 상업대학 수험을 거쳐 ≪그의 경험≫ 이후에 완성한 작품이며 거기에는 ≪그의 경험≫으로부터 크게 전환, 탈피하려고 하는 의도가 있었음은 전술한 대로다. 다키에 대한 자신의 감정이 모든 의혹과 불신에도 불구하고 더할 나위 없이 진실한 것임을 다키지는 믿지 않을 수가 없었다. 다키에 대한 사랑을 자신의 성장과정에서 유래하는, 자기의 마음 가장 깊은 곳에 계속 살아 있는 근원적 감정의 발로라고 느꼈다. 다키에 대한 사랑을 통해서 다키지는 자기 자신을 새로운 빛으로 비춰내게 되었다.

의혹이나 불신은 피하기 어려웠지만 자기 또는 인생을 부정적으로 보는 차가운 눈은 어떠한 것도 창출해내지 못했다. 다키지는 고민했다. 다키를 구원하면 어떻게 될까, 자신의 행위는 위선이 아닐까, 인간에게 사랑은 과연 가능할까, 등등. 의혹은 한없이 있었지만 다키를 사랑하고 구원하려고 하는 자신의 감정에 대한 진실은 의심할 수가 없었다. 이 감정의 진실함에 충실하려고 한 곳에서 다키지의 전환이 시작되었다.

다키지는 다키에게서 단지 불행한 한 여성을 발견했을 뿐 아니라 거기에서 〈빈농의 자식〉의 운명을 발견했으며 자기 자신을 또한 발견한 것이다. 그리하여 다키지는 ≪매춘부 집≫(1925년 1월 작)이나 ≪사도(師徒)≫(≪크라르테≫ 제5집 1926년 2월)와 같은 작품을 쓰게 되었다. 다키를 통해 현대사회의 최하층에 사는 인간의 운명을 추구하고 그 해방을 찾아 방황했던 것이다. 이 고뇌와 방황으로 다키지 사상과 문학은 새로운 전개의 틀을 완성했다.

8 비약을 준비한 작가적 모색

≪매춘부 집≫과 ≪사도≫는 다키의 운명과 환경, 또 그것을

구하려고 하는 사랑의 고뇌를 추구한 작품이다. ≪작부≫(1927년 9월 작), ≪남겨진 것≫(≪북방문예≫5호 1927년 9월 작), ≪다키코 그 외≫(≪창작 간행≫ 1927년 4월)는 모두 ≪매춘부 집≫의 개작이고 ≪최후의 대상≫(≪창작 간행≫ 1928년 2월)은 ≪사도≫의 개작이다. 이처럼 하나의 작품을 몇 번이나 개작해 그림으로써 자신을 심화, 발전시켰던 사실은 다키지가 얼마나 이 작품을 사랑했는지, 또한 그것이 다키지에게 있어서 얼마나 본질적인 주제였는지를 보여주고 있다. 다키지에게 있어서 사회주의를 향한 길은 단지 이론적 영향이나 그 밖의 외발적인 여러 조건으로 환원될 성질의 것은 아니다. 오로지 자신의 성장과정과 생활 현실, 숙명적이기도 했던 연애를 추구함으로써, 말하자면 필연적인 기행으로 거기에 도달한 것이다.

> 인생에 대해 아무것도 요구하지 않는다면 그 작가는 진정한 예술가라고 할 수가 없다.(〈일기〉 1926년 6월)

다키의 고뇌를 자기의 고뇌로 생각한 다키지는 이 비참한 현실을 그냥 있는 그대로 그리는 상태에 머물러 있을 수는 없었다. 암흑 때문에 고통스러워하는 인간에게 있어서 암흑을 그냥 있는 그대로 그리기만 하는 문학은 인간에 대한 모욕이며 능욕이다. 이러한 현실을 직시하며 〈구원〉을 찾지 않고 〈광명〉을 제시하지 않으려 함은 인간적인 감정의 포기이며 예술을 예술로 성립시킴에 있어서도 근본적인 자격의 상실이다.

그러나 〈구원〉과 〈광명〉을 원하면 원할수록 〈구원〉과 〈광명〉 없는 현실의 암흑을 더욱 심각하게 발견하지 않을 수 없었다. 어떠한 형태로도든 관념적인 해결, 안이한 주관적인 구원을 끌어와 현실을 왜곡하고 속이는 일에는 수긍하지 않았다. 그것은 철저하고 깊이 현실을 도려냄으로써 작가의 현실 인식과 사상을 변혁해가는 리얼리즘이었다. 다키지 사상과 문학은 작품을 쓰고 개작을 반복함으로써 심화되고 발전되었던 것이다.

……그러나! 또 〈그러나〉다. 자신은 방금 전부터 몇 번이나 이 〈그러나〉의 주위를 빙글빙글 맴돌았던 것일까? 도망치려고 생각하는 우리 속의 사자, 그것과 완전히 똑같다.

이 색다른 모두(冒頭)의 문장에 ≪사도≫의 주제, 즉 당시 다키지의 고뇌가 응축되어 있다. 이쿠코(郁子)는 아버지를 잃고 여학교를 중퇴, 청완두 가공공장에서 일하고 있었다. 남동생과 누이동생 셋은 남의 집으로 보내졌다. 구렁텅이 같은 가난뱅이 생활. 그 결과 이쿠코는 매음으로 경찰에 구류되었다. 〈나〉는 적은 수입이지만 여러 모로 원조하러 찾아갔다. "이런 여러 일들이 도움이 될까?" 하고 〈나〉는 때때로 생각한다. 썩은 감은 잠자코 내버려두어 떨어뜨리면 족하다. "그렇다. 하지만 그게 자신에게 가능하다면!". 개인이 아무리 발버둥 쳐봐도 현실의 거대한 힘 앞에서는 무력하다. 하지만 설령 무력해도, 무의미해도 그 노력을 중지할 수는 없다. 이 〈나〉의 노력은 결국 허무했다. 〈나〉의 출장 중에 이쿠코의 어머니가 몇 개월이나 감기로 누워 이러지도 저러지도 못하게 되어 이쿠코는 매음으로 구류되는 것이다.

이쿠코가 나쁘지 않다는 것은 알고 있다. 그러나 〈나〉의 마음은 '허락할 것인가', '허락하지 않을 것인가'라고 하는 두 가지 의문 앞에 흔들이처럼 흔들거린다. "인간이 살아가는 것이 어떤 것인지 알고 있는 사람이 그렇게 있을까?"라는 이쿠코의 말을 상기하고 이쿠코의 괴로움에 대해 자신의 태도를 미안하게 생각한다. "구원받지 못할 정도로 상처받은 이쿠코의 마음을 내가 꼭 품어주어야 하리라."고 〈나〉는 생각한다. 그러나……. 〈나〉는 〈그러나〉의 주변을 빙빙 돌지 않을 수 없다. 〈그러나〉의 끝임 없는 연속, 이 모든 〈그러나〉를 추구하지 않을 수 없는 곳에서 다키지의 리얼리즘은 심화되고 있었다.

다키에 대한 사랑과 질투의 부조리한 갈등이 ≪사도≫의 모티브가 되었다. "그녀의 생활, 그러한 남자와의 교섭, ……etc.를 생각하면 심장 부근이 겸연쩍게 느껴진다.”고 다키지는 일기에 기록했다. 다키지는 다키가 희생자임을 알고 있다. “여자는 왜 그렇게 순결해야만 하는 것일까? 왜 남자에게 그 순결이 중대하게 요구돼야만 하는 것일까?” 다키에 대한 사랑은 이른바 근대적=부르조아적 모럴을 돌파하는 것을 강요했다. 희생자인 다키에게 〈보통 여자〉임을 추구하는 자신을 다키지는 부끄럽게 생각한다. 그러나 그럼에도 불구하고 다키에 대한 감정에 테를 두른 어두운 그림자를 어떻게 할 수도 없다. 오히려 다키의 이 어둡고 저주받은 운명 때문에 다키지의 애정은 애절하게 강해져가는 것이다.

다키지는 자신의 감정을 정리할 수가 없었다. 오히려 거기에 감정이라고 하는 것의 본질이 존재하고 있었을 것이다. 다키지는 그 감정의 진실성을 중시했다. “그러나! 또 ‘그러나’다”라고 하는 기묘한 표현으로 시작된 ≪사도≫가 “이쿠코 집 앞에 왔을 때 나는 갑자기 자신의 가슴이 두근거리는 것을 느꼈다.”는 표현으로 종결된 것은 자기 감정의 모든 모순과 혼란을 쉽게 정리해 버리는 것을 거부하고, 그들 모든 〈그러나〉를 추구하며 모든 〈그러나〉임에도 불구하고 〈자신의 가슴이 두근거린다〉고 하는 그 감정의 진실성을 응시했다는 사실을 나타낸다.

그러한 의미에서 ≪사도≫는 ≪그의 경험≫, 그리고 그 외의 작품과 공통의 주제를 추구했다고 말할 수 있다. 이들 작품은 여성에 대한 의혹, 불신, 절망을 얘기하면서 그럼에도 불구하고 자신을 배신한, 자신이 경멸하는 여자에게 매료돼가는 부조리한 마음을 추구했다. 여자를 경박하고 부정적인 대상으로 꾸며냄으로써 사랑하는 남자의 모순, 그 부조리성을 강조하며 그 내용을 빈정거리는 듯한 필치로 그렸다. ≪사도≫는 물론, 이쿠코의 운명을 통해 사회모순을 추구했다. 그런 점에서 인간심리의 모순을 표현함에 그친 ≪그의 경험≫, 그 외의 작품과 구별돼야 한다. 그러나 ≪사 도≫는 단지 현실 암흑을 그린 것만이 아니라 작가 자신의 마음 속의 암흑 — 그 모순과 부조리를 추구했던 것이다.

≪류스케의 경험≫에서의 여자에 대한 절망감에도 불구하고 더욱 여자를 생각하지 않을 수 없는 마음의 추구는 거기에서 현실 부정으로부터의 탈출 가능성을 발견하려고 하기 때문에 일어나는 감정이다. 모든 것은 허무할지도 모른다. 그 허무함을 알면서도 또 지금 한 번 시도해보려고 하는 맹목적 집착에 다키지는 인생의 활로를 찾으려고 했다. ≪류스케의 경험≫의 개작이 ≪And again!!≫으로 재차 시도된 이유이다.

≪사도≫의 작가에게 인도주의의 이름을 씌운 것은 잘못된 일이 아닐지도 모르겠다. 그러나 그것은 결코 평면적이고 자명한 이치로서의 인도주의는 아니었다. 〈구원〉과 〈광명〉을 추구하는 다키지는 점점 현실의 암흑, 자기의 모순을 고집한다. 빛은 외부에

서 주어지는 것이 아니라 그 암흑 자체 내에서 발견되어야만 했던 것이다.

9 다키지는 인도주의자일까?

≪매춘부 집≫은 1인칭 소설이다. 다키지는 지옥에서 사는 여자의 처지가 되어 이 소설을 썼다. 남자들은 그녀들을 상품으로밖에 여기지 않는다. 이러한 세계에서 〈나〉는 이상한 행동을 하지 않고, 술만 마시고 돌아가는 색다른 '다 씨'라고 하는 남자를 알게 된다. 그녀는 그에게서 여러 얘기를 듣는 것이 즐거움이었다. ≪죄와 벌≫이나 ≪청춘≫ 등을 빌려 읽지만 자신과 같은 여자는 일생 다가서지 못할 거라고 생각한다. 그와 같은 훌륭한 인간에게는 훌륭한 아가씨가 필요하리라고 생각하는 것이다.

한번 기적에서 몸을 빼지만 원래의 세계로 돌아온 '묘'라고 하는 여자를 다키지는 그렸다. 그 남자는 이러한 사회를 조금이라도 개선하려고 생각하며 묘를 구출해내지만, 결혼할 생각은 없었다. "지금의 젊은 사내는 말이야, 모두 천박한, 그런 생각을 하고 있어. 주의해! 인간의 기분 따위 조금도 알지 못하는 주제에……."

인간은 그러한 생각으로 행복하게 되지는 않는다고 묘는 말한다.

〈나〉는 묘를 보고 있자니 자신이 찾아갈 어두운 길의 종점이 선명히 보이는 듯한 느낌이 들었다. 구원은 어디에도 없다고 생각한다. 하지만 그녀는 다 씨를 생각하지 않을 수 없었다. 설령 그가 자신을 생각하든지 생각하지 않든지 그를 믿으려고 생각한다. "나는 거기에서 어떤 힘이 밀려오는 듯한 느낌이 든다. 그건 덧없고 초라한 것 같다. 하지만 좋다. 암흑이다. 내 주변은 암흑이다. 난 빛을 바라지 않고선 살아갈 수가 없다. 다 씨는 빛이다."

다키지가 기적에서 다키의 몸을 빼낸 것은 1925년 12월이다. 이 작품은 그해 11월 작품이므로 그녀가 기적에서 몸을 빼기 직전에 그려진 셈이다. 다키를 자신이 정말로 행복하게 할 수 있으리라고 단순히 다키지는 생각하지 않았다. 그 사실은 이 작품에서도 확실히 느껴진다. 사실 다키는 1년도 지나지 않아 가출했다. 그러나 다키지는 설령 허무한 노력이라고 할지라도 그렇게 하지 않고는 견딜 수 없는 마음이 자신에게 존재하는 이상 그 기분에 충실하려고 했다.

≪사도≫는 ≪매춘부 집≫이 나온 2개월 후 다키를 기적에서 몸을 빼 구출한 직후의 작품이다. ≪사도≫에서 다키지는 자신의 입장에서 구원하려고 하는 자의 의혹과 고뇌를 추구했다. 이에 대해 ≪매춘부 집≫에서는 다키의 입장에서 구원받아야 할 자의

고뇌와 비애를 그렸다. 〈나〉는 구원과 광명을 추구하지만, 그것은 어디로부턴가 주어지는 것을 기다리고 있는 형태여서 그녀의 주체적인 능동성은 무시되었다.

"어둠을 등에 지고 언제 어디서 올지 짐작하기 어려운 희미한 '빛'을 찾아 걸어가자, 왜라고? 이게 인간이야."라고 그녀는 생각한다. 여기엔 당시 다키지의 생각이 단적으로 드러나 있다. 그러나 ≪사도≫에서는 이 〈걷는다〉라고 하는 뜻이 설령 덧없는 노력일지라도 뭔가를 해보려고 하는 능동적인 의미로 사용되고 있는 데 비해 ≪매춘부 집≫에서는 어떤 고통에도 참고 산다고 하는 인종(忍従)의 의미로 사용되었다. "생각하면 안 된다. 생각하면!"이라는 말미의 표현은 개인의 노력이나 사고의 무력감을 일깨우는 다키지의 페시미즘의 표출로 ≪사도≫의 테마이기도 하지만, 이 동일한 언어가 갖는 의미가 이 두 작품에서는 완전히 다른 것이 되었다.

다키지에게 있어서 현실은 암흑이었다. 전도에 대한 어떠한 전망도 신념도 없었다. 그러나 그는 오로지 자신의 내적 생명의 목소리에 따라 모든 의혹과 불신에도 불구하고 앞으로 나아가려고 했다. 이 생명적 능동주의는 오타루고등상업 이래의 사상이지만, 작품으로 보면 ≪그의 경험≫에서 추구되어 ≪류스케의 경험≫, ≪And again!!≫ 등의 개작에 의해 심화되었다. 이 사상이 ≪매춘부 집≫에서 현실 암흑의 추구로 현저하게 사회성을 부여받은 곳에

≪사도≫의 의미가 있었다.

≪매춘부 집≫에서는 진흙과 같은 현실 속에서 짓밟히며 사는 여인의 소망과도 닮은 구원과 광명에 대한 기대가 일종의 신비스런 빛이 되어 암흑의 현실을 담담하게 비춰내고 있다. 이 빛은 암흑을 암흑 상태로 신성화한 것으로, 말하자면 〈렘브란트 풍〉의 세계였다. ≪작부≫ ≪남겨진 것≫을 거쳐 ≪다키코 그 외≫에 이르는 개작의 과정은 〈렘브란트 풍〉의 세계로부터 탈출하는 과정이었다. 수동적, 인종적인 구원과 광명을 기대하는 여자는 현실에 반항하며 절망적인 투쟁을 전개하는 주체적, 능동적인 여자로 변모해간다. 그것은 다키지의 현실인식과 사상이 점차 심화, 발전해가는 과정과 연결되어 있는 것이다.

■ 10 현실과의 격투

인간이 인간을 사랑하는 일, 인간이 인간을 구원하는 일은 가능한가? 인간은 인간을 믿을 수 있는 것일까? 어릴 때부터 어두운 현실을 목격해왔던 다키지는 이러한 물음에 대해 부정적인 생각을 갖지 않을 수 없었다. 그러나 동시에 모든 〈그러나〉임에도

불구하고 다키를 사랑하고 구원해야 하는 자신의 마음에 대한 진실성도 또한 인정하지 않을 수 없었다. 이 마음의 진실성을 ≪사도≫에서 추구한 다키지는 이 마음이 직면해야 하는 문제를 생전 미발표의 시나리오 ≪찾아올 일(來るべきこと)≫(1926년 작)에서 추구했다.

야학의 장을 열어 교육으로 가난한 어린이들을 구하려고 했던 류스케는 그들의 비참한 생활을 알고 구제를 위해 분주한 나날을 보내게 된다. 친구는 "자네는 몽상가야. 자네는 인간을 믿어서는 안 돼. 그 사람은 분명히 자네를 배반하게 될 걸세."라고 충고한다. 아내도 류스케를 이해할 수가 없다. 자신들이 도움을 받을 정도인데 다른 사람의 일 따위는 개의할 필요가 없다고 말한다. 각자가 행복하게 되기 위해 애쓰면 비로소 모두가 행복하게 될 수 있다고 하는 아내의 말을 류스케는 맞다고 생각한다. 하지만 그는 그게 불가능하다. 그 전에 자기보다도 더욱 불행한 인간을 생각해 버리는 것이다.

류스케로부터 ≪레미제라블≫의 이야기를 들은 소년은 도둑질을 하고서 선생님이 물건을 많이 가지고 있는 곳에서라면 훔쳐도 좋다고 했다고 말한다. 이 때문에 경찰에 붙잡힌 류스케는 자신이 있는 유치장 앞을 매음 때문에 체포된 이쿠코가 지나는 것을 본다.

친구의 말은 다키지 자신의 내부에 존재하는 인간불신의 사상에 대한 지적이다. 이에 대해 다키지는 새로운 신념을 표명했다. 아내의 말에 대해 "그게 가능하다면 얼마나 행복할까?"라고 생각해 친구에게 "자네가 행복해 견딜 수 없어."라고 하는 류스케는 자신의 삶에 숙명적인 것이 존재함을 확인하게 된다. "나는 이 세상은 결코 그렇게 희망을 걸 정도로 좋은 세상이라고는 생각하지 않아요. 하지만 이 세상을 정말로 '자신을 지키며' 살아가는 것이, 그 길로 일관하는 것이 인생이라고 생각하는 겁니다."라는 류스케의 말에 인생에 대한 다키지의 결연한 사상이 나타나 있다.

세상에는 〈절대의 행복〉 따위는 없다고 하며 "행복만이 없어지는 것은 아니다."고 하는 류스케의 말은 인생은 모순 그 자체이며, 모순을 피해 사람은 살 수가 없다고 하는 인식을 표현하고 있다. "일시적 불행 때문에 사람은 어떤 약진에 대해 겁쟁이가 되어선 안 된다."고 하는 표현은 현실의 부조리성에 대한 엄격한 인식에서 나온 실천적 사상이다.

아내의 입장은 다키지 가족의 입장을 대변하는 동시에 근대적 개인주의 모럴을 나타내는 것이었다. 소시민적 행복에 대한 원망은 또한 다키지 자신의 것이기도 했다. 그러나 다키지는 거기에 머무를 수가 없었다. 다키지에게 있어서 그것은 위선의 행복이요, 자신의 혼을 말살하는 행위였다. "그러나 나는 지금 조금도 행복하지 않다."고 류스케는 말한다. 이쿠코와의 결혼은 가정 행복의 파괴이다. 그러나 그럼으로써 허위의 생활로부터 자신을 구원해낸다면 행복은 일견 그 불행으로 보이는 생활 속에만 존재하는 셈이 된다고 말하는 것이다.

이 시나리오가 발표된 그 무렵의 ≪〈하녀(下女)〉와 〈순환소수(循環小數)〉≫(≪新樹≫ 1926년 5월)라고 하는 문장에서 다키지는 〈'세계의식'이라고 하는 신성한 병〉을 문제시했다. 카페에서 비후 스테이크를 먹으려고 하는 순간, 차가운 공기에 후들거리는 사람을 생각하고 그 비후스테이크를 버려버린다. 웃으려고 했을 때 웃을 수 없는 인간의 존재가 그의 얼굴을 찡그리게 한다. 이러한 내용이 어떠한 도움도 되지 않는 사실은 자명하다. 더구나 그렇게 하지 않고는 배길 수 없는 〈'세계의식'이라는 신성한 병〉은 감상에 지나지 않다고 해서 오로지 조소의 대상으로 사라져야 할 것인가?

류스케도 이 〈병〉에 걸려 있었던 것이다. 다키지는 인간의 행위를 그 결과로만 문제시한 것이 아니라 그 동기의 진실성, 주체적 의미를 중시했다. 마르크스가 한편으로 자본주의 사회의 필연적 붕괴를 논하면서 한편으로 "만국의 노동자여, 단결하라!"라고 호소한 부분을 문제 삼은 것은 인간이 역사의 필연적 법칙의 인식자임에 그치지 않고 주체적 행위자인 사실을 설명하기 위함이었다.

류스케는 한 학생에게 4를 3으로 나누게 한다. 답은 1.333……으로 한정 없는 순환소수이다. 세상은 이처럼 무한의 형태와 같은 것이 반복된다고 한다. "하지만 여러분과 같은 사람들이 모두 힘을 합해 이 세상을 좋게 개선하려 한다면 곧 4나 5가 성립될지도 모른다." 이렇게 류스케가 말하는 도중에 이쿠코는 자리에서 일어서 나간다. 작은 사내아이도 일어서 나간다. 그런 뒤 이쿠코는 매음을 하며 소년은 도둑질을 하는 것이다. 이러한 내용은 류스케의 언설에 대한 허무함을 나타내고 있다. 다키지는 허무함을 견디며 투쟁하는 데에 대한 의미를 이 시나리오에서 추구한 것이다.

다키지는 〈영광의 날〉을 믿을 수가 없었다. 하지만 또 같은 일을 반복함에 그치는 노력을 계속하는 존재가 인간이라고 생각했다. 광명이 있기 때문에 인간이 살아가는 것은 아니다. 모두 허무할지라도, 그렇다고 해서 인간의 진지한 노력을 조소할 수는 없다. 류스케의 노력을 하녀의 노력과 마찬가지로 끝없는 반복에 불과하다고 하는 친구에게 하녀의 노력 없이는 사람은 하루도 살아갈 수 없다고 류스케는 대답한다. 그리고 "나는 이제 안절부절 못하고 스스로 행복하지 않아도 만족하게 되었다."고 말한다.

류스케의 이 각오는 이 세상을 "결코 그렇게 희망을 걸 정도로 좋은 세상"으로는 생각하지 않는다는 인식에서 출발하고 있다. "안절부절 못해 조금도 행복하지 않은" 생활을 부득이 할 수밖에 없다. "사람은 고통스러워도 헤쳐갈 수밖에 없다."고 하는 자각

우에서 〈행복〉의 허망으로부터 해방되어 비로소 자신이 자신임을 확인한다. 그리고 자신이 자신이라고 하는 이외에 자신의 삶의 방식은 없다고 각오하는 곳에서 류스케의 새로운 삶의 방식은 탄생한 것이다.

〈영광의 날을 믿을 수 없음〉에도 불구하고 순환소수에 견디며 사는 각오를 다지는 것은 무엇보다도 자신이 그것으로부터 탈피할 수 없다고 하는 자각이 있었기 때문이다. 순환소수로부터 벗어나려고 하면 할수록 거기에 사로잡혀 버린다. 그것을 탈피하는 것이 아니라 또한 그것을 저주하는 것이 아니라 어떻게 그 현실을 살 것인가를 다키지는 추구하려 했다. 그러한 시점에서 다키지는 자신이 자신이라는 사실 이외에 어떠한 삶의 방식도 없다는 사실을 절감했다. 자신 내부의 숙명적인 혼의 목소리, 생명의 욕구에 따라 살 수밖에 없었던 것이다.

모순을 해결하기보다는 그 전에 모순 속에서 살 필요가 있었다. "이론이 아냐, 사실이야!"라는 표현이 다키지 작품에는 종종 등장한다. 설령 아무리 잔혹해도 〈사실〉을 직시, 이 사실 위에 사상이 구축되어야 한다. 그렇지 않으면 〈사실〉에 휘둘리어 자신을 잃고 절망과 저주 속에서 자기 삶을 끝낼 수밖에 없을 것이다.

≪찾아올 일≫은 다키와 해후해, 숙명의 자각에 도달한 다키지가 자신이 직면할 힐문과 대결하며 거기에서 자신의 생애에 대한

새로운 전환을 추구한 작품이다. 생전에는 발표되지 않았던 시나리오지만 다키지의 생애와 문학을 생각할 때 가장 중시해야할 작품 중 하나라고 생각한다.

11 리얼한 〈시점〉의 심화

다키와의 해후, 상업대학 수험 실패로 문학에 대한 다키지의 열의는 한층 강고해졌다. 생애를 걸고 추구할 주제를 발견한 것이다. 다키지는 자신의 체험을 토대로 하는 작가였지만, 단지 과거의 체험을 있는 그대로 그리며 만족하는 작가는 아니었다. 항상 새로운 세계관을 추구하고, 새로운 삶의 방식을 찾음으로써 그의 문학은 발전한 것이다. 이 시기의 다키지는 시가 나오야, 스트린드베리, 바르뷔스 외에 도스토예프스키, 체홉, 고리키, 니체, 하디, 필립 등에 진지하게 몰두했다. 다키지 문학은 이들 작가와의 결사적인 격투를 통해 형성되었다. 다키지 문학을 근대 사상과 문학의 역사로부터 분리하여 생각할 수는 없다.

다키지의 이들 작가에 대한 태도는 어디까지나 주체적인 것이었다. 그는 자신의 문제를 심화, 발전시키기 위해 이들 작가를 배운 것이며 그들 앞에 무릎 꿇고 모방하기 위해 배운 것은 아니다. 그들을 극복하고 세계의 현대문학이 한계에 부딪힌 막다른 길을 타개해, 새로운 사상적 입장을 자신의 것으로 삼았다. 그렇지 않았다면 다키지는 자신의 문제를 발전시킬 수 없었을 것이다.

도스토예프스키나 니체에 있어서의 범애사상과 초인사상의 대립을 다키지는 근대 사상과 문학이 도달하는 극한적 문제라고 생각했지만, 그것은 다키지 자신의 내부 문제이기도 했다. 다키지 자신의 내부에서 이 두 문제는 대립하고 갈등했다. 그러나 다키지 의 리얼리즘은 이 양자를 모두 비현실적이며 관념적이라고 부정했 고 이들을 극복하기 위해 자기만의 사상적 입장을 추구했다.

≪매춘부 집≫, ≪사도≫, ≪찾아올 일≫ 등은 즉 범애사상의 입장에 선 작품이라고 볼 수 있지만 다키지에게 범애사상은 종교 적, 도덕적 요청이 아니라 자아의 내부에 뿌리를 내려 중지하기 어려운 생명의 요구로 추구되었다. 다키지는 범애사상을 종교나 도덕으로부터 해방시켜 자아적 근대사상의 토대 위에서 추구했다. 다키를 구원하려 한 것은 구원해야 하기 때문이 아니라 구원하지 않고는 배길 수 없었기 때문이었다. 다키지에게 있어서 사상과 문학은 '다키지 체험=구체적 실천'으로 구분하기 어렵게 연결되어 있었다. 그럼으로써 다키지는 많은 작가들에게 깊이 배우며 그 극복을 지향하는 독자적 작가가 될 수 있었던 것이다.

예를 들면 1926년 10월의 일기에 "이번에 쓰려고 생각하고 있는 장편은 시가에게도 스트린드베르크에게도 도스토예프스키에게도 체홉에게도 전혀 없는 내용으로, '나 자신'의 시점으로 쓰려고 한다."고 기록했는데, 다키지는 오로지 자신의 문학이 〈유니크〉해야 함을 추구했다. 이와 같이 자기의 독자성에 대한 고집은 그 자신의 내부 모순을 철저히 추구하는 곳에서 새로운 사상과 문학을 확립하는 길로 나아가게 했다.

그 이삼일 뒤의 일기에 도쿄의 빈민학교 교장 시나 다쓰노리(椎名龍德)의 ≪삶의 비애≫를 읽고 "그 사실이 실제로 존재하고 있다는 사실을" 생각하며 때때로 눈물을 흘리고 운 사실을 적었다. 거기에 "자신의 일이 언젠가 이쪽으로 파고들 것으로 생각했다."고 적었다. 다키지는 범애사상적 경향이 자신이 중지하기 어려운 생명의 요구이며 그곳에 자신의 숙명적 진로가 존재한다는 사실을 인정하지 않을 수 없었다. 그러나 동시에 다키지는 자기의 내부에 이 범애사상을 부정하는 대상이 있다는 사실을 무시할 수도 없었다.

다키지 사상은 이 모순과 갈등을 끝까지 추구해감으로써 독자적인 형태로 형성되었다. ≪매춘부 집≫, ≪사도≫, ≪찾아올 일≫ 등은 이 모순을 추구하는 지점에서 성립한 작품이다. 자기의 내부에 존재하는 부정의 계기를 확실히 응시하면서 또 한 발 내디디지 않을 수 없는 자신의 숙명적인 삶의 방식을 다키지는 이들 작품을 통해 추구했다.

다키의 몸을 기적에서 빼냄으로써 다키지는 자신의 필연에 순응하며 한 발 앞으로 내디뎠다. 이 구체적인 실천, 사상의 현실화에 의해 다키지는 자신이 짊어진 모순의 심각함을 한층 깊이 인식하지 않을 수 없었다. 특히 이 노력이 다키의 가출이라고 하는 비참한 결말로 끝난 것은 다키지에게 있어서 범애사상이 현실 앞에서 무참히 패배해 사라졌다는 사실을 시사한다. 이 사실을 직시함으로써 다키지 사상과 문학은 더욱 커다란 전환과 발전을 이룩하는 것이다.

≪매춘부 집≫의 개작 ≪작부≫(생전 미발표, 1926년 8월 작, 1927년 9월 가필 정정)의 다키코는 그녀들을 동정하는 남성에게 특별한 일이 아니라면 타인에 대해 걱정하지 말라고 한다. "그럼 어떻게 하겠다는 거야? 예를 들면 나를 당신의 아내로라도 삼겠다는 거야? 여기에서 빼내어 재봉을 가르쳐주고 야간학교에 보내서 그래, 당신의 아내로 삼겠다고 하는 거야?", "그런 식으론 이러한 곳에 있는 여자는 한 사람도 줄지 않아. 혼자서 안절부절 못해도 따라붙지는 않아. 더구나 정말로 이런 여자가 좋아질까?", "거짓말, 거짓말! 뭔가 열이 올라 헛소리를 하는 거야. 그런 게 요즘 유행하는 거겠지……."

학대받은 인간은 동정이나 범애사상에 의해 구원받지 않는다.

여기에는 다키지 자신의 행위에 대한 통렬한 비판과 자기 조소가 섞여 있다. 이른바 휴머니즘의 감상과 허위성을 부정하였고 인간의 해방은 스스로 자신을 구원하지 않으면 실현될 수 없다고 생각했다. 거기에 초인사상에 대한 강렬한 관심이 솟아올랐다.

"개인 힘의 강인함과 생활 힘의 강인함의 스트러글! 그리고 그곳에 아무리 초인을 낳아 구원해내려고 해도 불가능한 마음……. 즉 도스토예프스키 일생의 테마였던 범애사상과 초인사상의 스트러글이 자신에게도 존재한다." 1926년 8월 15일 일기에 다키지는 초인사상에 대해 이와 같이 서술했다.

그러나 다키지의 리얼리즘은 〈이 생활을 극복해 '나갈 수 있는' 초인 그에 대한 가능〉에 대해 의문을 갖지 않을 수 없었다.

"너희들처럼 잘난 체하는 아니꼬운 놈들이나 선생이나 중들이 제일 싫어. 크리스챤? 빌어먹을! 거짓말쟁이!……" ≪작부≫의 다키코는 취해 소리친다. 다키지는 다키코를 범애사상적인 휴머니즘에 반항하는 여인으로 그렸다. 하지만 다키코는 초인이 아니다. 그녀의 반항에는 자학적인 작용, 절망과 자포자기의 추태가 내재되어 있을 뿐이다. "고리키 속에 등장하는 인간 중에는 '새로움' '강렬함'을 실제로 그렇게 강하게 소유하고 있는 인간은 존재하지 않는다. 적어도 일본인 중에는 존재하지 않는다. ≪최후의 대상≫밖에 일본인에게는 탄생할 수 없는 것일까? ≪작부≫ 속의 다키코도 그 강한 이면에는 비애감을 지니고 있다.”고 다키지는 직접 일기(1926년 9월)에 적었다.

≪사도≫의 개작 ≪최후의 대상≫(≪창작월간≫ 1928년 2월, 1926년 8월 작, 1927년 9월 가필 정정)은 ≪사도≫가 작가의 분신이라 할 수 있는 〈자신〉의 심리를 주로 추구한 데 반하여 데쓰오(哲夫)의 모든 노력에도 불구하고 결국 매음에 내몰린 게이(惠)의 생활, 그녀를 거기로 떨어뜨리는 현실의 리얼리스틱한 추구를 주로 표현했다. 여기에는 다키지의 리얼리즘에 대한 심화 이후가 확실히 나타나 있다.

다키지는 이 작품에 “고리키가 초인에게 의문을 품고 결국 생활의 패배자가 되는 경로”(〈일기〉 1926년 8월)를 그렸다고 설명했다. 다키지는 ≪첼카슈≫에 강렬한 감명을 받으면서도 고리키가 부랑자인 첼카슈의 자유로운 생활을 긍정적으로 그린 사실에 의문을 느끼지 않을 수 없었다. “그것이 일반생활과 어떻게 연결되는가?”하고 다키지는 반문한다. 다키지의 리얼리즘은 어두운 일본의 현실을 응시한다. 이 어두운 현실을 극복하는 힘이 아니었다면 다키지는 믿을 수도 없었거니와 그릴 수도 없었다. 그와 같은 힘은 도대체 어디에 존재하는 걸까? 광명을 추구해 마지않는 다키지의 세계는 무겁고 어두웠다.

≪매춘부 집≫은 다키지 자신의 의혹과 고뇌와 동경을 〈나〉의

애달픈 심정으로 표현했으며, 〈생활을 한탄하는〉 분자가 지배적이었다. 이에 대해 ≪작부≫에서는 다키코 외에 어떤 의문도 갖지 않고 안이한 삶을 사는 미쓰요(光代), 젊고 청순한 마음을 잃지 않고 야간도주를 도모하는 하쓰에(初惠)를 등장시켜 3인 3색의 타입인 그녀들의 현실을 입체적으로 그려냈다. 다키코도 한편 하쓰에처럼 순진한 소녀였다. 그런데 한번 사랑하는 사람에게 구원받고, 다시 여기로 되돌아온 뒤로 급격히 변한 것이다. 그 남자는 인본주의적 범애사상의 소유자였다. 그러나 자신을 희생하며 불행한 여자를 구원하려고 하는 남자의 의식 때문에 다키코는 견딜 수 없었던 것이다. 범애사상의 파산을 추구한 이 소설은 자학적인 어두운 면을 지니고 있다. 도망친 하쓰에는 혹독한 체벌을 받는다. 거기에 대해 다키코는 "세상이 애송이 하나 정도 때려눕히는 것은 식은 죽 먹기야…… 모든 게 그럴 듯하게 되어 있는 법이지."라고 하며 〈쓴웃음을〉 짓는다.

범애사상과 함께 초인사상도 부정할 수 없었던 다키지는 다키코의 반항을 어둡고 허무적인 것으로 설정해야만 했다. 그럼에도 다키지가 암흑을 암흑으로 그리는 것에 만족할 수 없었다고 한다면 다키지는 어디로 발을 내디뎌야만 했을까? 다키지의 눈은 닫힌 암흑세계로부터 당시 차츰 홋카이도의 대지마저도 뒤흔들기 시작했던 노동운동의 발전으로 집중하기 시작한다.

1925년(다이쇼 14) 8월에는 오타루 총노동조합이 결성되어 같은 해 11월에는 일본농민조합 홋카이도 연합회가 출발했다. 이 해는 또한 오타루고등상업에서 군사교련 반대투쟁이 발발, 전국적인 저항으로 확대되었다. 그리고 1926년(다이쇼 15)에는 홋카이도 제1회 노동절이 시작되어 당당하게 데모행진이 오타루 마을을 통과하였다. 이 제1회 노동절이 시행된 해의 8월에 쓰인 ≪작부≫의 말미에 노동절의 행진이 그 구렁텅이 세계의 창문을 통해 밖을 통과하는 장면으로 그려진 것은 이와 같은 시대의 흐름에 대한 반영일 뿐만 아니라 다키지 내부에 싹튼 새로운 관심을 보여주는 부분이다.

이 노동절의 데모행진은 매우 말끔히 그려져 있다. 다키지는 이 구렁텅이 세계와 노동자 운동을 연결시키지는 못한다. 오히려 리얼리스트 다키지에 의해 그것은 거절당했다. ≪작부≫의 개작 ≪다키코 그 외≫에 있어서는 이러한 말미는 삭제돼 다키코의 방화로 끝을 맺고 있다. 그러나 장면은 확실히 이 구렁텅이 세계의 바로 옆 창문 아래로 통과했고, 또한 그것은 다키지 사상과 문학에 있어서 새로운 전환을 암시하는 것이었다.

12 사회주의 운동과의 만남

오타루고등상업 시절부터 다키지는 이미 마르크스주의에 대해 대충 이해하고 있었다. 사회주의에 대한 관심은 그 이후 시종일관 지속되었다고 말할 수 있다. 그러나 그게 구체적, 현실적으로 다키지 자신의 문제가 된 것은 범애사상이 파산, 초인사상을 부정하지 않을 없다고 하는 활로를 통해서였다. 이 사실은 다키지에게 있어서 사회주의 문제를 생각할 때 중시되어야 하는 부분이다. 그것은 다키지 사상에 깊이와 근거를 초래해 개성적인 형태로 확립시켰다.

1926년(다이쇼 15) 11월 다키의 가출 직전, 다카하타케 모토유키 (高畠素之)의 ≪마르크스 12강≫을 읽었던 다키지는 마르크스를 이해할 필요가 있다고 일기에 적었다. "작가도. 작가이니까!"라고 다키지는 미리 알렸다. 그 무렵 다키지는 이 책의 짧은 서평을 ≪오타루신문≫(1926년 11월 17일)에 발표했는데, 이와 같은 마르크스에 대한 접근은 다키의 가출에 의해 결정적인 것이 되었다. 이해 11월말 일기에는 다음과 같은 감상이 실려 있다.

요한 보예르의 〈현대인의 고뇌〉는 그 주인공이 개인이라는 개념에 대한 무력감을 몰랐기 때문에 발생했다. 개인이 아무리 슬퍼해도 괴로워해도 실제 그대로의 사실 앞에서 비관하지 않을 수 없다. 그리고 최후에 몽상가에게 의지하지 않을 수 없게 된다. 그러한 것으로밖에 만족할 수 없게 되는 것이다. 개인은 민중을 발견해야만 한다. 모든 해결은 민중에 의해 가능하다. ― 이상의 내용은 자신이 사상적으로 최근 일보를 내디딘 것을 설명하고 있다. ≪일주간≫ 등을 읽고 특히 그 신념에 대한 확신을 가질 수 있었다.

유리 리베덴스키의 ≪일주간(一週間)≫을 읽은 다키지는 세료자에게서 〈가장 자신들에게 잘 맞는 성격〉을 발견했다. 그는 더욱 좋은 길을 가기 위해서는 학살은 허용된다고 생각하고 처음에는 모든 학살을 당연한 행동처럼 느끼고 자행해왔다. 그러나 어느 순간 사형수를 나체로 총살한 이래 그러한 행동에 공포를 느끼게 된다.

스탈마코프는 세료자를 비평하며 "저 사내는 인텔리겐차군요." 라고 한다. "공산주의자는 이러쿵저러쿵하는 설도 철학도 필요 없다. 그저 ××가 있을 뿐이다."라고 한다. 다키지는 이 작품에 대해 "혁명이라고 하는 것이 아무리 생각해도 이론이나 요설로 행해지지 않는다고 하는 말을 듣는다. 바꿔 말하면 인텔리겐차의 입장이 통렬한 비평의 대상이 되고 있다."고 서술했다.

민중 해방은 어떠한 이론이나 요설로 실현되는 것이 아니라 학대받은 민중 자신의 힘, 그 증오와 반항, 유혈과 살육에 의해서만 실현된다고 다키지는 생각했다. 그것은 인텔리겐차의 인도주의나 인간적 고뇌를 짓밟고 나아간다. 다키지는 혁명에 있어서 이와 같은 무자비한 잔혹함으로만 민중은 자신을 해방시킬 수 있다고 생각하며 거기에서 자신과 민중 사이에 존재하는 단층을 느끼는 것이다.

1927년(쇼와 2) 2월의 일기에 다키지는 자신의 불안정하고 애매한 생활이나 사상의 상태에 대해 "사회주의자로서 스스로의 진로를 알고 있으면서 여러 가지 점에서 꾸물대고 있는 자신이다."고 기록했다. 마르크스의 《자본론》을 읽어보고 싶은 느낌이 든다고 하면서도 "하지만 그것의 근본적인 곳에 의혹을 지니고 있는 자신은 결국 사회주의적 정열을 영원히 가질 수 없는 인간처럼 여겨졌다."라고도 적었다. 사회주의 이외에 자신이 살 길은 없다는 것을 다키지는 느끼고 있었다. 그러나 그러면 그럴수록 거기에 대한 의혹도 강해져 마음먹고 뛰어들 수가 없었다. 《눈 오는 밤(雪の夜)》(생전 미발표. 1927년 2월 작)은 그와 같은 애매하고 불안정한 생활을 비판적으로 추구한 작품이다.

《눈 오는 밤》은 작가의 생활을 소재로 삼았지만 사실을 있는 그대로 그린 자연주의적 소설은 아니다. 작가의 사상과 생활의 근저에 존재하는 문제를 확실히 부각시키려 한 픽션이다. 류스케가 집으로 돌아가 읽으려고 생각한 책은 마르크스주의였을 것이다. 그러나 류스케는 곧바로 거기를 향해 나아갈 수가 없다. 그러한 과정이 류스케의 생활을 애매하게 하거니와 기분을 불안정하게 만든다. 도서관의 T를 방문할 수 없었던 것은 "친구를 방문하는 것이 뭔가 자신의 마음에 분명한 확신이 없는 곳에서 유래하고 있으며 그게 친구에게 확실히 보이는 느낌이 들었기" 때문이라고 말한다. "난 도대체 뭘하고 싶은 걸까?"라고 류스케는 생각한다. "모르겠다. 흥, 이렇게 바보처럼 논리가 통하지 않는 얘기가 있을까? 하고 생각하며 류스케는 쓴웃음을 지었다".

류스케는 카페의 여성에게 애정을 느끼며 상대도 자신에게 호감을 가지고 있다는 사실을 알고 자신의 마음을 털어놓는 긴 편지를 썼지만, 그 여성에게 최근 어떤 남자와 결혼하기로 했다는 고백을 듣고는 비참한 나락으로 떨어지고 만다. 여기에는 다키의 가출로 타격을 입은 다키지의 패배감이 선명히 드러나 있다.

류스케의 불안정한 현재 상태는 그저 단순히 여자에게 배반당했다고 하는 실연의 상처로부터만 파생되는 것은 아니다. 격렬히 흔들거리는, 다이쇼 말기부터 쇼와 초기에 걸친 시대에 사는 양심적 인텔리겐차의 사상적 고뇌와 동요가 이 작품의 주제임은 언급할 필요도 없다. 그러나 다키지는 이 사상적 불안과 고뇌를 단순히 거기에만 의미를 두고 추상적으로 추구하는 것이 아니라 실연의 고통과 굴욕감, 인간불신과 자기 혐오감 등과 연결함으로써 거기에 육체성을 부여해 감정의 문제로까지 심화시키며 추구한 것이다. 여기에 인간을 단순히 사상적 존재로 포착하는 것이 아니라 육체적 존재, 감정적 존재로 포착하려고 하는 다키지의 인간관이 드러나 있다.

"매년 오르는 월급을 즐거움으로 삼아 매일 은행을 찾고, 매월 얼마쯤 저금하여 얌전하고 예쁜 아내를 맞아 편안하게 생활한다. 그 동안에 귀여운 어린애도 생길 것이다. 그리고 노후를 자유롭게 보낸다……." 이러한 소시민적인 행복에 대한 갈망은 조금도 비난받을 대상은 아닐 것이다. 그러나 류스케는 그러한 생활에 커다란 죄악이 존재한다고 생각한다. 현실에 암흑이 존재하는 이상, 조금만 참으면 행복하게 될 거라고 생각하며 자신들의 행복만을 추구하는 것은 인류 역사의 필연적인 발전을 저지하는 행위가 되는 것은 아닐까? 류스케는 이러한 자각 때문에 괴로워했다. "그는 자기뿐만 아니라 아버지가 없는 일가의 생활을 지탱하기 위해 그 허위적 생활에 속박당하고 있었던 것이다. 여기에서 오는 동요가 게코(惠子)와의 관계에도 영향을 끼쳐 결국 류스케는 어떠한 일도 할 수가 없었던 것이다."고 다키지는 적었다. 그러나 자신의 소시민적 생활에 대해 아무리 양심적으로 고뇌해도 〈사실상〉 여기에서 한 발자국도 빠져나가지 못하는 이상 그것은 "그저 생각으로만 우리 안의 사자처럼 머리를 빙빙 돌리고 있음에 불과한" 것이었다.

≪눈 오는 밤≫에서는 이러한 사상적 고뇌와 연애의 체험이 필연적 관계로 포착되어 있지 않다. 따라서 류스케라는 인간이 한사람의 구체적인 인간으로서 전혀 표현되어 있지 않다. 사상적 요소와 감정적 요소가 원만히 연결되지 않고 그냥 함께 그의 생활을 해체시키는 불안정한 대상으로 그려져 있다. ≪눈 오는 밤≫은 양심적인 인텔리겐차의 모순과 고뇌와 동요를 비판적, 부정적인 시점에서 부각시키고 있으나 거기에서 이 모순을 적극적으로 타개하려고 하는 에네르기를 감지할 수는 없다. 작가의 태도는 지적이고 반성적이며 자기 부정적이다. 다키의 가출에 의한 다키지의 좌절감은 그 정도로 심각했다. 또한 마르크스주의에 대한 관심의 깊이는 점점 자기 자신에 대한 부정적인 느낌을 심화시키는 상태로 작용했던 것이다.

다키지에게 있어서 사회주의의 길은 철저히 자기희생의 길이었다. 그래서 앞서의 기록 1927년 2월 일기에는 "그렇게 희생이 되더라도 그게 머지않아 정말로 새로운 세계가 되어 자기들을 기다리고 있다는 사실을 신앙처럼 믿지 않는 자에게는 두려운 일이다. 자신의 고민이 여기에 있다."(방점 원문)라고 썼던 것이다. "사회주의자로서 자신의 진로를 알고 있다."고 하는 한편 "그것의 근본적인 부분에 의구심을 가지고 있다.”고 다키지는 적었다. 사회주의 이외에 현실사회의 모순을 해결하는 길은 없다고 생각하면서, 그리고 그 이외에 자신이 자신임을 확신하는 길은 없다고 생각하면서 그것을 인간의 에고이즘에 대한 부정적 시점 위에서밖에 성립할 수 없는 것으로 생각하기 때문에 그 현실성을 의심하지 않을 수 없었던 것이다. 다키지는 자기 자신의 내부에 존재하는 에고이즘을 부정할 수는 없었거니와 또한 인간 일반의 생존의 근저에 존재하는 에고이즘을 끝까지 추구하지 않을 수 없었던 것이다.

다키지는 시라카바파의 영향을 강하게 받았고 근대적 자아사상에 길들여져 정신적인 자기 형성을 추구했다. 다키지의 범애사상이 자아의식의 토대 위에서 발전한 것은 이미 살펴본 대로다. 또한 범애사상에 대립하는 형태로 초인사상에 깊은 관심을 나타낸 것도 그동안의 사정을 설명해주고 있다. 어두운 현실을 직시하며 살 수밖에 없었던 리얼리스트 다키지는 인간의 에고이즘으로부터 눈을 뗄 수가 없었다. 더구나 다키의 가출에 의한 좌절감은 다키지에게 범애사상을 파산시켰고 인간불신을 강화했다. 사회주의 사회에 있어서는 인간의 에고이즘이 지양되는데 영광의 날이 찾아올 것인가? 다키지는 그것을 믿을 수가 없었다.

≪눈 오는 밤≫의 류스케는 어느 틈엔가 매춘부 집이 늘어서

있는 지역에 와 있었다. 다키지는 〈잠재의식〉과 같은 형태로 류스케를 움직여 류스케를 지배하려고 하는 〈성욕〉의 문제를 다룬다. 그것은 결코 사상으로 환원할 수가 없는 내용이다. 양심적 인텔리겐차의 고뇌를 그린 이 작품에서 성욕의 문제를 추구한 것은 다키지 리얼리즘의 특질을 보여주는 대목으로 주목할 만하다. "여기는 그처럼 루즈한 마음을 지니고 있는 자가 오는 최후의 장소라고 생각하니 쓸쓸했다."고 다키지는 적었다. 연애 관계가 깨져 갈 곳을 잃고 양심이라든가 휴머니즘이라든가 사회주의 등을 문제시하고 있는 그가 질질 끌려 이곳까지 와버렸다. 거기에 류스케를 구원할 수 없는 비참함이 존재한다.

다키지는 여자의 추악함과 무자각, 그 구원할 수 없는 참혹함을 그렸다. 또한 여체를 흔들며 요란스레 웃는 웃음, 얼룩이 묻어 거무스레하고 더러운 느낌을 주는 목덜미에 칠한 분, 뭔가 먹을 때가다 실룩실룩 움직이는, 엷은 정맥이 투명하게 보이는 관자노리 목덜미에서 기어 나온 이, 그 이가 지나간 자리를 무의식적으로 새끼손까락으로 긁는 여자의 몸짓 등을 그려냄으로써 실제 상황을 적절히 묘사했다.

1926년 10월 일기에 다키지는 이러한 곳을 찾아간 경험을 기록, ≪매춘부 집≫, ≪작부≫ 등에서 생각하고 있던 것과는 "다른 새로운 관점을 느낀 부분이 있었다."고 적었다. 그녀들에 대하여 빈곤의 문제에 주안점을 두고 사회적, 경제적인 관점에서 생각하게 되었던 것이다. 11월 일기에선 여자의 무지와 무자각을 한탄하며 "자신의 그들에 대한 존경의 념은 어디론가 싹 없어져버렸다."고 적었다. 이날 일기에 "어쨌든 지금 계속 쓰고 있는 작품 속에서 이날 밤의 경험은 반성해야 할 것이다."고 다키지는 기록했는데, ≪눈 오는 밤≫에서는 그녀들에 대한 실망이 곧바로 류스케 자신에 대한 반성이 되었다. 류스케의 어중간한 그 삶의 일상에서 그녀들과 동일한 모습을 확인했던 것이다.

다키지의 그녀들에 대한 환멸은 다키의 가출이라는 비참한 결말로 끝난 그의 노력에 대한 좌절 체험과 서로 호응하며 감상적인 휴머니즘을 근저에서부터 뒤엎는 것이었다. 일기에 ≪마르크스 12강≫에 대해서 기록하며 "작가도, 작가이니까!" 마르크스주의를 배울 필요가 있다고 쓴 것은 이 두 번째 날의 경험을 기록한 것과 같은 날의 일이다. 여기에 ≪눈 오는 밤≫의 말미가, 류스케가 노동자와 충돌해 눈 속으로 쓰러지는 곳에서 끝난다고 하는 필연성이 존재한다.

"멍청한 놈! 어디를 헤매고 있는 거야, 이 식충이!" 류스케는 노동자가 그렇게 호통친 것처럼 느낀다. 이것은 다키지 내부에 노동자의 모습이 점차 커다란 대상으로 계속 성장하고 있었다는 사실을 증명하고 있다. 그러나 이 노동자에게 인텔리겐차인 류스케는 밀쳐 넘어지지 않을 수 없었다. 이 류스케의 비참함은 다키지 자신의 비참함이었다. 노동자에게 밀쳐 넘어져 눈 속에서 꼼짝할 수 없는 자신의 비참함을 직시함으로써 다키지 사상과 문학은 본질적인 자기 개혁의 길을 걷게 되었다.

≪눈 오는 밤≫에는 시가 나오야의 작품, 특히 ≪11월 3일 오후의 일≫의 영향이 현저히 드러나 있다. 이 작품의 주인공은 조금도 움직이지 않는 답답한 시대의 공기 속에서 탈출을 꿈꾸면서도 몸을 움직이지 못하고 그냥 초조하게, 하는 일없이 날을 보낸다. 강행군 때문에 픽픽 쓰러지는 병사들 모습을 나오야는 확실히 주시하며 그려냈다. "자신은 그 이상 볼 수가 없었다. 뭔가 광폭에 가까운 느낌이 생겼다. 그리고 눈물이 나왔다."고 표현했듯이 이 작품에는 작가의 감정이 강렬히 분출되어 있다. 그러나 그것이 있는 그대로 표현되는 것이 아니라 리얼리스틱한 묘사를 통해 감정의 파동이 전해오는 것이다. 또한 그렇게 그려진 세계가 생생하게 약동하는 모습으로 나타난다. ≪눈 오는 밤≫의 류스케가 불쾌한 기분으로 여자를 바라보는 언저리의 서술에서 나오야의 이러한 직접적인 리얼리즘의 영향을 발견할 수가 있다.

류스케는 이데올로기나 이론이 명하는 내용과 자기 자신과의 상이점에 번민, 자기 자신과 정확히 맞는 대상을 찾아 방황한다. 여기에서는 감정과 기분의 동태를 무엇보다도 중시하는 시라카바

파의 가장 적극적인 부분을 계승한 다키지의 고뇌하는 모습을 찾아볼 수가 있다. 〈머리로부터가 아니라 가슴으로부터〉라는 점을 다키지는 강조했다. 그 때문에 다키지는 필요 이상으로 주춤댔고 활로를 찾아 헤매지 않을 수 없었다. 예를 들면 아리시마 다케오가 ≪선언 하나(宣言一つ)≫(≪개조≫ 1922년 1월)에서 표명한 듯한 고뇌도 다키지와 관계가 없지는 않았다.

아리시마는 노동자·농민의 해방을 강렬히 바라면서도 자신과 그들 사이의 계급적 단절을 의식, 부르주아의 자식인 자신은 자신의 숙명을 살 수밖에 없다고 자각했다. 아리시마의 사상이 에고의 완전한 충족과 실현을 향한 것인 한 그 결론은 필연적이었다. 부르주아적 휴머니즘의 입장에서 그들의 해방을 위해 진력하는 것은 허위일 뿐만 아니라 운동을 불철저하고 불순하게 만드는 유해한 것이라고 주장했다. 이 아리시마의 사상은 마르크스주의에 관심을 심화시켜가던 다키지의 내부에 계속 뜨겁게 살아 있었다. 다키지는 자신의 생활을 그대로 방치해두고 혁명적인 언사를 늘어놓는 일을 부끄러워했고 혁명운동에 깊은 관심을 두면 둘수록 자신의 에고이즘을 문제시하지 않을 수 없었던 것이다.

13 다키지가 남긴 좌절의 의미

다키지는 하야마 요시키(葉山嘉樹)의 제1 작품집 ≪매음부≫를 읽었을 때의 감동을 "≪매음부≫의 1권은 어떠한 의미에 있어서 자신에게 '꽝'하고 충격을 안겨주었다. 말 그대로 '꽝'하고 들렸다." (일기 1926년 9월)라고 썼다. 다키지에 있어서 그것은 〈기념해야할 사건〉이었다. 다키지는 하야마의 문학이 〈머리로부터〉가 아니라 〈가슴으로부터〉 사람의 마음을 움직이는 문학이라는 사실에서 독창적인 새로움을 발견했다. 짓밟히고 사는 인간의 마음 깊은 곳에 숨겨진 아름다운 감정이 격렬하고 강인한 반항의식과 연결돼 이상한 감동을 안겨주었다. 다키지의 이 감동은 ≪첼카슈≫와 그 외의 고리키 작품으로 한층 깊어져 새로운 장소로 다키지를 인도했다. "이러한 성격, 이러한 인생태도, 이러한 필치…… 이들은 비참, 무희망, 자기 부정, 자기 가책의 자연주의 문학에 있어서 커다란 타격이었을 것이다. 또한 동시에 천박한 이상주의 문학에 대하여 확실한 길을 제시한 셈도 된다."(일기 1926년 9월). 다키지는 고리키에 대한 감동을 이처럼 기록했다.

하야마 요시키와 고리키의 문학은 다키지가 ≪방설림≫을 쓰고 프롤레타리아 작가로서의 길을 걷게 되는 직접적인 모멘트가 되었다. ≪방설림≫은 하야마나 고리키에 대한 감동 없이는 탄생할 수 없었지만, 다키지가 ≪방설림≫에 손을 댄 것은 1년 이상 시간을 보낸 뒤의 일로 그 사이에 ≪눈 오는 밤≫을 집필했다. 그리고 ≪그렇게 출발한 여자≫를 그려야 했다. 하야마나 고리키를 통해 인간으로서의 노동자에 대한 관심을 심화시키는 한편 노동자가 아닌 자신의 소시민 인텔리겐차로서의 고뇌를 검토, 그것을 극복함으로써 자신의 사상, 자신의 문학에 도달하려고 했다.

≪그렇게 출발한 여자≫는 미완성 장편소설이다. 1927년(쇼와 2) 5월경부터 쓰기 시작해 11월에 중편으로 중단했다. 다키지는 다키의 운명과 자신의 다키에 대한 사랑의 의미를 추구했으며, 그 총결산으로 새로운 길을 개척하려 했다.

> 나는 지금 장편을 쓰려고 생각하고 있다. 베토벤의 〈제9 교향곡〉과 같은 것을 완성하고 싶다. 그러나 그때까지 세계의 모든 명작을 우선 읽고 자기의 것으로 소화해서 그 어느 곳에도 없는(표현 기교와 내용) 작품을 만들어내고 싶다.(일기 1926년 10월)

하야마나 고리키에 의해 새로운 길을 제시받은 다키지는 하지만 직접 그 영향 하에서 작품 활동을 하는 것을 거부했다. 어디까지나 독자성을 주장할 수 있는 작가가 되기 위해서 ≪눈 오는 밤≫이나

≪그렇게 출발한 여자≫에게서 보이는 듯한 자기 추구를 시도했다.

≪그렇게 출발한 여자≫의 후미(文)를 다키지는 강렬한 개성의 소유자로 그리지는 않았다. 그와 같은 환경에 처한 여자들 일반이 공통으로 지니고 있는 운명을 사는 극히 평범한 여자로 그렸다.

"자네들은 방으로 들어가네. ……벌써 여자는 이불을 베개로 삼고 있지. ……그리고 자네가…… 그때 자네는 반드시 후미를 발견할 것이라고 생각하네."

후미는 고향에서 쫓겨나 홋카이도로 흘러들어온 빈농의 자식이다. 작가는 이 이야기를 많은 눈이 내리는 날 저녁 야간도주를 한 기억으로부터 시작했다. 그것은 홋카이도를 유랑하는 빈농의 자식들, 홋카이도의 노동자·농민 일반의 공통 기억이며 다키지 자신 또한 동일한 기억을 자신의 내부에 지니고 있었다. 다키지는 후미를 통해서 후미와 같은 경우에 처한 여자 일반의 운명을 추구함은 물론, 빈농의 자식들 일반의 운명을 추구한 것이다.

후미는 비가 내리고 있는데도 우산도 쓰지 않고 여동생을 등에 업고 화산재 공장의 석탄가스 속에 섞인 코크스를 골라내러 간다. 후미의 이 유년기의 기억은 다키지 자신의 누나나 여동생의 기억이기도 했다. 다키지는 후미의 유년기의 기억에서 그녀의 계급적 자각의 단서가 되는 부분을 찾았던 것처럼 느껴진다. 빗속을 무거운 코크스 주머니를 질질 끌며 걷고 있자니 우산을 쓰고 지나던 부인이 "어머, 저런"하고 후미를 보고 있었다.

후미는 확 붉어졌다. 재투성이가 되었고 게다가 비에 흠뻑 젖어 있는 자신이 부끄러워졌다. 후미는 무거운 코크스 주머니를 질질 끄는 듯한 모습으로 달리기 시작했다. "등 뒤의 어린이가 위를 향한 모습이 돼, 비가…… 어머, 저런"

후미는 잠자코 있었다. 그 부인과 함께 우산 속으로 들어온 여자애가 "엄마"하고 불렀다. "왜?"

"불상하게도, 가난해……"

이 기억은 ≪다구치의 〈누나와의 기억〉≫과 완전히 겹쳐 있다. 가난한 자로서 차별받으며 살았던 자신에 대한 자각이 움튼 것이다. 여기에선 또한 동정하는 부인의 휴머니즘이 내포하는 무의식의 소시민적 우쭐댐에 대한 예리한 비판을 엿볼 수 있다. 다키지는 후미의 운명을 추구함으로써 자기 자신에 대한 근본적인 재검토를 시도한다.

다키지는 후미의 운명을 인도주의 관점에서가 아니라 빈농의 문제, 프롤레타리아의 문제로서 추구했다. 그것을 죄 없는 가련한 소녀가 짓밟혀가는 과정으로 인식, 깊은 인간적 아픔으로 추구했다. 후미의 오빠는 결핵으로 죽는다. "내가 진심으로 웃은 적이 있었을까?…… 너도 그렇지.……", "조금도 좋은 세상이 아닌데 이렇게 살고 싶다는 건 이상해 ……." 이 오빠의 비참한 최후는 〈지옥〉이 단지 후미와 같은 여자에게만 존재하는 것이 아니라는 사실을 설명해주고 있다.

이 작품에는 어디에서도 광명이 비치치 않는다. 후미는 한번은 철도 자살을 기도하고, 한번은 가게에서 도망치지만 그때마다 잡혀 돌아온다. 애인이 생긴 미쓰요(光代)는 밝고 활기찬 여자가 되지만, 후미는 자신의 경험에서 그녀의 미래를 기다리고 있는 것은 더욱 애절한 절망이라는 사실을 예감한다. 술에 취해 험담을 늘어놓는, 굴러먹은 여자 다마(玉)도 젊은 시절에는 청순가련한 소녀였다. 몇 번이나 탈주를 기도했으나 그때마다 실패해 그런 여자가 돼버린 것이다. 아무리 몸부림쳐도 이 세상에서 도망칠 수는 없다. 그리고 이 세상에 살아 있는 한 운명에 짓눌려 스스로 타락한 여자가 돼간다.

야스모토(安本)는 후미를 어떻게 해서든 구하려고 한다. "야스모토에게는 후미가 이 세상의 모든 고뇌를 떠맡고 오염된 가엾고 어린, 그럼에도 성녀라는 느낌이 들었다." 다키지는 야스모토를 통해 다키에 대한 자신의 마음을 추구했다. "야스모토는 인간에게는 두 마음이 공존하고 있다고 생각했다. 하나는 '세계를 생각하는' 마음이었다. 다른 하나는 자신이 사랑하고 있는 '여자를 생각하는' 마음이었다. 후미에 대한 경우 야스모토에 있어서 이 두 마음이 잘 호응하고 있었다."(방점 원문). 그러나 이러한 마음도 노력도 결국 후미를 구원할 수가 없었다. 가게를 탈출한 후미는 한때는 야스모토를 의지하지만 거기에 안정하지 못했고 결국 가게로 잡혀 돌아오고 만다. 이 경험이 후미를 구출할 수 없는 절망으로 빠뜨리는 것이다.

어째서 야스모토는 후미를 구원할 수 없었던 것일까? 그리고 후미는 어디로 출발하는 것일까? 다키지는 그것을 그려야하는 곳에서 이 작품을 중단했다. 이 경험은 야스모토에게 있어서 결정적인 사상의 전환을 가져다주었을 것이고 후미도 또한 이 경험을 하게 됨으로써 어딘가 새로운 장소를 향해 출발할 참이었다. 그 새로운 출발을 후미와 같은 여자에게 존재하는 하나의 필연성으로 추구하려한 점에 이 작품의 의미가 있다. 그것은 또한 야스모토에게 보이는 인도주의 파산과 거기로부터의 새로운 출발의 필연성도 명백히 해야할 부분이었다. 그러나 다키지는 그 필연성을 필연성으로 추구하지 못하고 ≪다키코 외≫나 ≪방설림≫으로 전환했다. 그것은 하나의 비약이었다. 그러나 동시에 그것은 하나의 좌절이었다. 이 좌절을 좌절로 확실히 포착하지 못하고 단지 그것을 비약으로밖에 보지 않았던 점에 프롤레타리아 작가로서의 다키지 문제가 존재한다. 다키지 뿐만 아니라 일본 프롤레타리아 문학운동의 문제가 존재한다.

≪요코하마시립대학 논총≫(1970년 3월 12일)

제2장

프롤레타리아
문학작품과
그 이론에 대하여

고바야시 다키지와 구라하라 고레히토
- 작가와 평론가의 문제 -

1

일본 프롤레타리아 문학을 대표하는 구라하라 고레히토와 고바야시 다키지 두 사람을 각각 단순히 작가라든가 평론가라고 하는 틀 속에 묶어 생각할 수 있을까?

이번에 신일본출판사에서 간행한 ≪프롤레타리아 문학평론집≫의 〈구라하라 고레히토집〉은 대단히 좋은 편집으로 그 해설과 내용이 잘 어울린다. 이를 통해 우리는 프롤레타리아 문학이론가로서 등장하기 이전부터의 행보를 잘 알 수 있다.

나는 전후(戰後) 비로소 구라하라 고레히토의 평론을 읽고 깜짝 놀란 세대이다. 문학의 계급성 등에 대해서는 생각한 적도 없었다. 전쟁의 시대에는 발매금지였던 구라하라의 ≪예술론≫이 전후가

돼 복간되었는데, 당시 고교생(舊制)이었던 나는 강렬한 충격을 받고 새로운 세계로 인도되었다. 처음 접하는 하나하나의 언어가 모두 신선했다. 처음 보는 언어이고 난해한 언어인데도 그 이론의 예리함과 명확함에 압도돼 무턱대고 밑줄을 그으며 정신없이 읽었다.

그것은 그때까지의 문학에 대한 생각을 근본적으로 뒤엎었으며 우리가 직면하고 있던 전쟁 직후의 제문제에 실로 명확한 지침을 주는 듯한 느낌이 들었다. 이러한 사람이 있고 이러한 이론이 있었다는 사실이 이상하게조차 여겨졌다. 그것은 불과 십 몇 년 전에 일본에서 쓰여진 문장인데도 아득히 먼 세계로부터 갑자기 들여온 신화와 같은 느낌이 들어 '구라하라'라는 사람은 왠지 이 세상 사람이 아닌 듯이 느껴졌다. 이 최초의 인상이 그 뒤 오래 남아 반복해서 읽고 끝없이 가르침을 받았음은 물론, 대단한 존경심을 품었음에도 '구라하라'라는 사람에 대해 현실 속에 살아 있는 산 인간으로서의 친밀감을 느낄 수는 없었다.

하지만 생각해보면 구라하라가 태어난 것은 1902년(메이지 35)으로 1945년에는 아직 40세를 막 넘긴 젊은이였다. 그리고 이번 ≪평론집≫ 해설에도 소개되어 있지만 중학 시절, 도쿄외어(外語) 시절에는 시를 쓰는 섬세한 문학 소년이었다. 내 자신 육십 몇 세(본고 집필 당시)라는 연령의 시점에서 뒤돌아보면 프롤레타리아 문학운동이라는 것도 성실하고 온순한 청년들이 역사의 거센 파도에 떠내려가지 않으려고 필사적으로 발버둥치며 그 흐름에 항거해 힘껏 싸운 투쟁이었다고 느껴진다.

프롤레타리아 문학시대에는 아직 철이 들지 않았고 전쟁시대에는 완전히 거기에서 절연돼 있다가 전후가 되어 갑자기 눈이 뜨였다. 그런데 그게 노도처럼 밀려드는 상황에 압도된 경험을 지닌 우리는 아무래도 그것을 쉽게 신화화했다.

지금 생각하면 그들은 인간으로서 자각하며 문학자로서 깨어난 꿈 많은 청년시절에 전쟁과 탄압의 가혹한 현실에 직면한 불행한 서대였다고 말할 수 있다. 그들은 자신의 몸을 희생해 이 가혹한 현실과 싸움으로써 인간이며 문학자임을 확인할 수가 있었다. 그렇게 그들은 난관에 굴하지 않았으며, 정면으로 시대에 맞서 전쟁시대의 비참한 일본 역사 속에서 세계에 자랑할 만한 훌륭한 일을 완수했다.

패전 직후에는 전쟁을 지지한 사람이나 전향한 사람이 대부분이었다. 그 전쟁의 상흔 때문에 프롤레타리아 문학시대는 한편으로 신화화되었고 다른 한편으론 전향자의 콤플렉스나 원한 때문에 아무래도 왜곡돼 받아들여지는 현상을 피할 수 없었다.

그 영향은 오늘에까지 이르고 있다고 생각되지만 이미 전쟁 후 반세기 가까이 시간이 흘렀으므로 더욱 폭넓은 역사 속에서 냉정히 다시 파악해야 할 것이다. 더욱이 지금부터 일본의 청년들에게 전쟁과 반동의 폭풍우에 항거하며 싸운, 일본의 자랑할 만한 유산으로 그 성과를 전하는 일을 해야 하리라고 생각하고 있다.

그러한 의미에서 방금 전의 ≪프롤레타리아 문학집≫(신일본출판사)에 수록된 ≪고바야시 다키지집≫도 그렇지만, 이번의 ≪구라하라 고레히토집≫도 구라하라의 작업을 초기부터 탐색할 수 있는 내용이기 때문에 고맙게 생각한다. 그들도 한편 결코 처음부터 프롤레타리아 문학자, 불굴의 투사였던 것은 아니다.

시를 쓰는 소년이었던 구라하라는 러시아 문학을 깊이 사랑했다. 그리하여 도쿄부립일중(東京府立一中)에서 도쿄외어 러시아과로 진학한다. 외어졸업 후 1925년부터 26년에 걸쳐, 즉 레닌의 사후 1년, 혁명 후 10년이 되지 않은 격동하는 과도기의 혼란스러운 러시아로 들어간다. 그리고 24세 때 귀국해 프롤레타리아 문학의 대표적인 평론가가 되었다.

1930년대 초기에는 일찍이 검거, 투옥되어 집필이 불가능하게 되므로 평론가로서의 활동기간은 20세 시기의 극히 짧은 기간이었다. 그러한 젊음으로 단기간에 그렇게 이론적인 작업을 수행했다는 사실은 정말로 놀랄 만한 일인데, 새롭게 발흥한 프롤레타리아 문학운동이 그것을 요구했고 그 요구에 답하기 위해 이들 작업이 이루어졌던 것이다.

구라하라의 이론은 구라하라의 이론으로 그것은 어디까지나 가인의 작업이지만 한편 그것을 낳은 대상은 시대이며 프롤레타리아 문학운동의 현실에 대한 필요였다고 생각한다.

시를 쓰는 소년이었던 구라하라는 또 ≪와타나베 가잔(渡邊崋山)≫(신일본출판사)을 비롯, 다수의 연구적인 평론이나 에세이를 썼다. 이론가 구라하라 고레히토는 이와 같은 다면적인 문학자임과 동시에 인간의 해방과 평화를 위해 철저하게 투쟁하는 전사였다. 이러한 인간으로서의 구라하라가 문학자겸 이론가인 구라하라의 근저에 엄연히 살아 있다. 구라하라에 있어서 정치와 문학은 불가분의 관계였다. 단순히 〈비평가〉라든가 〈이론가〉라는 언어로 표현할 수 없는 존재였다.

구라하라 고레히토(藏原惟人)

고바야시 다키지도 마찬가지다. 인간이 인간으로서 사는 것이 수용되지 않는 현실에 대해 인간으로 살고 인간으로 투쟁한다는 사실을 떠나 그의 문학은 존립할 수 없었다. 이렇게 극히 당연한 사실을 새삼스레 강조하는 것은 〈인간적〉이라는 사실과 〈정치〉를 분리하거나, 또 정치와 문학, 현실과 문학, 이론과 문학을 분리하여 이들을 상호 대립시킴으로써 문학이 그 기반과 내용을 상실하고 관념적으로 변해 쇠약해지는 경향이 점차 강해지고 있다고 생각하기 때문이다.

이와 같은 경향은 구라하라의 ≪프롤레타리아 · 리얼리즘을 향한 길≫(≪戰旗≫ 1928년 5월 호)의 용어를 사용하면 이데아리즘의 경향이며, 몰락기의 사라지는 계급 예술의 특징이라는 표현이 된다. 분명히 현대는 멸망과 종말의 의식이 지배적인 분위기를 형성하는 시대이다. 이 시대의식을 대표하는 문학이 현실에 대한 능동성을 잃고 비현실적, 관념적인 형태가 되어 예술지상주의의 막다른 골목으로 빠지는 것은 당연하다고 생각한다.

그러나 한 시대의 끄트머리는 또한 새로운 시대의 시작이며, 몰락하는 계급이 있으면 발흥하는 계급이 있다. 프롤레타리아 문학이 발흥한 것은 이와 같은 한 시대의 끝과 새로운 시대의 시작이 강하게 자각되던 때였다. 그 배경에는 러시아혁명이 있으며 긴 불황과 세계적인 대공황이 자리를 잡고 있다.

러시아혁명은 파멸에 직면한 세계의 프롤레타리아를 고무시켰고 인간적 자각을 환기시켰다. 프롤레타리아는 강렬히 자기를 주장하기 시작했으며 혁명적인 해방운동의 물결은 일본에도 밀어닥쳤다. 새로운 계급적 자각과 자기 주장은 지금까지 보편적이라고 여겨졌던 사상과 문학을 〈부르주아적〉, 〈계급적〉인 것으로 부정했을 뿐더러 이와 대립하는 프롤레타리아 사상과 문학을 주장했다. 이제는 자기를 절대화하고 자기의 실감(實感)을 강조하는 것이 인간적이라고 생각할 수는 없게 되었다. 1910년대의 휴머니즘을 대표하는 시가나오야가 집필을 할 수 없게 되었거니와 아쿠타가와 류노스케가 자살한 것은 이와 같은 시대의 전환을 단적으로 보여주는 사건이었다.

일찍이 이시카와 다쿠보쿠(石川啄木)는 "내가 문학에서 추구하는 것은 비평이다."(≪시대 폐한(閉寒)의 현상≫)고 주장했는데, 비평하는 주체로서의 자기가 비평당하는 시대가 되었던 것이다. 자기의식을 넘어 발전하는 현실을 앞에 두고 이젠 자기의 실감을 절대화하거나 거기에 계속 고집할 수는 없었다. 오히려 그와 같은 자기의 불확실성이 믿음을 얻지 못하고 자기 존재가 격렬히 뒤흔들리는 현실로부터 추궁 당하게 된 것이 이 시대의 상황이었다. "인간은 무엇인가?, 인간은 어떻게 살아야 할 것인가?"라고 하는 물음이 근저로부터 제시됐고 격동하는 세계 속에서 자기의 위치와 생존의 의미가 엄하게 추궁을 당했던 것이다. 이 시대의 사상과 문학은 불가분의 관계였다. 격동하는 일본의 현실과 자기에 대한 비평, 지금까지의 문학에 대한 비평이 프롤레타리아 문학을 낳았다.

중·상층의 혜택 받은 가정에서 부자유스러움 없이 자랐고 인간적인 지성과 감성의 풍부함을 누리며 깊게 문학을 사랑한 구라하라 고레히토는 폭넓은 교양을 몸에 익혔다. 그리고 일본을 대표하는 훌륭한 지식인으로서 가장 선명히 시대의 고뇌를 느꼈다. 그것을 자기 자신의 고뇌로 삼는 곳에서 그의 사상과 문학은 출발했다.

2

구라하라는 단지 서재에 틀어박혀 독서와 사색에 심취하기만 하는 지식인은 아니었다. 앞장서서 현실 속으로 파고들어가 모순과 혼란의 끄트머리에 몸을 세우고 현실 그 자체로부터 자기의 사상과 문학을 창출해내려 했던 것이다.

혁명 후 10년이 채 되지 않은 레닌 사후 1년, 격동 그 자체인

소련으로 가 혼란한 사회의 한 가운데에서 새로운 사상과 문학의 방향을 설정하려 했던 구라하라는 귀국 후엔 탄압에 항거하며 싸우는 일본의 해방운동에 참가해 새로운 이론가로서 프롤레타리아 문학운동의 선두에 서서 투쟁했다. 구라하라의 평론은 한자가 많고 이론적이어서 매우 난해한 듯 보이지만 그것은 그와 같은 세계와 일본의 현실이 연결돼 현대를 사는 인간의 고뇌를 대표하는 것이었기 때문에 고바야시 다키지를 비롯, 당시의 작가들에게 강렬한 영향을 미칠 수 있었다.

구라하라에 의해 일본의 프롤레타리아 문학운동은 명확한 이론적 기초가 확립돼 새로운 발전 단계를 맞이했다. 현대사회의 모순에 찬 현실은 프롤레타리아 계급의 전위 관점에 섬으로써 비로소 그 전체적인 양상과 구조가 명백해져 그 모습을 리얼하게 드러낼 수가 있었다. 구라하라는 일본 근대문학의 전체적 전망의 시점에 서서 그 모순을 추구, 프롤레타리아의 전위 관점에 선 프롤레타리아 리얼리즘의 확립을 주장했다. 구라하라는 그것을 한정된 프롤레타리아 문학만의 문제로서가 아니라 현대문학 전체의 문제로서 제기한 것이다.

시가 나오야의 강한 영향을 받아 새로운 문학을 모색하고 있던 고바야시 다키지가 구라하라의 ≪프롤레타리아 리얼리즘을 향한 길≫에 고무되어 ≪1928년 3월 15일≫을 썼고 이윽고 프롤레타리아 문학을 대표하는 작가로 성장해간 것은 잘 알려진 사실이다.

다키지는 구라하라와는 반대로 아키타의 빈농으로 태어나 일가와 함께 홋카이도로 이주하여 백부의 원조로 오타루고등상업(현 오타루상업대학)을 졸업하고 척식은행에 취직했다. 다키지는 〈가난하기 짝이 없다〉고 하는 빈농의 자식으로서의 성장과정과 은행원 생활에서 생긴 소시민적 인텔리겐차 의식에 대한 모순으로 고민했다. 다키지의 초기 문학은 헤쳐 나갈 길 없는 이 모순과 고뇌를 계속 집요하게 추구하는 곳에서 성립되었다.

너무나 고생한 결과 겨우 손에 쥔 현재의 소시민적 행복을 잃지 않고 싶었을 것이다. 특히 고생에 고생을 더한 어머니 생각을 하면 거기에 대한 동정은 더욱 강해졌다. 그러나 자신이 그 속에서 성장했던 노동자·농민, 더욱이 안정된 일도 없이 밑바닥 생활을 하고 있는 다수 인간들의 비참한 현실은 현재의 소시민적 생활에 안주하는 것을 허용하지 않았다. 다키지는 그 고뇌를 〈'세계의식'이라고 하는 신성한 병〉으로 호칭했다.

이와 같이 다키지를 뒤흔든 것은 오타루 항만노동자의 쟁의였고 이소노 농장의 소작쟁의였다. 다키지는 결코 처음부터 강철과 같은 프롤레타리아 작가는 아니었다. 다키지는 은행원 입장을 이용해 이들 운동에 정보를 제공하는 일을 하였고 1928년 2월, 일본 최초의 보통선거에서는 사람 눈에 띄지 않게 지원활동을 했다. 일손이 모자라 남몰래 지원연설을 한 적도 있다. 그 당시 일은 ≪히가시쿳짱 행≫에 그려져 있는데 최초로 직접 민중에게 호소하는 경험으로 맛본 민중과의 일체감은 그때까지 느낀 적이 없는 감동이었다.

홋카이도마저도 뒤흔들기 시작했던 노동자·농민 운동이 다키지의 사상과 문학을 동요시켰으며 다키지는 조금씩 운동에 다가갔다. 이 당시 〈3·15〉 대탄압의 습격으로 함께 일하던 동료들이 차례차례 검거되었으며, 오타루 운동은 일시적으로 근본에서부터 궤멸되었다.

당시의 일기를 보면 다키지가 탄압으로부터 받은 충격은 컸을 뿐더러 앞날에 절망하여 매일 밤 늦게까지 술을 마시고 배회하면서 나날을 보낸 듯하다. 그러나 조금씩 고문의 혹독함과 거기에 굴하지 않는 동지들의 모습이 전해졌다. 이 탄압의 폭풍 속에서 전예(전위 예술가동맹)와 프로예(일본 프롤레타리아예술연맹)의 통합이 실현돼 낫프(전일본 무산자예술동맹)가 성립, 프롤레타리아 문학운동은 새로운 단계로 접어들었다.

탄압의 충격이 컸던 만큼 이 탄압에 굴하지 않는 옥중 동지들의 불굴의 투쟁을 다키지가 전해 들었을 때의 감동은 그에게 대단한 것이었다고 한다. 그리고 이 탄압의 폭풍우 속에서 오히려 이 탄압을 탄력으로 삼아 문예전선의 통일을 실현, 새로운 단계를 개척해 나아간 프롤레타리아 문학운동의 발전에 고무되었다. 다키지는 자기 자신을 격려하며 사람들에게 은폐되어 있는 이 가혹한 탄압의 실태를 현대의 계급투쟁에 있어서 가장 중대한 최첨단의 사건으로 그려내려고 했다.

≪1928년 3월 15일≫의 집필 작업은 다키지에게 있어서 겁 많고 나약한 자기 자신과 싸우는 일이었다. 단지 자기의 실감에 의존할 뿐만 아니라 자기의 실감을 계급투쟁에 대한 전위의 관점에서 조명하려고 했다. 이 작품에는 결코 강철과 같은 불굴의 전사만이 그려져 있는 것이 아니다. 와타리(渡)나 구도(工藤)를 비롯, 다양한 노동자의 모습이 그려져 있고 류키치나 사타와 같은 인텔리겐차도 그려져 있다. 주목할 점은 탄압에 두려움을 느껴 조합 따위는 지긋지긋하다고 하는 기무라(木村)와 같은 노동자나 객기를 부리며 무턱대고 경찰에 덤벼드는 소아병적 노동자 등 부정적인 노동자의 형상을 그리고 있다는 사실이다. 또한 남편은 속고 있다고 생각하는 듯한 소시민적인 류키치의 처 게이나 경찰의 푸념 등도 그리고 있다. 특히 유치장 생활에 완전히 충격을 받은 젊은 은행원 사타는 다키지 자신의 분신이라고도 말할 수 있는 존재였다. 다키지는 자기 내부에 감춰진 약점을 도려내어 사타라는 인물을 그려냄으로써 자기 자신을 극복하려고 했던 것이다.

이처럼 다양한 군상을 그리며 특히 자기 자신의 문제이기도

한 운동에 대한 내부의 약점을 묘사하는 것은 단지 자기 실감에 의존만 하는 방법으로는 불가능했다. 거기에는 자기 자신을 초월하여 운동 전체, 그리고 시대와 사회 전체를 둘러보고, 약점을 가진 자도 포함해 커다란 전선을 형성해가는 프롤레타리아 전위의 관점이 필요했다. 프롤레타리아의 전위는 전위만으로 투쟁할 수는 없다. 그런 까닭에 프롤레타리아 전위의 관점은 잡다한 요소를 포함한 많은 약점을 지닌 프롤레타리아 대중을 결합하였고 계급투쟁으로 조직된 통일의 관점과 불가분의 관계였다.

구라하라 고레히토의 ≪프롤레타리아·리얼리즘을 향한 길≫은 1928년 5월의 ≪戰旗≫에 새로운 문학운동의 방향을 제시하였다. 이 작품은, 1928년 1월 ≪전위≫ 창간호에 발표한 〈무산계급 예술운동의 신단계―예술의 대중화와 전좌익예술가의 통일전선으로―〉를 시작으로, 일관되게 프롤레타리아 문학운동의 통일을 추구했으며 이를 위해 이론 활동을 전개해온 구라하라가 〈3·15〉 대탄압의 충격으로부터 다시 일어서 더욱 커다란 문예전선의 통일과 비약적인 발전을 실현하려는 목적으로 썼던 것이다.

3

구라하라는 〈3·15〉사건 직전에 발행된 ≪문예춘추≫ 1928년 3월호에 〈좌익문예가의 총연합으로〉를 발표했다. 〈일본 좌익문예가 총연합〉이라는 것은 구라하라가 주창자가 되어 전예와 프로예뿐만 아니라 문예전선파도 포함한 좌익예술가의 대연합을 조성하려고 만든 단체이다.

결국 문전파는 이탈해 이 운동은 결실을 맺지 못했다. 1928년 5월에 '일본 좌익문예가 총연합회편'으로 간판을 내걸고 간행한 작품집 ≪전쟁에 대한 전쟁―안티·밀리터리즘 소설집≫이 오늘날 그 노력으로 남은 유일한 성과가 되었다.

그러나 ≪전쟁에 대한 전쟁≫에는 가네코 요분(金子洋文), 고보리 진지(少堀甚二), 구로시마 덴지(黑島傳治), 마에다코 히로이치로(前田河廣一郎), 사토무라 긴조(里村欣三) 등 문전파의 작가들도 다수 참가했다. 그곳은 절박한 전쟁의 위험에 대해 광범위한 통일전선을 구축해 싸우려고 한 일본 문학가들의 투쟁을 기념하는 공간이 되었다.

구라하라는 이 논문에서 현재 무산운동의 발전은 "지금이야말로 우리 좌익예술가가 일치단결하여 부르주아 문학과의 과감한 투쟁을 광범위하게 전개하고, 또 반제국주의 전쟁의 운동, 검열제도 개정을 위한 운동, 해방운동, 희생자 구원을 위한 운동, 이러한 운동에 적극적으로 참가하는 것에 대한 필요성을 우리에게 요구하고 있다. 최근 우리나라 프롤레타리아 예술운동의 전선 통일 문제는 실로 이 현실적 필요에서 파생된 것이다."고 말하고 있는데, 특히 주목할 만한 부분은 프롤레타리아 문학 확립의 관점에서도 〈총연합〉의 필요를 강조한 점이다.

"현재 우리나라의 프롤레타리아 문학은 이름은 프롤레타리아로 불리면서도 실은 많은 경우, 혁명적·인텔리겐차적, 자연발생적·노동자적, 혹은 소부르주아적·혁명적 문학으로 진정한 프롤레타리아적 정조와 프롤레타리아적 감각과 프롤레타리아 전위의식 등을 모두 지닌 훌륭한 문학은 아직 우리나라에 존재하지 않는다."고 구라하라는 서술하였다. 그리고 이 전제를 바탕으로 소속을 달리하는 문학 단체들과 프롤레타리아 문학자의 협력연합을 추구했다.

지금 바로 어딘가에 〈이거야말로 진정한 프롤레타리아 문학이라고 말할 수 있게〉 〈프롤레타리아 대중에게 진심으로 호소하는 문학〉이 실현된다면 그 깃발 아래 결집하면 족하겠지만, 지금은 그러한 현상이 일어나는 것도 아니고 지금부터 새롭게 조성해가지 않으면 안 된다.

"진정한 프롤레타리아 문학은 결코 하나의 문예 단체가 다른 문예 단체의 작품을 간단히 부정함으로써 탄생하지 않는다."고 구라하라는 강조했다. "현존하는 문예 단체에 속하는 작가군 사이에는 저마다 다가올 진정한 프롤레타리아 문학의 구성요소가 되는 부분에 대한 많은 특징이 존재하고 있기" 때문에 "다른 집단에 속하는 우리 프롤레타리아 작가들은 자만심을 버리고 서로 뛰어난 요소를 섭취함으로써 비로소 진정한 프롤레타리아 작가가 될 수 있을 것이다."라고 구라하라는 말했다.

〈1928년 1월의 프롤레타리아 문학〉(《전위》 1928년 2월호)에서도 "우리는 현재 이데올로기적으로 또는 예술적으로 보아 이거야말로 진정한 프롤레타리아 문학이라고 말할 수 있는 완성된 작품을 갖고 있지 않다."고 말하고, 그 때문에 설령 완성되어 있지 않더라도 〈뭔가 발아적 요소〉를 발견하면 기뻐하지 않을 수 없다고 덧붙였다. 그리고 쓰루타 도모야(鶴田知也)의 《해명(海鳴り)》이나 구로시마 덴지의 《농부의 채찍(農夫の鞭)》 등 당시 문전파에 속해 있던 작가들의 작품에 대해 훌륭한 점을 적극적으로 평가했다.

《해명》에 대해서는 "현재의 프롤레타리아 문학이 지닌 하나의 치명적 결핍인 추상적 · 개념적 경향으로부터 해방되어 살아 있는 현실과 살아 있는 인간을 그린" 점을 적극적으로 평했다. 그리고 "단지 부랑자뿐만 아니라 더욱 투쟁하는 현대의 도시 프롤레타리아와 농민을 이와 같이 그려낼 수 있게 되었을 때 비로소 그는 진정으로 커다란 프롤레타리아 작가가 될 수 있을 것이다.”라고 서술했다. 구로시마의 ≪농부의 채찍≫에 대해서도 이 작가에게는 “장편소설가로서의 소질이 있는 것이 아닐까 하고 생각한다.”고 말하며 “계속 투쟁하는 현대일본의 농촌에 대한 객관적인 서사시적 전개를 그 장편에 있어서 보여준다면 좋으리라 생각한다.”고 서술했다.

평론가가 자기의 이론, 이상으로 삼는 문학상(像)으로 작품을 비평하는 것은 중요하지만 오로지 그것을 고집해 현실 작품에 대해 관념적, 고답적인 설교를 하기만 한다면 작가 창작활동의 현실과는 동떨어진 것이 된다. 결핍을 지적하는 동시에 설령 〈맹아적〉이고 미숙해도 작품에 숨겨진 여러 가지 가능성을 발견, 적극적으로 평가해가는 비평이 작가를 격려하고, 아직 실현되지 않은 진실한 프롤레타리아 문학의 창조를 향해 구체적으로 한 발 전진시킬 것으로 생각한다.

“어떤 구체적이고 예술적인 해결 없이 그저 단순한 이론적 결론만을 보태려고 하는 경향은 현대의 우리나라 프롤레타리아 문학에 보이는 공통적 결핍 현상이다.”고 구라하라는 지적하고 그 극복을 추구했지만, 그건 또한 프롤레타리아 문학 비평에 있어서의 결핍이기도 했다. 구라하라는 평론가로서 이 결핍을 극복하려고 하며 어디까지나 구체적으로 현실에 존재하는 미숙한 작품에 〈진실한 프롤레타리아 문학〉의 가능성을 추구하는 비평 활동을 전개했다. 이렇게 정치적, 문학적 입장을 달리하는 문전파의 작가들도 적극적으로 평가하며 문학운동의 통일과 〈진실한 프롤레타리아 문학〉의 실현을 위해 분투했던 것이다.

≪전위≫에 발표된 신인 하시모토 에키치(橋本英吉)의 ≪관과 붉은 깃발(棺と赤旗)≫에 대해서는 "자본가와 노동자, 파업과 경찰의 관계를 관념적이 아니라 예술적으로 해결하는 것을 잊지 않았던" 점을 높이 평가했다. 그리고 작중에 그려진, 많고 흥미 있는 "에피소드의 모든 것을 그냥 단순히 우연한 에피소드로 끝내는 게 아니라 그것을 전체적 시점에서 작품 주제로 통일해낸 작가의 재능은 경탄할 만하다."고 서술했다. 이에 반해 무라야마 도모요시(村山知義)의 희곡 ≪사막에서≫에 대해서는 "너무나도 이지적이다"라고 하며 "이지적인 것은 사람을 만족시키기는 하지만 그것을 부추기는 일은 드물다. 그것이 현대의 피압박 대중을 대상으로 하는 경우에 있어서는 더욱 그렇다."고 설명했다.

야마다 세자부로(山田淸三郎) 대해서도 "최근 대중으로부터 멀어져가는 위험을 보여준" 점을 비판했다. 야마다는 〈현대의 피압박 대중 속에서 탄생한〉 작가인데 초기의 작품 ≪유령 독자≫나 ≪작은 시골뜨기≫에서는 이 〈대중의 목소리〉가 울려 퍼져 그것이 우리를 감동시켰다. 하지만 최근의 그는 "자신이 그 속에 등장한 대중을 그리는 것을 중지하고 그가 단지 개념적으로만 이해한 이른바 전위 분자의 모사에 몰두하게" 되어버렸다. 따라서 작품이 개념적, 추상적인 상태로 변하여 "대중에게 호소하는 것을 중지해버렸다."고 말하는 것이다.

이들 작품에 대한 구체적인 비평을 통해 구라하라는 〈진실한 프롤레타리아 문학〉의 가능성을 탐색하였다. 이 평론의 말미에서 "이거야말로 진실로 프롤레타리아적이라고 말할 수 있는 문학은 아직 우리나라에 탄생하지 않았다."고 반복하며 "그러나 그것은 이윽고 탄생할 것이다. 하지만 그를 위해 필요한 것은 하나의 경향으로 다른 경향을 추방하는 내용이 아니라 반대로 이들 제경향이 서로 자유롭게 경쟁함으로써 더욱 높은 단계에 도달하는 내용이어야 한다."고 서술했다.

이러한 구라하라의 견지는 러시아에서 러시아 문학 상황을 소개하는 기사를 써서 보낸 출발 당시부터 일관된 것이다. 구라하라는 레닌 사후 얼마 지나지 않아 아직 스탈린주의가 지배하기 전의 러시아를 배웠고 거기에서 출발했다. 하지만, 이 시대의 러시아는 다양한 유파가 공존, 새로운 문학을 추구하며 자유롭게 경쟁하는 활기찬 상태였다. 그러므로 구라하라의 평론가로서의 활동은 이러한 러시아의 문학 상황을 일본에 전하는 과정에서부터 시작되었다. ≪신쵸(新潮)≫나 ≪수도신문(都新聞)≫에 발표된 러시아로부터의 통신은 러시아의 포멀리즘이나 미래파, 구성파 등 근대파의 동향에 깊은 관심을 보였다. 또 이들을 통과해 다시 푸쉬킨, 고골리, 곤찰로프, 톨스토이, 도스토예프스키 등의 평이한 언어나 구성을 배웠으며 러시아 사회의 모순과 고뇌를 부각시키는 새로운 리얼리즘의 조류가 점차 강화되었다고 하는 동향을 전했다.

귀국 후 최초의 논문이 〈현대 일본문학과 무산계급〉인데, 이 논문에서 계급의 문제를 중심으로 삼아 지금까지의 일본 근대문학을 논했다. 특히 주목할 부분은 부르주아와 프롤레타리아의 사이에 존재하는 소부르주아라는 것에 깊은 관심을 보이며 일본 근대문학을 소부르주아의 문학으로 그 복잡함과 다양성에 대해 논했고 시마자키 도손의 ≪파괴≫에 대해 적극성을 강조한 점이다. 소부르주아 문학은 부르주아 쪽으로 향하는 것과 프롤레타리아 쪽으로 향하는 것으로 분해된다. 구라하라는 이 소부르주아의 혁명성과 보수성·반동성을 해명했는데 일본 국민의 소부르주아화가 진행되어 중류의식이 선동되고 있는 현재, 소부르주아의 문제는 점점 중요해지고 있다고 생각한다.

이 소부르주아의 문제와 관련하여 구라하라는 아나키즘의 문예론에 대한 비판을 강력히 전개했다. 개인의 절대적인 자유를 주장, 정치를 부정하는 아나키즘에 대하여 절대적 자유 따위는 일찍이 존재한 적이 없는 관념으로 이 관념에 매달려 현실 문제를 직시하지 않는 이데아리즘은 몰락하는 계급의 몽상에 불과하다고 비판했다. 나아가 〈절대적 자유〉보다도 지금 해결해야만 하는 문제, 실제로 억압당하고 있는 무산계급의 구체적인 해방의 문제가 존재한다고 보았다. 또한 예술 영역에서도 이 무산계급의 해방을 제1 과제로 삼는 무산계급에 있어서 '예술의 가치는 무산계급의 해방에 어떻게 유효할까'라고 하는 문제와 분리하여 생각할 수는 없다고 보았던 것이다.

이 구체적, 실천적인 유용성의 관점에서 구라하라는 예술의 예술성을 문제시했다. 무산계급의 예술은 무엇보다 우선 대중에게 읽힐 필요가 있고 독자의 심금을 울려야 한다. 예술적으로 높은 경지에 이르지 않으면 어떻게 대중의 심금을 울릴 수 있을까? 예술의 유용성과 예술성을 통일적 관점에서 파악하는 곳에 무산계급의 입장이 존재한다. 이 양자를 분리해 오로지 현실에서 벗어난 예술적 가치의 환상에 집착해 자기만족에 취하는 것은 몰락하는 계급의 이론인 것이다.

그러나 한편으로 구라하라는 예술의 독자적 역할을 부정, 모든 것을 정치로 환원하는 〈관념적 좌익〉의 정치주의적 경향에 반대하였고 계급투쟁의 예술적 역할을 강조했다. 이러한 사항을 둘러싸고 프롤레타리아 문학운동 내부에서 격렬한 논쟁이 펼쳐졌는데

운동방침의 상이점이나 이론의 대립 때문에 1927년에는 프롤레타리아 예술연맹이 분열하였다. 더구나 노농(勞農)예술가연맹으로부터 전위예술가동맹이 분열하는 사태가 발생한 것이다. 이와 같은 분열을 극복하고 전좌익예술가의 통일을 실현하려고 하는 노력의 선두에 선 사람이 구라하라 고레히토였으며 그 획기적인 프롤레타리아 문학이론은 이러한 노력 속에서 발전했다.

4

　구라하라의 이론은 이론을 위한 이론이 아니라 구체적인 운동현실과 연결, 그 필요에 웅하는 것이었다. 구체적인 현실을 벗어나 순수하게 이론상의 문제로 자기 이론을 계속 고집을 한다면 대립은 대립을 부르고 무모한 논쟁과 분열의 난맥상이 지속될 것이다. 구라하라는 자기를 절대화하는 자만심을 엄하게 비판하였고, 대립하는 제단체가 상호 비판하는 동시에 서로의 차이를 인정하고 배우며 서로 고양하기를 원했다. 단체를 달리하고 정치적, 사상적, 이론적 입장을 달리해도 무산계급의 해방이라고 하는 공통 과제가 있으며, 더욱이 문학에는 문학고유의 공통 문제가 존재한다. 구라하라는 무산계급의 해방이라는 관점에서 구체적인 현실 문제를 끄집어내고 각각의 작품에 나타난 적극적인 요소와 결핍을 명백히 밝혀 훨씬 높은 작품의 가능성을 구체적으로 탐색했던 것이다.

구라하라는 프롤레타리아 예술은 무엇보다 우선 프롤레타리아 대중에게 읽히고 이해되고 사랑받아야 한다고 주장했다. 또한 이론으로 현실을 뛰어넘어 현실을 이론에 종속시키는 경향을 강하게 비판했다. 〈마르크스주의 문예비평의 기준〉(《문예전선》 1927년 9월)에서 구라하라는 "예술적 작품이 진정으로 대중에게 영향을 끼치기 위해서는 그것이 무미건조한 논리적 명제에 의해서가 아니라 생생한 예술적 형상에 의해 성립되지 않으면 안 된다."고 서술했다. 그리고 "예술은 추상화된 개념의 도움을 빌려서가 아니라 생생한 현실의 도움을 빌려서 대중에게 호소한다.", "만일 선인이나 악인이라고 하는 듯한 추상화된 개념에 따라 인간을 그렸다면 ……남에게 부자연스러운 느낌을 안기게 할 뿐 남을 감동시키는 일은 불가능하다."고 강조했다.

앞서 게재한 《전위》 창간호의 논문 〈무산계급 예술운동의 신단계 ― 예술의 대중화와 전좌익예술가의 통일전선으로 ―〉에 서 구라하라는 "우리의 예술을 대중에게 강매할 권리를 갖고 있지 않다. 대중도 또한 우리의 예술을 읽고 볼 의무는 없다."고 말하며 우리의 작품이 "대중에게 이해되고 대중에게 사랑받기"

위해서는 "우선 거기에 살아 있는 대중의 모습이 그려져 있어야 한다."고 설명했다. 또한 "우리가 대중이라고 말할 때 그 의미는 결코 추상적 개념으로 일컬어지는 것이 아니다."고 강조하고, 〈지금까지 우리 무산계급의 제작품〉에는 "살아 있는 대중 대신에 때때로 이른바 '현단계'의 일반적인 규정에서 본 이론적 결론으로서의 대중 ― 이와 같은 대중이 그려져 있다.", "게다가 이 태도는 더욱 좌익적이라고 자부하고 있는 예술가에게 있어서 더욱더 심한 것처럼 판단된다."고 비판했다.

살아 있는 대중을 그리기 위해서는 "모든 자연발생적, 노동자적, 농민적, 소시민적 예술형상을 부정해선 안 되고, 현재의 우리 예술은 그 주제에 있어서 그 표현에 있어서 또 그 형식에 있어서 어디까지나 다각적이어야 한다."고 구라하라는 주장하며 부하린의 언어를 인용했다.

부하린은 "일반적으로 커뮤니스트나 노동자라고 해도 그들은 결코 두 다리를 지닌 추상물이 아니라 피와 육체를 가진 인간이다." "과도기 생활은 대단히 풍부하고 복잡하다. 그것은 사회적, 생활적, 개인적인 부분 등 모든 모순과 갈등에 의해 채워지고 있다. 거기에선 드라마, 비극, 희극, 서정시를 위해서도, 또한 일반적 세계관, 과학, 철학 등 인류 '정신문화'의 이름을 얻은 모든 것에 대한 광범위한 흥미 전개를 위해서도 그러한 공간이 창출되는 것이다.”, “우리 청년을 항상 말이 먹는 듯한 식량으로 양육해선 안 된다……. 변화가 있는 문제를 더욱 많이 부여하라! 그 다채롭고 다각적인, 괴상스럽고 복잡한 생활에 더욱 많은 주의를 기울이라! 그리고 그다지 질이 좋지 않은 틀에 박힌 재료, 그 관료적, 관념적 창조의 과실을 더욱 적게 부여하라!"고 서술했다. 또한 프롤레타리아 시인에 대해서 “모든 시인은 생활을 연구하고 자신을 완성시켜, 대중과 결탁, 그 살아 있는 시적 표현을 생산하는 대신에 비평가, 조직자, 정치가가 돼버렸다. 따라서 그들이 생활의 압박 아래에서 ‘노래를 부르려고’ 한다면 예를 들면 그들의 리듬은 타인의 목소리를 빌린 노래가 돼버리는 것이다!"고 비판했다.

≪프롤레타리아 · 리얼리즘을 향한 길≫(≪戰旗≫ 1928년 5월)에서 구라하라는 “프롤레타리아 작가는 무엇보다 우선 명확한 계급적 관점을 획득해야 한다.”, “프롤레타리아 전위의 ‘눈으로’ 이 세계를 보고 그것을 그려야 한다. 프롤레타리아 작가는 그러한 관점을 획득하고 그것을 강조함으로써만 진정한 리얼리스트가 될 수 있다. 왜냐하면 현재 그 세계를 진실로 전체적인 맥락에서, 또한 발전적 과정 속에서 볼 수 있는 주체는 전투적 무산계급 ― 프롤레타리아 전위에서밖에 찾을 수 없기 때문이다”고 서술했다.

부르주아 · 리얼리즘은 추상적인 〈인간의 본성〉에서 출발하여 인간의 개인적 본능생활은 그릴 수가 있었지만, 그것을 전체적인 사회적 생활의 일부로서 그릴 수는 없었다. "프롤레타리아 작가는 이 자연과학적 리얼리즘을 극복하고 개인적 관점에 대한 사회적 관점을 획득해야 한다. 바꿔 말하면 우리는 사회적 문제도 '개인의 본성'으로 돌리려고 하는 인식의 방법에 대항하여 모든 개인적 문제도 사회적 관점에서 보려고 하는 방법을 강조해야 한다."고 설명했던 것이다.

그러나 구라하라는 이 논문에서도 철저한 리얼리즘을 강조했거니와 "과거의 리얼리즘으로부터 그 현실에 대한 객관적 태도를 계승하기"를 주장했다. 여기에서 객관적 태도라고 하는 것은 "현실을 현실로 아무런 주관적 구성 없이 주관적 분식 없이 그리려고 하는 태도"로, "그 태도야말로 과거 우리나라의 프롤레타리아 문학의 많은 내용에 결핍되어 있던 부분이었고, 그 때문에 지금 우리가 특히 강조하지 않을 수 없는 것이다."라고 서술했다. "우리에게 있어서 중요한 것은 현실을 우리의 주관으로 왜곡하고 분식하는 게 아니라 우리의 주관―무산계급의 계급적 주관―에 상응하는 내용을 현실 속에서 발견하는 곳에 있다.―이렇게 함으로써만 비로소 우리는 우리의 문학을 통해 진실로 무산계급의 계급투쟁에 도움을 줄 수 있다."고 구라하라는 말했다.

즉 구라하라는 "무엇보다 프롤레타리아 전위의 '눈으로' 세계를 보는 것, 다음으로 엄정한 리얼리스트의 태도로 그것을 그리는 것"을 추구하였고, 그게 "프롤레타리아·리얼리즘을 향한 유일한 길"이라고 주장했던 것이다.

또 이와 관련하여 "현실생활의 객관적 '서사시적' 전개야말로 어떠한 것으로도 바꿀 수 없는 예술의 중요한 임무이다."고 강조하였다. '현실생활의 기록'의 필요를 역설한 〈생활조직으로서의 예술과 무산계급〉(≪전위≫ 1928년 4월 호)에서는 "생활에 대한 구체적 기록을 하는 것은 결코 단지 생활에 대한 복사를 하는 것을 의미하지 않는다."고 강조했다. "예술가는 이 현실에 대한 우연한 것, 무용한 것을 제외하고 거기에 필연적인 것, 필요한 것을 찾을 만한 눈을 지녀야 한다. 예술가는 그러한 사회 속에서 진실한 것, 전형적인 것을 발견하기 위해서 예술적 예지와 예술가적 감각을 지녀야 한다."고 말하며 "현실에서 '현실 이상의 현실'을 그려내는 것은 예술에 있어서 진정한 리얼리즘의 길이다.", "프롤레타리아·리얼리즘의 길 또한 그 외에는 있을 수 없다."고 주장했던 것이다.

5

≪1928년 3월 15일≫에서 남편을 경찰에 빼앗긴 류키치의 처 게이는 가장 번화한 시의 거리를 걸으며 거리를 거니는 사람들이 사건과는 전혀 관계없는 한량한 모습을 하고 있는 것을 보고 이상한 마음이 들어 "지금 이와 같은 ××시에서 그렇게 커다란 사건이 일어났다. 그런데 여긴 얼마나 무관한 장소일까? 그래도 좋을까?"라고 생각한다. 물론 이 사건은 당시의 신문, 그 외 당국의 소식통을 통해 흘러들어온 왜곡된 사실밖에 보도되지 않았다. 국회에서 〈3·15〉 탄압의 불법적인 조사에 대해서 질문을 받은 정부위원은 고문 등 가혹한 조사는 일절 없었다고 대답했다. 사실이 은폐돼 지배계급에 유리한 보도밖에 흘러들지 않았던 것이다.

이 작품에 대해서 쓴 문장 〈≪1928년 3월 15일≫〉(≪若草≫ 1931년 9월)에서 다키지는 여러 가지 의미에서 자신에게 깊은 인상 으로 새겨져 있던 사람들이 곧 옆에서 잇달아 체포되는 것을 목격한 충격에 대해 썼다. "눈에 파묻힌 인구가 15만도 안 되는 북쪽의 작은 고장에서 200명에 가까운 노동자, 학생, 조합원이 경찰에 검거된" 것이다. "게다가 경찰 안에서 그들 동지들에게 가해진 반 식민지적 고문이 얼마나 잔인한 것인지 그 상세한 내막 하나하나를 나는 끓어오르는 증오로 실감할 수 있었다. 나는 그때 뭔가의 지시를 받은 듯이 일종의 의무감을 느꼈다. 이 사실이야말로 써야한다. 써서 그들 앞에 내던지고 모든 대중을 분격의 길로 유도해야 한다고 생각했다.”고 다키지는 기술했다. 다키지는 분명히 은폐되어 있는, 이 시대의 첨단에 발생한 사실에 대한 기록으로 썼던 것이다.

≪게 가공선≫도 ≪부재지주≫도 ≪당 생활자≫도 마찬가지였다. ≪게 가공선≫의 노동자는 “감옥도 결코 이보다 지독하진 않아요!”, “이러한 사정을 고향에 돌아가 아무리 애기해도 정말로 믿질 않아”라고 말했다. 다키지는 실제로 있는 사실인데도 〈아무리 말해도 정말로〉 받아들여지지 않는 얘기를 문학적 리얼리티로 역력히 그려냈고 광범위한 독자에게 뚜렷한 인상을 안기며 그들을 ‘분격의 길’로 유도했다. 지금도 〈3·15 사건〉이라면 다키지의 ≪1928년 3월 15일≫이 생각나고 ‘게 가공선’이라고 하면 다키지의 ≪게 가공선≫이 연상된다. 전시 하의 가혹한 탄압에 항거하며 투쟁한 〈비합법〉 활동을 생각할 때 누구나 마음에 제일 먼저 떠오르는 작품은 다키지의 ≪당 생활자≫이다. 이들은 일본 해방운동의 역사를 생생히 살아온 구체적 실체로 오늘날 우리에게 전해주고 있을 뿐만 아니라 사람들의 마음에 살아서 오늘의 자유와

민주주의, 평화와 인간해방의 투쟁을 강력히 지탱하며 북돋우고 있다. 거기에서 우리는 프롤레타리아 · 리얼리즘의 확실한 승리를 발견할 수 있으리라고 생각한다.

다키지는 ≪13의 남경옥(南京玉)≫(≪오타루 신문≫ 1927년 5월 23일, 30일자)과 그 외의 에세이나 서간에 "머리로부터가 아니라 가슴으로부터"라는 말을 반복해 강조했다. 독자의 두뇌에 호소하는 것이 아니라 심장에 호소하려고 한 것이다. 작품의 배후에는 작가의 강렬한 감정이 있었으며 선동의 욕구가 있었다. 그러나 작가의 견해나 감정이 노출되는 것을 최대한 피하고 작품 자체에 호소하려고 했던 것이다.

≪휘몰아치는 날 밤의 감상≫(1928년 1월 3일 집필)이라고 제목을 단 일련의 에세이에 〈구체적으로!〉라고 타이틀을 붙인 뒤 톨스토이의 ≪부활≫을 논하며 "러시아가 어떤 객관적 정세에서 필연적으로 혁명이 일어나야 했고, 그게 또한 왜 성공했는가? ― 이 사항은 물론 뛰어난 러시아 공산당원들의 저작에 의해 확실히 알려져 있다. 그러나 그 구체적인 사실을 실로 세세하고 확실히, 정말이지 신랄하게 '커다란 손'으로 잡아 팽개친 것처럼 자신은 비로소 ≪부활≫을 통해 알았다고 표현해도 좋으리라 생각하고 있다." "그 점에서 세계의 어느 위대한 작가도, 어느 위대한 프롤레타리아 작가도 따를 수 없다고 자신은 생각하고 있다."고 서술했다.

또 〈톨스토이의 ≪파우스트≫〉로 제목을 붙여, "단순히 인간주의 작가이니까, '엉터리 같은 설법'을 하는 무저항주의 작가이니까라고 하는 상표를 붙여 그것만의 이유로 묵살하는 것은 결국 그 어떤 것도 거기에서 배울 수 있는 상태가 아니다", "≪부활≫은 지금 달리, 새로운 태도로 다시 읽어야 하며, 자신은 진심으로 그렇게 생각한다."고 설명했다.

〈코뮤니즘 예술론〉의 항에서는 "코뮤니즘의 태도로 사물을 보고 그것을 그린다고 하는 것은 (A) 조금도 작품을 코앞에 있는 간판처럼 소위 목적의식이 서린 언어를 늘어뜨리거나 (B) 그 주인공을 언제나 코뮤니스트로 만들어야 한다고 하는 뜻은 아니다."고 서술했다. 다키지는 〈코뮤니즘 예술〉의 영역은 "코뮤니즘의 A, B, C로 값싼 자위를 안겨주는 것"이 아니라 "톨스토이가 ≪부활≫에서 시도한 그러한 사회에 대한 〈경고〉"이다. "우리가 그것을 코뮤니스트 태도로 실행하는 그 생생하고 구체적 상황에서 이것을 폭로함에 있어서 광활한 코뮤니즘 예술의 미개간지가 가로놓여 있다."고 주장했다. 그리고 "그것은 그외 깊이 존경할 만한 다른 이론가, 실제적 행동가에게도 부여되지 않은 독특한 탤런트, 예술가의 특수성이라고 생각한다."고 설명했다.

다키지의 견해는 구라하라의 견해와 서로 호응하는 것이었다. 다키지가 일찍이 시가 나오야에게 깊이 배웠고 작가가 얘기하는 것이 아니라 작품 자체가 얘기하는 리얼리즘의 현실을 지향하고 있었던 사실은 잘 알려져 있다. 더구나 그는 스트린드베리와 톨스토이에게 배웠고 러시아의 새로운 작가들에게 배워 사상적, 정치적으로 격렬하게 동요했으며 고립감에 괴로워하면서 새로운 리얼리즘 때문에 고민하고 있었다. 홋카이도의 오타루에서는 동료의 수도 적었고 운동의 분열이 대단한 고통이었다. 사람 숫자가 적었기 때문에 전예에 속하면서 프로예의 멤버로서도 협력하지 않을 수 없었다. 강력한 통일을 지향했을 뿐더러 예술의 특수성을 설파했다. 이런 그에게 프롤레타리아·리얼리즘의 길을 명백히 하려고 하는 구라하라의 이론은 얼마나 다키지를 고무시키고 격려했는지 모른다.

특히 〈3·15〉의 대탄압 뒤에 프로예와 전예가 합동으로 낫프를 성립해 ≪戰旗≫ 5월호에 구라하라의 ≪프롤레타리아·리얼리즘을 향한 길≫이 발표된 것에 대한 의미는 컸다. 다키지는 일부러 상경해 구라하라를 만나 격렬한 시대에 항거하며 사는 프롤레타리아 작가로서의 길을 새로운 결의 하에 걷기 시작했다. ≪1928년 3월 15일≫은 이렇게 쓰여지기 시작했다.

구라하라는 〈예술운동 당면의 긴급 문제〉(≪戰旗≫ 1928년 8월호)에서 예술의 특수성을 무시하고 예술운동을 사회변혁의 운동으로 환원, 과거의 예술유산에 대해 청산주의적 태도를 취하는 구 프로예의 가지 와타루(鹿地亘)의 견해를 철저히 비판했다.

 "만일 그가, 우리가 '대중의 의욕을 안다'는 사실에서 당장 프롤레타리아 예술의 기술이 자연발생적으로 탄생한다고 진지하게 생각하고 있다면 그는 실수하고 있다. 프롤레타리아 예술은 무산계급의 필요에 따라 결정된다. 그러나 그것은 거기에서 탄생되는 것은 아니다. 우리는 그것을 생산해야 한다."고 하며 그것을 생산하기 위해서는 제일 먼저 "과거 인류가 축적한 예술적 기술을 프롤레타리아 견지에서 비판적으로 수용해야 한다."고 구라하라는 주장했다. "과거의 유산 없이 프롤레타리아 예술은 존재할 수 없다."고까지 단언했던 것이다. 이 논문에서는 예술 대중화론을 둘러싸고 마찬가지로 구 프로예의 나카노 시게하루(中野重治)의 "가장 예술적인 것이 가장 대중적이고 가장 대중적인 것이 가장 예술적이다."라고 하는 견해에 대해 자본주의 사회의 프롤레타리아 예술 문제로서는 현실을 무시한 이상론, 관념론에 지나지 않는다고 비판했다.

 ≪1928년 3월 15일≫을 집필하던 중 다키지는 이 구라하라의 의견에 찬성해 "대단히 중대한 프롤레타리아 예술운동의 새로운 시발점을 가리키는 것으로 생각했습니다."라고 써 보냈다. 또한 낫프 내부의 대립상태에 대해서 걱정하며 "어디까지나 내부의 발전을 위한 대립으로 결코 분열 따위를 유발시키지 않도록 노력해 줄 것을 바라고 있습니다."라고 기록했는데, 이는 통일 문제에

대해서 강한 관심을 나타낸 내용으로 주목된다. 문학운동의 통일 문제와 과거 문학유산의 문제, 리얼리즘의 문제, 문학 대중화의 문제, 내용과 형식의 문제는 밀접하게 연결돼 있다고 생각한다. 그리하여 구라하라는 운동의 지도자로서, 이론가, 평론가로서 이 문제에 몰두했으며 다키지는 작가로서 작품을 통해 이 문제를 추진했다.

≪1928년 3월 15일≫이 ≪戰旗≫ 1928년 11월 호, 12월 호에 발표되자 곧 구라하라는 ≪수도신문≫(1928년 12월 17일)에 "프롤레타리아 문예의 획기적 작품"으로 높게 평가했다. 이 작품의 결핍으로 그 배경을 이룬 대중의 운동을 거의 그리지 않은 점을, 구성상의 사소한 문제가 아니라 작가의 현실에 대한 태도, 작가의 이데올로기의 문제라고 비판했다. 하지만 이 중대한 결핍에도 불구하고 첫째, 신변의 잡다한 일이 아니라 한 시대를 전투적인 무산계급의 눈으로 그렸고, 둘째, 지금까지의 프롤레타리아 작품을 다소나마 채색하고 있던 로맨틱하고 관념적인 색채를 바꾸는 데에 리얼하고 전투적인 묘사로 표현한 점을 내세워 "정말로 획기적인 작품"이라고 평가했다.

〈최근의 프롤레타리아 문학과 신작가〉(≪개조≫ 1929년 1월)에서도 "이 사건을 작은 에피소드로서가 아니라 하나의 시대적 스케일 속에서 다룬 것은 이 작품이 처음이다"고 언급하고 "전사들의 다양한 타입과 그 생활"이 그려져 있는데, 그것이 지금까지 종종 보이던 것처럼 "관념적이 아니라 또한 영웅으로서가 아니라 그 다양한 결점과 장점을 지닌 인간으로서 그려져 있다."고 평가했다.

이 구라하라의 비평은 다키지에 대한 커다란 격려였다. 다키지는 잇달아 지적받은 결핍을 극복하고 ≪게 가공선≫, ≪부재지주≫를 계속 집필, 일본을 대표하는 프롤레타리아 작가로 성장했다. 이들 작품에 대해 논할 여유는 없지만 다키지는 구라하라 이론의 충실한 실천자였으며 그에 따라 커다란 성과를 올릴 수 있었다. 그리고 구라하라는 다키지에 의해 자기의 이론을 구체화하였음은 물론, 다키지의 작품을 비평함으로써 자기의 이론을 발전시킬 수가 있었다고도 볼 수 있을 것이다. 이 시기의 구라하라가 무명의 신진작가들에 대하여 그 결핍을 지적했을 뿐 아니라 장점을 발견하여 적극적으로 평가하는 노력을 한 사실은 프롤레타리아 문학의 발전에 있어서 대단히 중요한 일이었다고 생각한다.

(프롤레타리아 문학 강좌 〈제4회〉 보고, 1990년 12월 15일에 가필)

프롤레타리아 문학
- 존재와 의미 -

1

1945년 8월의 패전에 이른 쇼와 20년간은 근대일본의 역사에서도 또한 각별한 시기였다. 그 기간은 전쟁의 20년이었고 언론, 사상, 문화에 대한 말로는 다할 수 없는 탄압의 20년이었다. 국민을 파멸에 이르기까지 전쟁에 내몰기 위해서는 국민을 진실에서 멀어지게 하여 맹목으로 만들 필요가 있었다. 전쟁 확대와 탄압의 강화는 서로 호응하고 있었으며, 이 현실에 대해 어떠한 태도를 취하는지는 그 시대의 문학에 있어서 결정적인 의미를 지니고 있었다.

현실을 왜곡, 전쟁을 미화하고 전쟁에 협력할 것인가? 끝까지 진실을 추구, 전쟁에 반대하고 철저한 투쟁의 길을 걸을 것인가? 가혹한 현실에 패배하여 떠밀려가는 인간의 해체와 퇴폐, 그 허무와 절망을 미화하고 예술의 이름으로 구제할 것인가? 그렇지 않으면 이 고난의 시대에 굴절과 우여곡절을 어쩔 수 없이 겪으면서도 어떻게든 인간다움을 관철하려 하며 끈덕지게 계속 투쟁할 것인가? 그러나 모든 것을 전쟁에 동원하려고 하는 천황제 국가 권력의 손에 의해 제1의 길을 제외한 모든 문학적 활동은 억압받고 파괴되었다. 이 사실은 정치와 문학이 그 시대에 가장 본질적인 문학의 문제였다는 사실을 보여주고 있다.

이 시대에 철저히 전쟁에 반대하는 투쟁을 추진, 그 내용으로 급격히 문학세계를 확대한 것은 말할 필요도 없이 프롤레타리아 문학운동이었다. 현실에서 눈길을 돌리거나 도피하는 곳에 문학의 발전은 없다. 두려움 없이 현실을 직시하고 인간의 자유와 해방을 위해, 진실의 표현을 위해 이를 저지하는 현실과 전력을 다해 투쟁할 때 현실은 비로소 그 은폐된 진상을 드러낸다. 전쟁시대의 현실은 이 프롤레타리아 문학의 투쟁을 통해 비로소 그 진실한 모습이 포착되었고 그려졌으며 오늘날까지 전해졌다. ≪프롤레타리아 문학집≫ 전 41권의 완결에 의해 거의 그 전모를 전망할 수가 있게 된 현재, 다시 한번 그 사실을 통감한다.

고바야시 다키지의 ≪1928년 3월 15일≫이나 ≪당 생활자≫는 천황제 국가 권력의 잔혹한 고문의 실태를 생생하게 그려냈고 모든 탄압에 저항하며 불굴의 의지로 싸우는 전위의 투쟁을 그렸다.

그러나 프롤레타리아 문학의 문학적 의미는 이와 같은 계급투쟁에 대한 전위의 영웅적 투쟁을 그린 점에만 존재하는 것은 아니다. 프롤레타리아 문학운동은 노동자 속에서 새로운 필자를 계속 등장시켜 노동자·농민 생활의 현실을 가장 심오한 곳에서 다면적으로 그려냈다. 지금까지 노동자·농민의 비참한 생활 현실은 문학의 대상으로 외부로부터 그려지는 일은 있어도 노동자·농민 자신의 언어로 그 내부로부터 그려진 적은 없었다. 프롤레타리아 문학운동은 일본의 현실을 지금까지 보이지 않던 새로운 빛으로 조명했고 새로운 문학세계를 개척했던 것이다.

노동자는 문학의 주체로서 자신들의 언어로 자신들의 생활을 그리기 시작했다. 이러한 전환을 가져온 것은 자본주의 발전에 의한 노동자계급의 성장이었으며 노동자계급의 내부에서 눈뜬 인간으로서의 자각이었다.

하야마 요시키의 ≪바다에 사는 사람들≫ 등 프롤레타리아 문학 초기작품의 특징은 자신도 인간이라고 하는 인간으로서의 강렬한 자각이었고 자기 주장이었다. 그러한 인간으로서의 자각은 곧바로 자신들을 인간으로 취급하지 않는 지배계급에 대한 반감이 되어 반항으로 이어졌다.

《매음부》 　　　　하야마 요시키
　　　　　　（葉山嘉樹）

　그것은 또한 공통운명에 처한 동료들에 대한 연대감정이 되어 계급적 감정, 계급적 의식으로 발전했다. 개인의 인간적 자각이 바로 사회적 자각이 되어 계급적 자각으로 발전하는 곳에 노동자계급의 특질이 존재하는 것이다.

　하야마는 《매음부》에서 살기 위해 자신의 몸을 팔지 않을 수 없었던 불행한 여자가 몹시 착취당하고 억눌린 나머지 빈사상태로 옆으로 누워 있는 장면을 목격한 젊은 선원의 격렬한 분노를 그렸다. 이런 지경인데도 전라로 만들어 착취대상으로 삼고 있는 놈은 "혼을 내주겠다."고 생각한다. 그러나 그녀는 긴 갱부 생활로 규폐에 걸린 세 사람의 남자들에게 도움을 받고 있었다.

"병에 걸린 사람은 저 여자뿐만이 아니야. 모두가 병자지. 그리고 모두가 착취당한 찌꺼기들이지. 우리 모두는 너무 일했어. 우린 먹기 위해 일했지만, 그 일을 너무 서둘러 스스로 목숨을 단축시켰어. 그 여자는 폐결핵에다 자궁암에 걸렸고, 난 보다시피 규폐 환자지.", "우리가 왜 죽지 않느냐고 이상하게 생각할 테지. 움막 속에서 구더기처럼 사는 건 전혀 쓸모가 없다고 생각할 거야."하고 〈나〉를 안내한 사내는 말한다.

나는 두려운 사실에 충격을 받았다. "나는 매음부 대신에 순교자를 발견했다. 그녀는 피착취계급의 모든 운명을 상징하고 있는 듯 보였다."고 작가는 기록했다.

프롤레타리아는 살기 위해 자기 몸을 팔고 목숨을 마모시켜야 한다. 그런데도 자본가는 쓸모가 없게 된 노동자를 넝마처럼 내팽개친다. 초기 프롤레타리아 문학은 모두 이 사실에 대한 격렬한 분노에서 출발했는데, 이 작품은 그뿐만 아니라 이 자본주의 사회의 희생자들이 암흑의 저변에서 손을 맞잡고 서로 도우며 사는 연대와 상부상조의 모습을 그려냈다. 부르주아적 비인간성과 프롤레타리아의 인간성을 상징적으로 표현, 선명히 프롤레타리아 · 후머니즘을 내세웠던 것이다.

≪바다에 사는 사람들≫에서도 폭풍우 속에서 일하다가 부상당한 보이 캡틴에 대한 비인간적 대우가 발단이 된다. "노동자는

산 채로 몇 만 마리 마력(馬力)의 전동기에 의해 움직이는 '끄는 육기(肉器)' 속으로 스쿠루 컨베이어로 운반되는 것이다", "이렇게 해서 최후까지 인간이고 싶다는 임금 노비의 희망과 노력은 부서져 무기물 따위처럼 부르주아 문화의 노변에 폐기돼버리는 것이다." 고 작가는 썼다.

하타(波田)는 선장에게 〈쌍두문자〉를 내뱉는다. "존귀한 인간의 생명을 등한시하는 게 어떤 놈이야! 보이 캡틴도 부모에게 태어나 너희들과 조금도 다른 바 없이 인간으로서 모든 조건을 구비하고 있다! 그런데도 뭐야! 보이 캡틴이 부상당한 뒤 한번이라도 너희가 그를 생각한 적이 있는가 말이야. 너희에게 인간 생명을 경멸하는 걸 누가 허락했지!"하고 꿈속에서 외친다.

인간을 경멸할 권리는 누구에게도 허용돼 있지 않다. 또 타인의 생명을 부정하는 자는 자기의 생명 또한 부정을 당한다!

작가는 이 하타의 모습을 "살기등등한 눈초리로 선장을 노려보았다. 그건 마치 타는 불덩어리처럼 보였다."고 묘사했다. 여기에는 오랫동안 인간으로 대접받지 못했던 노동자계급의 격렬한 분노의 폭발이 뿌리를 내리고 있다. 노동자의 언어로선 생경하고 너무 이론적이지만 하타는 자본론을 읽는 청년이었다. 이론은 어려워 잘 알지 못하지만 거기에 인용된 노동자의 실정을 제시하는 실례는 완전히 그대로 자신들의 일이므로 매우 잘 알 수 있다고 했다. 생활 현실 그 자체에서 분출하는 격렬한 감정과 사회과학의 이론이 연결돼 독특한 언어가 생산되었다. 거기에 ≪바다에 사는 사람들≫의 매력이 존재한다.

≪바다에 사는 사람들≫의 노동자들은 다양한 과거를 지니고 만쥬마루(萬壽丸)로 몰려들었지만 사회의 말단으로서 조금도 인간다운 대우를 받지 못하고 빈곤과 궁핍에 계속 시달려온 점에서 공통점을 지니고 있었다. 그들은 부상당한 보이 캡틴에게서 자신들의 운명을 발견했다.

자신들의 생활은 자신들이 지켜내야 한다. 그리고 자신들 생활을 지키기 위해서는 무자비하게 자신들 생활을 파괴하고 보살피지 않은 가혹한 자본주의의 압박과 싸워야 한다. 노동자계급의 인간적 자각은 계급적 연대의식, 사회적·계급적인 투쟁과 분리할 수는 없다. 노동자계급의 문학은 계급투쟁을 주제로 삼은 것이 아니라 계급투쟁의 일환으로 발전하는 길을 걸었던 것이다.

2

1927(쇼와 2)년 4월 와카쓰키(若槻) 내각이 〈대중정책의 파탄과 파산은행의 구제불능〉 때문에 총사직하고 〈시베리아〉라고 불린 〈시베리아 출병 문제 책임자, 기밀비용 사건으로 국민의 뇌리에 선명한 세유카이(政友會) 총재 다나카(田中) 육군대장〉이 후계 내각의 수반으로 등장했다.

≪태양이 비치지 않는 거리≫는 이 정변을, 일본이 침략전쟁의 길로 한발 크게 내디뎌 국민생활에 대한 압박이 더욱 강화되는 어두운 시대의 시작으로 그려냈다.

다나카 내각 성립 직후 긴급 칙령으로 금융 모라토리엄이 실시돼 거류민 보호를 이유로 일본은 중국 산동성으로 출병한다(제1차 산동성 출병). 동방회의가 개최돼 중국침략의 기본정책이 결정된 것도 이 해 6월의 일이다.

도쿠나가(德永)는 이 〈군벌 지주당〉으로 일컬어지는 세유카이의 다나카 내각에게 있어서 가장 중요한 것은 "제국주의의 위험한 '사상의 악화'를 막기 위한 '사상 선도'였다. 증오할 만한 공산주의에 대한 박멸이었다."고 썼다.

"중소은행의 파탄은 중소자본가의 몰락을 초래해 실업자는 소나기를 만난 강물처럼 도시로 농촌으로 범람했다. 폭동과 같은 소작쟁의, 대규모의 노동쟁의가 연이어 일어났다. 그리고 그것은 종래의 쟁의와 비교해서 모두 비참한 결말을 낳았다. 우려할 만한 신기록만이 쌓여갔다.”고 도쿠나가는 쇼와 초기의 일본 상황을 기록했다. 그리고 다나카 내각이 이 위기를 전쟁과 탄압의 반동정책으로 극복하려고 한 사실을 적었다. 노동조합의 우파 간부는 이 반동의 움직임에 대응하여 점점 반공과 분열정책을 강화, 전쟁협력의 길을 걸었다.

이리하여 1928년의 〈3 · 15〉, 1929년의 〈4 · 16〉으로 이어지는 탄압이 자행되었다. 반전문학이라고 하면 직접 전쟁이나 군대를 그린 구로시마 덴지(黑島傳治)의 ≪소용돌이 치는 새의 무리≫ 등을 떠올리기 쉽지만, 그뿐만 아니라 이러한 전쟁정책 수행을 위한 탄압에 대한 투쟁을 그린 ≪1928년 3월 15일≫이나 ≪태양이 비치지 않는 거리≫ 등을 비롯, 쇼와 프롤레타리아 문학은 전체적으로 제국주의 전쟁을 반대하는 반전문학이었다.

≪태양이 비치지 않는 거리≫에는 노동자농민당 임시대회의 광경을 그린 장면이 있다. 중화민국 상해 총공회(總工會)의 메시지를 조선인 노동자가 읽고서 “타도 제국주의, 타도 군벌주의……”라고 하는 장면에 이르자 경찰이 “중지!”라고 외치며 뛰어 들어오는 것이다.

피압박 제민족 노동자와의 연대 문제는 제국주의 전쟁반대와 더불어 프롤레타리아 문학운동의 중심 과제였다.

조선인 노동자의 문제는 초기 프롤레타리아 문학에서 종종 언급되는데, 이 시기에는 구로시마 덴지의 시베리아 관련물이나 사토무라 긴조의 ≪구리가시라의 표정(苦力頭の表情)≫ 외에 이토 에노스케(伊藤永之介)의 ≪총독부 모범죽림(總督府模範竹林)≫ ≪평지 야만인(平地野蠻人)≫ ≪만보산(萬宝山)≫ 등 조선, 대만, 만주 등의 피압박 제민족의 문제를 다룬 주목할 만한 많은 작품이 발표되었다.

특히 구로시마 덴지의 ≪무장하는 시가(武裝せる市街)≫는 세이난(濟南) 사건을 취재, 일본에서 생계가 막혀 대륙으로 건너가 마약 판매인이 된 비참한 가족의 생활, 밀정의 모략 활동을 그렸으며 일본의 중국 침략 내막을 폭로했다. 다나카 내각은 3·15 대탄압 직후인 4월 19일에 제2차 산동성 출병을 시행해 5월 3일 이른바 세이난 사건이 일어났다. 그리고 6월 4일에는 유명한 쵸사쿠린(張作霖) 폭살(爆殺) 사건이 일어났다. 이와 같은 부끄러운 침략전쟁에 반대해 생명을 걸고 싸우며 피압박 제민족에 대한 프롤레타리아 국제주의의 정신을 관철한 프롤레타리아 문학의 성과는 일본인이 아시아 제국민과 연대를 강화해가는 데 있어서 귀중한 유산이다.

침략전쟁의 확대와 국민생활의 파괴, 그리고 이와 투쟁한 해방운동에 대한 탄압, 또 천황, 국가, 전쟁을 삼위일체로 하는 절대주의적 천황제 사상의 강화는 비례했다. 이들은 모두 자본을 파멸로부터 구원할 뿐만 아니라 평상시에는 생각할 수 없는 거대한 이익을 실현하기 위해 추진되었다.

고바야시 다키지의 ≪게 가공선≫의 아사카와(淺川)는 〈일본제국의 커다란 사명〉을 강조하고 애국심을 부추기며 "감옥도 결코 이보다 지독하진 않아요!"라고 할 정도로 〈변기통〉처럼 지독한 생활과 가혹한 노동을 강요한다. "적어도 일이 국가적인 이상 전쟁과 같다. 죽을 각오로 일해라! 바보 같은 놈들!" 하고 호통을 치는 것이다. 그리고 병에 걸린 학생을 철주로 동여매고 〈불충한 위선병자〉라고 하는 표찰을 붙이게 한다. 결국 노동자가 참을 수 없어 일어나자 호위 구축함을 무전으로 불러내 착검한 수병으로 하여금 유린케하고 군함으로 붙들려가는 대표들을 〈무례한 자〉, 〈불충한 자〉, 〈로스케(露助) 흉내를 내는 매국노〉라고 매도한다.

≪부재지주≫에서 다키지는 절대주의적 천황제 이데올로기의 침투를 도모, 군국주의화를 추진하려고 하는 움직임을 그리는 한편, 훈련으로 벼를 짓밟는 군대를 그렸으며, 거기에 대한 손해신고에 대해 "일본 국민으로서 이 정도의 손해를 일부러 신고하는

일이 있을까?”, “제국 군인을 위해서라고 하며 신고하지 않는 농민조차 있다.”라고 이야기를 하게 했다.

≪게 가공선≫에서 제국 해군은 자신들의 편이라고만 생각하고 있던 노동자에게 배반당했다. 하지만 ≪부재지주≫에서는 군대가 농민소동을 제압하러 오는 일이 있을지도 모른다고 병사 한사람에게 서술하게 했다. “너무나 내지 곳곳에서 농민 소동이 일어나기에 이번 훈련도 그 기초훈련일지도 모르겠다.”고 흘리는 것이다.

쌀 소동이나 관동대지진의 기억은 아직 생생했다. 오타루고등상업의 군사교련 반대 사건은 배속장교가 〈무뢰한 조선인〉 진압을 상정한 데에서 발단되었다. 가지 와타루도 ≪병사≫에서 군대가 인민에게 총을 들이대는 것을 문제 삼고 있는데, 같은 문제를 그 외에도 많은 작가가 썼다. 군대에 대한 국민의 관심을 증폭시켜 군의 힘을 국민 사이에 침투시키려 하는 경향에 대해 군대의 본질을 폭로했던 것이다.

≪부재지주≫에서는 〈S상호 부조회〉의 발회식에서 아사히카와(旭川)사단으로부터 군인이 출석해 〈농촌에서의 군인적 정신〉이라고 하는 강연을 하며 “군대에서의 엄격한 질서, 올바른 규율, 복종관계”를 강조하고 이 정신은 “널리 농촌에도 침윤되어야 한다.”고 역설했다. 특히 〈외래악 사상〉이 청년들을 사로잡아 “이 소중한 사회질서를 파괴”하는 위험에 대해 더욱 건전한 군인정신

이 요구된다고 주장하는 것이다.

이 발회식의 〈개회사〉에서는 "이러한 위험에 직면해 우리 일동이 힘을 합해 외부의 과격사상, 도회의 몰이바람과 싸우고 안으로 강직함, 상부상조의 기질을 길러 우리 S마을의 건전한 발달을 꾀하고픈 의도"라는, 농민의 일상 언어와 동떨어진 언어가 서술된다. "귀에 익숙하지 않은 귀찮은 숙어가 딱딱 백성의 귓불을 때렸다."고 다키지는 기록했다.

〈3 · 15〉사건으로 공산주의자를 극악무도한 두려운 국적으로 대대적으로 선전한 정부는 〈사상 선도〉의 대중 선전 작업을 전국적으로 펼쳐 천황숭배, 전쟁 찬미의 국가사상을 국민에게 강요하려고 했다. 다키지가 이들 언어가 농민생활에서 온 것이 아니라 외부로부터 들여온 "들어 익숙하지 않은, 귀찮은 숙어"의 나열이었다고 강조한 점은 쇼와 일본을 지배한 국가주의나 천황 신앙의 문제를 생각함에 있어서 중요한 지적이다.

쓰보이 시게지(壺井繁治)의 ≪짓밟힌 보리(踏みつけられる麥)≫는 농촌의 현실에 착목해 직접 이러한 문제를 추구했다. 오빠가 공산당 사건으로 체포되었기 때문에 마을의 보습과외 여교사를 하고 있는 도모에(友枝)는 주위의 심술궂은 눈초리와 소문에 시달린다. 그리고 ××마을 세기카이(正義會)로부터 "국적이라 할 대악

인의 여동생이므로 적어도 한 마을 자녀들에 대한 교육자로서의 자격은 거부하고 싶다."고 하는 사직권고를 받는다.

부인 수양회라든가 사상 선도회라든가 고토 세코(後藤靜香)의 희망사 지부 등이 새로 생겨 도모에는 여러 모임에 끌려갔다. 어떤 강사도 〈천편일률의 자세〉로 일본 국체에 대한 고마움을 역설했다. 또한 공산당은 불량배의 집합소라든가 저급한 자가 교활해져 〈외래사상에 물들어 사회주의자 따위〉가 되어서 부자만을 경멸한다는 둥, 그러한 식으로 말했다. 또한 이 마을에선 정말로 한심한, 〈미워해도 남음이 있는 인간〉을 배출했으므로 그 〈불명예〉를 씻는 훌륭한 인간이 되어야 한다고 하며 팸플릿을 강매했다. 도모에의 모친은 "오빠가 그런 짓을 하지만 않았어도 이런 부끄러운 경험을 하지 않아도 되는데 방탕한 놈이……"라고 했다.

국가나 경찰 등을 절대적인 대상으로 생각하는 마을 사람들은 도모에의 오빠를 강도질이나 살인이라도 저지른 듯 소문을 퍼뜨렸다. 좁은 보수적인 마을 안에 틀어박혀 아들의 사상을 이해할 리도 없는 모친은 그저 마을 사람들을 두려워하며 "마을 덕택에 이렇게 충분히 살아가는데" 하고 한탄한다. 마을 사람들에게 의존하며 살 수밖에 없는 가족은 마을 사람들에게 따돌림을 받아선 살아갈 수가 없는 것이다. 간장집 촌장은 모든 모임에 얼굴을 내밀고 도회의 악습이 흘러들어와 한심하다라든가 떠돌이 직공

중에는 상당히 위험인물도 잠입해 있는 것 같으니까 그러한 일당의 선동에 이끌리지 말고 두 번 다시 도모에의 오빠와 같은 인물을 배출하지 않는 것이 촌민의 의무라고 하는 말을 퍼뜨리며 돌아다녔다. 공산주의에 대한 탄압은 마을 사람들의 지주나 자본가에 대한 불만이나 반항을 억누르고 붕괴하기 시작한 봉건적 구세력의 지배를 유지하기 위해 이용되었던 것이다.

만주사변이 시작되자 이 경향은 더욱 강화된다. 모든 일에 전쟁을 끌어 들여 비상시임을 강조했으며 저임금과 노동 강화가 강행되었다. 산업합리화에 따라 숙련공이 필요하지 않게 되었고 임시공이 연달아 채용되었으며 노동조건이 악화되었다. 군대에 징집된 노동자의 생활은 보증받을 수 없었거니와 가족은 길거리를 방황하였고 귀환해도 직장은 없어진 상태였다. 다카미 쥰(高見順)의 《석가모니》 《비》 《반대파》, 오에 겐지(大江賢次)의 《군수공장》 등은 이러한 전쟁 하의 직장 문제를 적극적으로 다뤄 곤란한 정세에도 굴하지 않고 계속 투쟁하는 노동자의 모습을 그려냈다.

전쟁의 비참한 모습은 전장이나 군대 내부뿐만 아니라 국민생활이 미치는 모든 곳에 나타났다. 특히 거의 모든 생산에 군사적 의미가 부여돼 군수공장에 직접 군인이 들어가 지배하게 되자 지금까지 없었던 많은 문제가 발생하였고, 이런 상황을 그리는 작품세계도 급격히 확대되었다. 제국주의 전쟁 반대의 관점에서 프롤레타리아 문학의 새로운 발전이 요구되었는데, 이러한 의미에서도 고바야시 다키지가 수행한 역할은 크다. ≪공장세포≫ ≪오르그≫ ≪늪 뒤편 마을≫ ≪지구의 사람들≫ 등은 모두 전시 하에 급속히 변모하고 발전하는 노동자·농민의 투쟁을 그러한 최첨단의 시점에서 그려낸 것이다. 최후의 작품이 된 ≪당 생활자≫도 이와 같은 작품의 가장 뛰어난 예에 해당된다. ≪당 생활자≫에 대한 다양한 논의가 있지만 이러한 관점에서 살펴본 평가를 놓쳐서는 안 된다고 생각한다.

전쟁과 군대가 국민생활을 전면적으로 지배한 시대에 프롤레타리아 문학은 고통스런 국민생활을 생생히 그렸고, 특히 모든 곤란 속에서 다양한 형태로 전개된 프롤레타리아의 투쟁을 그렸다는 점에서 의미가 크다. 프롤레타리아 문학을 무시한 채 전시 하의 국민생활을 명백히 밝히고 천황제 본질을 해명하는 것은 그 누구에게도 불가능하다.

3

프롤레타리아 문학이 비약적인 발전을 이룬 쇼와 초기는 일본 자본주의의 모순이 격화돼 연이은 불황과 공황으로 대량실업자가 속출되던 시기였다. 일본 자본주의는 〈산업합리화〉나 긴축정책으로 노동자에 대한 착취를 강화함과 동시에 한편으론 파멸에서 탈출하기 위한 돌파구를 중국대륙을 향한 침략전쟁에서 찾았다.

자본가 지주세력은 자신들이 시작한 전쟁임에도 불구하고 〈비상시〉라고 하는 용어를 만들어 가혹한 착취와 국민생활에 대한 파괴를 강행했다. 그리고 '천황과 국가를 위해'라고 칭하며 국민을 전쟁과 죽음으로 몰아넣었다. 그 때문에 생활을 지키고 전쟁에 반대하는 노동자·농민의 투쟁이 급격히 발전했지만 정부는 치안유지법을 제정하여 이를 철저히 탄압했다. 치안유지법으로 노동운동, 농민운동뿐만 아니라 언론, 사상, 문화 등 각 방면에 걸쳐 수시로 경찰이 개입해 탄압할 수가 있었다.

일본은 전국적으로 정비된 특별고등제도에 의해 조직적인 경찰력의 우수함이 입증됐을 뿐만 아니라 그 야비한 고문으로도 세계에 알려진 경찰국가였다. 전쟁에 반대하고 국민생활과 인간적 자유를 지키려는 한 천황과 국가와 전쟁의 이름을 건 국가 권력의 잔혹한 탄압을 피할 길은 없었다.

치안유지법이 제정된 것은 1925년이었다. 쇼와라고 하는 시대는 인민을 탄압하는 치안입법과 경찰제도의 정비확대에서 출발하여 전쟁으로 발전, 전쟁에 의해 천황의 절대화가 급속히 진행된 시대이다. 천황과 국가와 전쟁을 삼위일체로 절대화하고 거기에 반대하는 대상을 국적, 불충자, 비국민으로 모두 탄압하는 경찰국 가가 즉 쇼와 천황제였다.

프롤레타리아 문학운동은 일관해서 이 천황제 국가 권력의 탄압에 대한 투쟁으로 발전했다. 낫프(전일본 무산자예술연맹)는 1928(쇼와 3)년 3월 15일의 치안유지법에 의한 대탄압의 소용돌이 속에서 성립했다. 고바야시 다키지는 이 탄압의 실태를 생생히 그렸던 ≪1928년 3월 15일≫로 프롤레타리아 문학 작가로서의 길을 걷기 시작했다. 그리고 5년 후인 1933년 동지 작가들의 대다수가 검거되는 가혹한 상황에서 작가동맹 서기장으로서 지하 에서 운동을 지도하던 중에 체포돼 자신의 작품에 쓴 대로 잔혹한 고문을 받고 그날 학살당했다. 이 때문에 ≪당 생활자≫는 미완으 로 전편만 남았지만, 이 최후의 작품에서 다키지는 경찰의 가혹한 추적을 받으면서 지하에서 전쟁과 해고에 반대하고 군수공장의 투쟁을 지도하는 공산당원의 엄격한 투쟁의 나날을 그렸다. 다키 지 사후 이윽고 작가동맹은 어쩔 수 없이 해체되었는데, 그것은 또한 일본 국민이 총체적으로 패배하며 전쟁의 소용돌이로 떠밀려 가는 시대의 시작이었다.

설명할 필요도 없지만 공산당에 대한 탄압은 단지 공산당만의 문제가 아니다. 사타 이네코(佐多稲子)는 ≪여점원과 파업(女店員

とストライキ)≫에서 어떤 서점에서 일하는 미조직 노동자의 쟁의에 대한 〈3·15〉 사건의 영향을 그렸다. 일단 점원 측 승리로 끝난 파업이 있은 후 한 달쯤 지나 중심인물이 해고되었고 이어서 2개월 사이에 10명 정도의 인원이 잇따른 해고로 직장을 잃었으며 주인 측은 노동조건 개선 약속도 짓밟았다.

"점원 측에 있어서 가장 사정이 안 좋았던 것은 그때 돌발한 모 중대 사건"이었다. "공산당 검거만 없었다면 우리는 또 쟁의를 했었다."고 불과 15세의 여점원들은 서로 얘기했다. 공산당에 대한 탄압은 노동자계급 전체에 대한 탄압이었다.

도쿠나가 수나오(德永直)의 ≪태양이 비치지 않는 거리≫는 작가 자신이 체험한 1926년의 공동인쇄 쟁의를 소재로 하고 있다. 하지만 1927년의 금융공황이나 와카쓰키 내각의 총사직, '군벌 지주당'이라고 일컫는 세유카이의 육군대장 다나카 기이치 내각의 성립, 산동 출병 등 쇼와 초기의 긴박한 정치, 경제 정세를 포함, 쇼와라고 하는 시대의 시작을 노동자의 입장에서 그려낸 기념비적 조품이다.

도입부는 이윽고 쇼와 천황이 되는 섭정궁 전하의 고등사범 행차 장면이다. 교통이 차단되고 경찰이 인의 장벽을 쌓는 삼엄한 경계, 거기에 대동(大同)인쇄의 쟁의단(爭議團)이 삐라를 던져 넣는다. 작가의 설명에 따르지 않고 작중인물의 언동이나 삐라, 호외, 조합 그 외의 결의문 등등 다양한 언어 구성에 의해 다이내믹하게 작품은 전개된다.

개인이 세계의 중심은 아니다. 개인의 과거가 지니는 영광이나 상념을 뛰어넘어 역사는 발전한다. 계급과 계급이 격돌하며 어제 올바른 것도 오늘 잘못된 것이 된다. 그처럼 격동하는 계급투쟁의 현실을 그려내기 위해 ≪태양이 비치지 않는 거리≫는 새로운 창작법과 문체를 개발했다. 문체의 문제를 작품 주제에서 분리해 생각할 수는 없었다.

지금까지는 개별자본의 이해 대립이 노동자 측에 유리한 전개를 가져왔지만 이번에 자본 측은 개별 이해를 초월, 굳은 결속으로 끝까지 대결 자세를 무너뜨리지 않았다. 조합은 평의회의 지도 아래 다양한 전술을 구사하며 싸우지만, 승리를 얻을 수는 없었다. 1924년의 투쟁에 승리하여 지금의 조합을 구축한 경험은 이제 도움이 되지 않았다. 과거의 영광에 들러붙은 오래된 간부는 가차 없이 몰락했다. 호황시대엔 노동자가 단결해 요구하면 임금 인상도 노동조건의 개선도 가능했다. 그러나 불황이 계속돼 거듭 공황을 겪는 자본주의의 위기 시대였다. 자본 측은 단순한 경제적 이해의 틀을 넘어 좌익분자의 적출 추방에 의한 전투적인 노동조합 의 파괴를 목표로 결속했다.

자본가 진영은 밀정을 이용, 유언비어를 유포해 조합의 붕괴를 도모했고 방화소동이나 폭력단에 의한 유혈소동을 일으켜 경찰력을 유입시켰다. 쟁의 탄압을 위해 모든 수단을 동원했다. 오지(王子)제지, 凹판인쇄, 닛신(日淸)인쇄, 일본전선 등에서는 일제히 평의회 계통의 조합원을 해고, 공장에서 축출하고 선수를 쳐 쟁의 싸움을 시작했다. 이젠 단지 경제투쟁의 틀을 넘은 노동자와 자본가의 격돌이었다. 이러한 상황에서 동맹의 우익간부는 노농당에서 좌익을 쫓아내고 노동전선을 분열시켜 노사 협동의 길을 걸으려고 하고 있었다.

도쿠나가는 한 공장 쟁의를 쇼와라고 하는 시대와 함께 시작된 거대한 정치적, 경제적 전환의 굴곡 속에서 그려내려고 했다. 더욱이 그것을 노동자의 생활현실에 밀착시켜 그리려고 했으며, 조합간부의 우익적 경향뿐 아니라 노동자 내부에 뿌리 깊게 남아 있는 오랜 봉건적 의식이나 거기에서 기인한 신구 세대적인 대립과 모순의 문제를 추구했다. 또한 쟁의 중인 노동자의 괴로운 생활, 그 때문에 몸을 파는 젊은 여성의 고뇌, 투쟁을 배반하고 회사 측에 붙는 스파이 집단의 문제 등을 묘사했고 많은 모순을 안고 있는 노동자 내부의 제문제를 그렸다.

도쿠나가는 또 ≪소자본가≫(≪戰旗≫ 1930년 3월호)나 ≪약속어음 3천8백엔≫(≪경제왕래≫ 1931년 5월호) 등에서 불황과 대기업의 산업합리화에 내몰려 파멸해야 하는 중소 공장주들의 고뇌를 그렸다. 대기업이 도입하는 최신기계는 중소기업을 파멸시켰을 뿐 아니라 노동자의 임금저하와 대량해고를 필연적으로 초래했다. 여기에 반대해 싸우는 전투적 노동조합의 멤버는 차례차례 사람 눈에 띄지 않게 경찰의 손에 의해 공장에서 배제되었다. 그 무기가 된 것이 치안유지법이었다.

≪약속어음 3천8백엔≫은 궁지에 몰린 중소 공장주들의 모순과 고뇌와 파멸을 그렸고, 일본 자본주의의 위기를 매우 구체적으로 폭넓게 그려낸 주목할 만한 작품이었다. 파멸한 중소 공장주 중 한 사람은 자살, 한 사람은 전투적 노동조합의 일꾼이 되어 대자본과 투쟁하며 사회주의의 길을 걷다가 경찰에 체포된다. 궁지에 몰린 중소 공장주들은 대전 당시의 화려한 과거를 생각하며 전쟁이 시작되면 좋겠다고 서로 말한다. 하지만 일본 자본주의는 노동자의 생활을 파괴했고 중소 자본을 파멸시켰으며 위기 탈출의 길을 산업합리화와 전쟁에서 추구, 여기에 반대하며 항거하는 자를 치안유지법으로 철저히 탄압했다.

지연되는 불황과 공황은 농촌경제도 파멸시켰다. 중소 지주는 파멸에 직면하였으며 전국적으로 소작쟁의가 확대되었다. 다니구치 젠타로(谷口善太郎)는 ≪면≫ ≪공황 이후≫ 등에서 농촌경제와 농민생활의 파괴 현실을 추구했다. 그리고 긴 봉건적, 노예적 굴종생활에서 박차고 일어나 농민조합을 결성한 소작농민의 격렬한 투쟁을 그렸다.

다니구치는 빈농의 자식으로 태어나 소년시절부터 중소기업 노동자로 일하며 노동조합 운동에 초창기부터 참가했다. 이 반생의 체험을 통해 소작농민의 비참한 생활의 역사를 탐색하였다. 또한 투쟁하지 않고는 살아나갈 수 없는 현실에 직면한 농민이 프롤레타리아 투쟁의 고양에 고무돼 봉건적인 중압감 아래에서 박차고 일어나는 모습을 깊은 감동을 담아 그렸다. 좁은 세계에 틀어박혀 있던 그들은 항거 속에서 전국적인 노동자·농민의 투쟁에 눈을 떠 급속히 인간적, 계급적인 자각을 발전시키며 일본 자본주의를 근저부터 뒤흔드는 투쟁을 전개했다. 소작제도의 가혹한 봉건적 착취, 그 노예적 노동과 절대적 빈곤이 일본 자본주의의 기반이었으며 노동자의 저열한 노동조건의 근원이었다. 다니구치는 지주 소작제도의 기반에 선 자본가의 봉건적 실태를 폭로해 노예적 노동으로부터 탈출을 원하는 청년 노동자의 편력을 통해 봉건적인 기반에 선 일본 자본주의의 본질에 접근했던 것이다.

≪기요미즈 도자기 풍경(淸水燒風景)≫은 산업합리화의 물결 속에서 파멸에 직면한 중소 도기공장 노동자의 생존을 위한 필사적

투쟁을 그렸다. 그런데 그것은 개별자본의 틀을 초월한 정치투쟁으로 발전하지 않을 수 없었다. 다니구치는 농촌 출신의 소박한 청년 노동자의 눈으로 이 투쟁을 묘사했다.

그는 투쟁 속에서 급속히 인간적, 계급적 성장을 이뤘고 새로운 눈으로 자기의 생애를 뒤돌아보았다. 일본 노동자의 거의 대부분이 빈농 출신이다. 일본 자본주의와 노동자계급의 발전을 봉건적인 지주 소작제도의 기반 위에서 추구하고 노동운동과 농민운동의 결합을 주제로 삼은 다니구치의 작품은 일본 천황제의 본질에 접근하려고 하는 것이었다.

(≪민주문학≫ 1989년 8월호)

제3장

시가 나오야와
고바야시 다키지

시가 나오야와 고바야시 다키지

데즈카 히데타카(手塚英孝)의 《고바야시 다키지》(신일본출판사)에는 다키지가 나라(奈良)로 나오야를 방문하러 갔을 때의 일이 적혀 있다. 1931년(쇼와 6)의 일이므로 지금부터 약 70년 전이지만 당시의 일을 나오야는 직접 《문학안내》(1935년 11월호)에 발표한 기시 야마지(貴司山治)와의 대담, 〈시가 나오야 씨 종횡담〉에서 얘기했다.

이 대담은 문학사적으로도 중요한 의미를 지니고 있다. 다키지가 나오야에게서 배운 사실은 다키지 연구자에겐 문제시되고 있는데, 나오야 연구자는 다키지에 대해 나오야가 어떤 생각을 가지고 있었는지를 명확히 포착하려고 하지 않고 있다. 이것은 지금의 문학사 연구의 커다란 문제라고 생각한다. 지금의 문학사는 프롤레타리아 문학의 문제를 별도의 범위 속에 묶어버리고 있다. 따라서 서로 관련성을 잃고 있는 것이다. 나오야도 다키지도 동시대에 살았고 다키지는 나오야에게 배웠다. 하지만 나오야 또한 다키지에게 매우 높은 경의를 표하고 있었으며 이것은 일본 근대문학이라는 개념을 총체적으로 이해해감에 있어서 중요한 문제이다.

≪1928년 3월 15일≫을 한창 집필 중이던 때라고 생각하는데, 다키지는 사이토 지로(齋藤次郞)에게 쓴 1928년 7월 15일자 편지에 "가이조샤(改造社)의 ≪시가 나오야 전집≫의 권두언은 정말로 사토미 돈(里見弴)의 ≪일도일배의 예술(一刀一拜の藝術)≫, ≪하라게(胎藝)≫의 지상의 경지를 관통해 다시 한 층 위의 지상에 도달했다는 느낌이다. 정독을 바란다."고 기록했다.

이 ≪시가 나오야 전집≫이 간행된 날짜는 1928년 7월 1일로 되어 있다. 초기의 다키지가 얼마나 나오야의 영향을 받았는지에 대해선 그 무렵 일기에도 분명히 표현돼 있고 마쓰자와 신스케(松澤信祐) 씨의 정밀한 연구도 있다. 내가 강조하고 싶은 것은 ≪1928년 3월 15일≫이나 ≪당 생활자≫와 같은 불후의 명작을 썼던 다키지가 나오야의 정신을 확실히 계승해 그것을 자기의 것으로 확립하려고 노력했다는 사실이다. 그것을 더욱 발전시켜 독자적인 새로운 문학세계를 개척하려고 했던 것이다.

다키지는 치안유지법 위반으로 1930년 5월에 검거돼 한번 석방되었으나 1930년 7월 다시 검거돼 1931년 1월까지 옥중생활을 했다. 그 감옥 속에서 사이토 지로에게 보낸 편지(1930년 10월 24일자)에서도 ≪시가 나오야 집≫을 넣어달라고 했다. 그것은 아마 방금 전의 편지 내용과 마찬가지로 ≪시가 나오야 전집≫이라고 생각되는데, 이 ≪나오야 집≫의 권두언에서 나오야는 "유메도노(夢殿)의 구세관음을 보고 있자니 작가라는 생각이 전혀 떠오르지 않는다."고 말했다. 작가가 누구인가라는 점은 전혀 문제가 되지 않고 아름다움 그 자체에 감동한다고 밝혔다. "그것은 작가라는 개념에서 완전히 격리된 존재가 되었기 때문으로 또한 각별한 의미이다." 즉 작가가 누구든지 작가가 어떻게 생각하든지 작가의 세계관은 어떠한가라는 등의 내용은 전혀 문제가 되지 않는다. 그것은 완전히 작가로부터 독립한 예술작품으로서 완성을 나타내고 있다는 뜻이다. 그리고 "문예상에서 만일 내게 그런 일이 가능하기라도 한다면 나는 물론 자신의 이름 따위를 씌우려고는 생각하지 않을 것이다."고 썼다. 이 표현에 다키지는 대단히 감명을 받았다.

≪1928년 3월 15일≫을 쓰고 있었을 때 나오야의 이 권두언 표현을 다키지가 명심하며 새기고 있었다는 사실은 매우 의미 깊은 일이다. ≪1928년 3월 15일≫은 고바야시 다키지의 작품이지만 고바야시 다키지라는 이름이 붙어있지 않더라도 말로 표현할 수 없는 국가 권력의 가혹한 탄압과 거기에 항거하며 저항한 그 시대의

가장 격렬하고 앞선 투쟁을 뚜렷이 그려냈다는 의미로 계속 살아남으리라고 생각한다.

이 ≪1928년 3월 15일≫을 비롯해 ≪게 가공선≫ ≪부재지주≫ 등 고바야시 다키지의 작품은 작가의 고유명사가 붙지 않더라도 민족의 역사 속에서 커다란 의미로 살아남아 후세 사람들에게 계속 뒤돌아보게 하는 작품이라고 생각한다. 그것은 단지 작가 개인적인 감회나 사상을 표현했을 뿐 아니라 숨겨진 시대 현실을 생생히 그려냈고 독자 마음에 역력히 그것을 실감나게 했기 때문이다. 예를 들면 ≪당 생활자≫는 고바야시 다키지 작품이라는 사실을 초월해 그 냉엄한 시대의 투쟁 현실을 선명히 오늘날 우리에게 전해준다고 하는 의미를 지니고 있다.

특히 나는 1930년 옥중에 있던 다키지가 재차 그 표현을 상기하고서 나오야를 생각하며 ≪나오야 집≫을 다시 한 번 읽었으며, 더구나 나오야 앞으로 편지를 썼다는 사실에 주목하고 싶다. 그건 ― 도쿄 시외 노가타쵸(野方町) 아라이(新井) 336(도요타마(豊多摩) 형무소)에서 나라(奈良)시 사이와이쵸(幸町)의 시가 나오야 집으로 보낸 쇼와 5년 12월 13일자 편지이다.

다키지는 모두에서 "참으로 오랫동안 뵙지 못하고 이렇게 처음으로 소식을 형무소에서 드리게 되었습니다."라고 썼는데, 이 표현에는 감개무량한 소감이 담겨져 있다. ≪고바야시 다키지 전집≫(신일본출판사)에는 다이쇼 13년 1월 무렵으로 추정되는 나오야에게 보낸 편지가 있는데, 그 때부터 헤아리면 6년 정도의 세월이 흘렀다. 다키지는 그 시기에 꽤 빈번히 나오야 앞으로 편지를 쓰고 있었다. 작가를 지향하던 습작 시절의 다키지의 목표 대상 중 한사람이 시가 나오야였던 것이다.

그 뒤 다키지는 당시 생각지도 못했던 길을 걸었고 일본 프롤레타리아 문학의 대표작가가 되어 참으로 다망한 생활을 하게 되었다. 나오야와도 소식불통이 되는데 다키지의 길은 형무소로 이어져 있었다. 형무소에 들어가 다키지는 비로소 다망하기 짝이 없는 생활에서 해방되었다. 외부로부터 단절된 독방생활에서 자신이 걸어온 길을 곰곰이 뒤돌아볼 여유를 가질 수가 있었던 것이다. 사이토 지로 앞으로 ≪시가 나오야 집≫을 넣어달라고 의뢰한 것이 1930년 10월 24일이므로 그 편지를 썼을 때는 다시 한번 시가 나오야를 읽고 ≪1928년 3월 15일≫을 쓴 당시의 초심으로 돌아가 정녕 새로운 작가의 길을 걸으려고 결의하고 있던 때라고 생각된다. 그와 같은 생각이 그 편지에는 담겨져 있다고 여겨진다.

다키지는 요미우리신문 기자에게서 온 편지에서 나오야가 자신을 얘기했다는 사실을 알고 "갑자기 끓는 듯한 마음으로" 이 편지를 쓴다고 적었다. "여기에서 편지를 쓰는 마음을 나는 어떻게 표현해야 좋을지 모르겠습니다. 이건 마치 뭔가 탐하는 듯한 기분입니다."고 말하는 것이다.

옥중의 다키지는 톨스토이도 도스토예프스키도 받아들일 수 없는 정황이었으므로 발자크나 디킨스 등을 읽었다. 무샤노코지 사네아쓰(武者小路實篤)에 대해서도 다시 새로 읽었다. 12월 2일자의 다나베 고이치로(田邊耕一郎) 앞 서간에서는 자신이 바쁜 생활 속에서 타성에 젖어 있던 상태를 반성, "밖에 있을 때에는 그렇게 바쁘거나 당장 필요하지 않아 거의 읽지 않았던 여러 외국 작가의 작품을 읽는 기회를 얻었다. 그와 동시에 내가 지금까지 써왔던 어떤 작품도 어떻게 내가 거기에 대해 백번 뭔가 말했다고 한들 결국 '글짓기 문학'밖에 아니었다는 사실을 알게 해주었다."고 적었다. 그리고 이번에 밖에 나가면 "그때는 정말 ≪1928년 3월 15일≫을 쓰기 전으로 돌아갈 것 같다."고 말했다. "그렇게 하면 나는 아직 누구도 알지 못한 새로운 작가로서 그처럼 누구도 지금까지 볼 수 없었던 새로운 작품을 쓸 수 있게 되리라고 생각하고 있다."고 표현하는 것이다.

다키지는 또 같은 편지에 "나는 지금까지 이들 작가를 거의 모른 채 지내왔다고 말했는데, 이는 프롤레타리아 문학이 두렵고 더없이 공허한데도 오만하게 만든 이유라고 생각하고 있다."고 적었다. 〈아우프헤벤〉이라는 말을 자신들은 〈아는 것처럼〉 자주 사용해왔지만 실제론 단지 부정이라는 의미 정도로밖에 사용하지 않았다는 것을 깨달았다고 말하는 것이다. 다키지는 공식적으로 이데올로기를 남용하거나 무턱대고 비분강개하며 그게 프롤레타리아 예술이라고 생각하는 안이함을 심하게 비판했다. 프롤레타리아 예술은 단지 계급적 이데올로기의 도구여서는 안 된다. 무엇보다 그것은 예술이어야 한다. 다키지는 그처럼 엄한 자기 비판을 가하면서 ≪1928년 3월 15일≫ 집필 당시의 자기 자신으로 돌아가 거기에서 새롭게 다시 출발하려는 마음으로 재차 나오야를 읽고 나오야 앞으로 "끓는 듯한 마음"으로 편지를 썼던 것이다.

다키지는 나오야에게 지금까지 자신이 쓴 작품은 그 순간순간에 있어서는 전력을 다해 완성한 것이지만 "모두 조잡하고 오래되어 바랜 경박한 것밖에 없다고 생각하고 있습니다."라고 밝혔다. 또한 "여기에 와서 혼자 생각할 수 있는 충분한 시간이 있어서 난 그걸 너무나도 확실히 느낄 수가 있었습니다. 그리고 어쩌면 반직업적인 타성에 한발 걸치고 있었다는 사실을 스스로 발견할 수가 있었습니다."라고 표현한다.

나오야는 옥중의 다키지에게 물품을 들여보내려고까지 했다고 한다. 출옥 후 다키지는 그 사실을 알고 그 호의에 대한 감사의 표현을 써서 보냈다. 또한 자작을 보내 "당신의 입장에서 주저하지 말고 비판을 해주시겠습니까?"라고 의뢰했다. 다키지가 나오야에게 〈나오야의 입장에서〉 비판을 구한 것은 주목할 만한 대목이다. 계급적, 사상적 시점이 달라도 그러한 시점의 상이함을 초월, 하나의 작품에 대한 예술로서의 비평이 성립하고 그러한 다른 시점으로부터의 비평을 중요하게 여기고 싶다는 생각이 다키지에 게는 있었던 것이다.

다키지는 〈반직업적인 타성〉이라는 것, 소설에 틀이 생겨 그 틀로 쓰게 되는 것을 두려워하고 있었다. 유명하게 되면 아무래도 너무 바쁘다는 이유도 있고 해서 명성에 의지하여 타성적이고 적당하게 작업을 하게 되는 위험이 존재한다. 그 위험에 저항하며 ≪1928년 3월 15일≫을 쓰기 이전의 무명 시절, 그런 긴장된 신선한 기분으로 돌아가 〈아직 누구도 지금까지 볼 수 없었던 새로운 작품〉을 써가려 했던 것이다.

≪1928년 3월 15일≫은 참으로 강한 작가의 주관으로 지탱되었 다. 하지만 다키지는 그러한 주관을 그대로 토해내는 것을 가능한 한 피하고, 객관적이고 리얼하게 제인물이나 사건을 그려냄으로써 한 시대를 뚜렷이 부각시키려고 혼신의 노력을 경주했다. 거기에 나오야의 리얼리즘에서 배운 다키지의 방법이 존재하며 그걸 통해 이 작품은 오늘날에도 살아 있는 것이다.

작가는 분노나 한탄이나 슬픔, 작가의 주관적 감정과 사상을 직접 표현해 그걸 통해 독자에게 어떤 감정을 강요하는 것이 아니라 리얼하게 현실을 그려내 독자가 그 세계를 생생히 실감하게 한다. 그러면 독자는 그 세계에 직접 살고 있는 듯한 느낌을 갖게 된다. 그걸 위해서는 무엇보다 틀에 박힌 표현, 매너리즘을 피해야 한다. 항상 새로운 표현을 개발함으로써 현실을 생명감 있게 묘사할 수 있다. ≪1928년 3월 15일≫부터 ≪게 가공선≫ ≪부재지주≫에 이르기까지 다키지는 끝없이 새로운 소재와 테마와 씨름했을 뿐 아니라 그 표현, 형식이나 방법에 있어서도 항상 새로운 세계를 개척해갔던 것이다. 특히 출옥 후에는 새로운 결의로 장대한 로망 ≪전형기의 사람들≫에 몰두했다.

다키지의 불굴의 정신과 투쟁적 생애, 그리고 그걸 관통하는 견고한 사상과 함께 끊임없이 새로운 표현을 찾아 노력한 예술가로서의 다키지상을 중시할 필요가 있다. 절박한 사정 때문에 장편 ≪전형기의 사람들≫은 그 서장이 그려졌을 뿐 중단됐고 ≪늪 뒤편 마을≫ ≪당 생활자≫ ≪지구의 사람들≫이 씌어졌지만 이들 작품에서도 각 곳에 새로운 형식과 방법의 모색이 시도되었다. 따라서 거기에서 우리는 새로운 문체, 새로운 표현 방법을 위한 노력을 분명히 발견할 수 있다.

다키지의 새로운 표현을 위한 노력이라는 개념은 그 습작 시절부터 죽음에 이르기까지 일관되게 지속되었다. 초기에는 나오야와 더불어 하야마 요시키로부터 커다란 영향을 받았다. 하야마는 형용사가 많고 굉장히 대담한, 프롤레타리아적 비유를 종횡으로 구사하는 다이나믹한 문장을 즐겨썼다. 나오야는 그와 정반대, 즉 형용사를 극도로 자제한 문장, 리얼하고 간결하고 필요한 내용 이외는 쓰지 않는, 꽉 짜인 리얼리즘 문체를 구사했다. 다키지는 그사이에서 고민하며 활로를 모색한 것이 분명하다.

다키지는 프롤레타리아 문학의 방향을 향해 나아가면서 현실을 리얼하게 그려내는 예술적 노력을 경시하고, 마르크스주의의 이데올로기에 기대어 혁명적인 언사를 작중에 흩뿌리는 것이 혁명적인 문학이라고 생각하고 있는 듯한 안이한 경향을 혹독하게 비판하는 입장에 서 있었다.

1928년 1월 ≪오타루신문≫에 발표한 ≪휘몰아치는 날 밤의 감상≫에서 다키지는 〈코뮤니즘의 예술론〉이라는 항을 마련해 "코뮤니즘의 태도로 사물을 보고 그것을 그린다고 하는 것은 (A) 조금이라도 작품을 코앞에 있는 간판처럼 소위 목적의식이 서린 언어로 늘어뜨리거나 (B) 그 주인공을 언제나 코뮤니스트로 만들어야 한다고 하는 뜻은 아니다."고 서술했다.

예술작품에 직접 표현되는 코뮤니즘 사상이라고 하는 것은 〈코뮤니즘의 A, B, C〉에 불과하다. 사상이나 이론으로는 누가 어떻게 보더라도 예술작품을 기대하기 어렵다. 작품은 "더욱 깊이 있고 당당히 이론적으로 마르크스, 레닌에 의해 서술돼 있을"

뿐이다. 그러한 영역에서는 코뮤니즘 예술이 커다란 힘을 지닐 수 없는 것은 당연하다고 말하는 것이다.

그렇다면 코뮤니즘 예술의 영역은 무엇일까? "그것은 코뮤니즘의 A, B, C로 값싼 자위를 안겨주는 것"이 아니라 "톨스토이가 《부활》에서 시도한 그러한 사회에 대한 〈경고〉"이다. 그것을 〈코뮤니스트 태도〉로 실행하는 것이라고 설명했다. "그 생생하고 구체적 상황에서 이것을 폭로함에 있어서 광활한 커뮤니즘 예술의 미개간지가 가로놓여 있다. 자신은 그렇게 생각하고 있다."고 주장했다.

나중에 〈사회주의 리얼리즘〉이 문제가 되었을 때 〈세계관과 창작 방법〉의 문제로 활발하게 논의돼 〈리얼리즘의 승리〉라고 하는 말을 듣는데, 초기 다키지의 문제의식은 그것을 선점하는 내용이었다고 볼 수 있을 것이다. 프롤레타리아 예술은 무엇보다도 예술이어야 한다. 코뮤니즘의 입장에 선다고 하는 이유는 커뮤니즘의 사상을 직접적으로 표현하기 위함이 아니다. 그걸 통해 현실의 진상을 넓고 깊게 파헤쳐 예술로서 지금까지의 내용을 능가함으로써 그 우월성을 제시하지 않으면 안 되는 것이다. 다키지는 어디까지나 예술의 입장에 서서 커뮤니즘 예술이라고 하는 개념을 생각했다. 그러한 의미에서 나오야에게 배웠고 나오야를 뛰어넘으려고 했던 것이다.

꾸밈없는 언어로가 아니라 현실을 생생히 그려내 독자가 그려진 세계를 사는 주체로 느끼게 하는 표현 방법, 거기에 다키지가 나오야에게 배울 점이 많았지만, 표현의 배후에는 작가의 현실에 대한 태도, 그 삶의 방법에 대한 문제가 도사리고 있었다. 나오야에게는 어디까지나 자기를 굽히지 않고 주위에 맞서 자기를 관철하려고 하는 고지식한 정열이 있었다. 하지만 이 현실과의 갈등을 내포함으로서 그 현실 파악의 시점은 신선하고 개성적이었다. 나오야의 표현이 생생한 것은 그러한 정신이 생생하게 살아 있었기 때문이다. 현실에 대해 수동적이 아니라 항상 능동적이었기 때문이다. 이렇게 능동적인 정신과 리얼한 현실감이 언어표현과 연결되는 곳에서 살아 있는 표현, 살아 있는 문장이 탄생하는 것이다.

나오야와 다키지를 비교하면 출신계급도 생활환경도 뚜렷이 다르다. 그리고 다키지는 계급적, 혁명적 작가로서 새로운 표현의 세계를 개척해나갔다. 하지만 그에게는 나오야와 공통으로 안고 있는 문제도 있었다. 그렇게 겹친 부분과 상이한 점을 명백히 밝히는 것이 오늘날 점점 중요한 과제가 되고 있다.

예를 들면 나오야의 비교적 초기 작품 ≪오쓰 준키치(大律順吉)≫에는 부르주아적 가정에서 자란 청년이 그려져 있다. 준키치는 부르주아적, 사교적 남녀의 교제에 싫증이 나 하녀 지요(千代)에게 신선함을 느낀다. 준키치의 지요에 대한 애정은 부모나 할머니와의 사이에 가족적 갈등을 낳는데, 그 갈등을 통해 각각 인생에 대한 생각이 파헤쳐진다.

이 작품에서는 준키치의 매우 결백하고 순진한 인생에 대한 태도가 작품을 박력 있는 곳으로 이끌고 있다. 따라서 그 점이 높게 평가되고 있다. 그렇지만 다키지라면 역시 하녀 지요의 성장과정이나 감정에 더욱 깊은 관심을 기우릴 것이다. 나오야의 경우는 그렇지 않다. 오로지 자기의 감정만을 추구한다.

그러한 상이점이 상당히 존재한다. 예를 들면 그에 대해서는 이 책에 수록한 〈청년 다키지의 반항과 발견〉에서도 언급했다. 다키지의 《류스케와 거지》 같은 작품은 나오야의 《정의파》 《소승의 절대자》 등의 영향을 강하게 받았다는 것을 발견할 수 있다. 자신의 대수롭지 않은 배려에 대한 너무나도 과장된 감사에 가책을 느끼지만 다키지의 경우는 최후에 자신이 속고 있었다는 사실을 깨닫는다. 《소승의 절대자》의 나오야는 최후까지 자신의 우월성을 관철시키는데, 다키지의 경우는 자기 자신이 상처를 받는 방향으로 나아가는 것이다.

그러나 다키지는 주위의 몰이해에 항거하며 끝까지 자기를 관철하려고 하는 나오야의 투쟁에 얼마나 자극을 받았는지 모른다. 중학교 교과서 등에도 개재돼 있어 유명하니까 누구나 알 거라고 생각하는데, 나오야에게는 《세이베와 표주박(清兵衛と瓢簞)》이

라는 작품이 있다. 세이베라는 소년이 표주박을 만드는 데 열중한다. 주위 어른들은 그런 세이베를 이해할 수 없음은 물론 세이베의 표주박의 가치도 알지 못하고 강제로 그만두게 한다. 군국주의 교사 등은 표주박을 만드는 일 따위를 해서는 변변치 못한 사람이 될 거라고 격노하며 세이베가 소중히 여기는 표주박을 모조리 부서서 깨뜨려버린다. 이 작품에는 자신에 대해 이해하지 못하는 아버지를 비롯한 주위사람들과 계속 맞서지 않을 수 없었던 나오야의 감정이 확실히 그려져 있다. "소설 따위를 써서 어떻게 하려고 그래! 적어도 자립은 해라" 하고 끊임없이 나오야 아버지는 말했다. 아버지가 대표하는 것은 일반적인 사회의 가치관, 즉 경제적, 생활적 가치관이었다. ≪오쓰 준키치≫에서도 그러한 갈등이 그려져 있는데 준키치가 주위의 몰이해에 상처입고 자기의 무력감을 느끼며 혼자서 우는 장면이 몇 번이나 등장한다.

다키지는 오타루상업학교 시절의 작품 ≪돌과 모래≫에서 나오야의 ≪세이베와 표주박≫의 문제를 자기 자신의 문제로 추구했다. 이 소설의 주인공은 빵공장을 하고 있는 백부 집에서 더부살이로 공장 일을 도우면서 학교에 다닌다. 그림을 좋아해서 그에겐 그림을 그리는 동료들과 함께 보내는 시간이 가장 즐겁다. 그런데 이런 그림을 그만두라는 말을 백부에게 듣는다. 백부는 "그림에 미치면 바보가 된다."고 한다. 돈을 쓰기만 할 뿐 삼사십의 나이가 되어도 결혼도 못하는 "K의 아들을 봐라."고 하는 것이다. 그리고 "공부로 먹고 살려면 공부를 해라! 공부는 제쳐두고 맨날 그리고 있니?"라고 말한다.

"그림을 그만두라고?" 하지만 그는 지금 여기에서 항변하는 것은 소용없는 일이라 생각하고 묵묵히 참는다. 그런데 혼자가 되었을 때 뜻밖에 눈물이 나왔다. "지금까지 모든 감정이 일시에 흘러넘쳤다. 다키지는 엉엉 실컷 눈물을 흘렸다."고 적었다. 그는 그것을 신구의 세대차로 생각하며 분큐(文久) 태생으로 농민인 백부가 그렇게 생각하는 것도 무리가 아니라고 느낀다. 무리는 아니지만 그림을 그만두라는 말을 듣는 것은 슬픈 일이었다.

나오야의 세계와 비교해 소년 다키지의 문학은 더듬거리는 표현이지만 단지 직선적이지 않고 자신의 마음을 억누르며 타자의 마음을 이리저리 배려하는 부분이 있다. 그럼으로써 현실의 모순을 보다 복잡하게, 더욱 깊이 있게 파악하려고 하는 경향이 있다. 그것은 백부의 도움으로 학교에 다녔고 백부 집에서 더부살이하며 보냈던 소년시절의 체험에 근거한다고 여겨진다. 부르주아의 도령과는 역시 근본적으로 달랐던 것이다.

나오야의 경우는 하녀 지요와의 연애에 있어서도 나오야 측으로부터만 빛을 비추었다. 즉 나오야는 오로지 바라보는 입장이었던 것이다. 그에 비해 다키지의 다구치 다키를 모델로 한 초기 작품군에서 작가는 불행한 여성의 내부에 깊숙이 파고들어 그쪽에서 현실을 보는 노력을 경주했다. 거기에 나오야를 뛰어넘는 다키지의 새로운 관점이 존재한다.

그러나 다키지가 직접 정면으로 현실과 마주함으로써 현실을 단지 자기의 외부에 존재하는 대상으로서가 아니라 혹독히 자신을 엄습해오는 대상으로 그려낸, 시가의 리얼리즘에서 배운 부분은 의미 깊다. 주체적인 것과 리얼리스틱한 것이 연결돼 입체적인 리얼리즘이라고 할 수 있는 형태가 성립한 곳에 시가 문학의 새로움이 존재하고 있었다.

《암야행로(暗夜行路)》의 도키토 겐사쿠(時任謙作)는 아내의 과거를 머릿속으로는 용서하려 하지만 감정이 거기에 동반되지 않기 때문에 괴로워한다. 이 작품에서는 〈감정이 앞서게 된다〉는 점이 무엇보다 중요한 화두로 강조되어 있다. 머리와 가슴, 두뇌와 심장의 분열에서 근대 지식인의 문제를 발견하고 그것을 집요하게 추구한 작가는 나쓰메 소세키였다. 한편 나오야는 이러한 모순을 강하게 자각, 그것을 극복하는 곳에서 새로운 리얼리즘의 길을 개척했던 것이다. 다키지 또한 그것을 계승했다. 〈머리로부터가 아니라 가슴으로부터〉라고 하는 관념을 초기 에세이 《13의 남경옥》에서 강조했다. 문학은 하트에 호소해야 하는데 그것은 선동적인 감정을 주입하는 것이 아니라 리얼하게 대상을 그려내 현실을 생생히 실감할 수 있도록 독자의 하트를 움직이는 것이다. 이를 위해서는 대상을 온몸으로 체험하고 현실을 혼신의 힘을 다해 살 필요가 있다. 머리로만 현실을 이해해서는 결코 독자의 하트를 움직일 수는 없다. 다키지가 나오야에게 배운 가장 중요한 내용은 이와 같은 문체의 문제였다. 그러나 동시에 그것은 삶의 문제, 현실에 대한 태도의 문제와 연결되는 것이었다.

다키지가 프롤레타리아 작가로서의 길을 걷기 시작한 것은 결코 머리로 마르크스주의를 이해했기 때문은 아니었다. 분명히 성장과정의 문제가 존재한다. 빈농의 자식으로서의 자각, 자신의 생활 모든 것에 대한 총결산으로 프롤레타리아 작가의 길을 걷기 시작했던 것이다.

이러한 다키지의 행보에 있어서 다구치 다키와의 연애는 커다란 영향을 미쳤다고 생각한다. 다키에 대한 사랑을 통해 다키의 시점에서 자기 자신을 조명했다. 그리고 다키를 통해 다키와 같은 생활을 강요당하는 일본의 불행한 여성들의 문제를 자신의 문제로 포착했다. 그럼으로써 일본사회를 자신의 감정과 연결고리로 삼으면서 생생히 입체적으로 묘사했다. 개인적인 사랑과 사회적인 문제의식과 인식이 하나로 연결되는 곳에 다키지 리얼리즘의 커다란 특징이 존재한다.

≪폭풍 경계보(暴風警戒報)≫에서도 마음으로 살아갈 수밖에

없는 가장 밑바닥 인생을 사는 여자들을 가장 인간답고 상냥한 여자로 그렸다. 또한 조선인 노동자에게 깊은 관심을 기울였다. 다키지가 자신의 작품 중에서 가장 좋아한다고 하는 ≪구원 뉴스 넘버 18 부록(救援ニュースNO.18付錄)≫은 아버지를 여의고 다른 집으로 쫓겨난 초등학생 어린애가 쓴 기록으로 일본사회 가장 저변의 모순을 생생하게 그려냈다. 그것은 어떠한 장식도 이론도 없고 오히려 더듬거리며 그냥 단적인 사실만을 엮어서 독자의 마음을 강렬하게 움직이는 것이었다.

1903년부터 31년에 걸쳐 옥중의 다키지는 자꾸만 자신이 자란 오타루를 생각한다. 감옥 속의 추위는 〈북쪽 고장〉의 사람들 생활을 엄습하는 추위를 몸에 사무치도록 생각나게 한다. 이 시기의 다키지의 편지에는 자주 〈북쪽 고장〉 사람들의 생활상이 기록되어 있다.

출옥 후 대단히 큰 포부를 지니고 착수한 ≪전형기의 사람들≫은 이 〈북쪽 고장〉의 가장 저변에 사는 사람들의 모습을 참으로 리얼하게 그렸으며 그 토대 위에서 혁명운동을 추진하는 청년들을 그리려고 했다. 이 작품에는 다키지 자신의 성장과정이 새겨져 있을 뿐만 아니라 초기작품의 주제였던 매음부의 생활이 그려져 있다. 그러한 의미에서 그건 다키지 개인의 생애에 대한 총결산인데, 그런 내용을 통해 한 시대를 입체적이고 커다랗게 조망해 보려고 했다. 개인적인 대상과 사회적인 대상의 완전한 총합으로 한 시대를 기념비적으로 그려내려고 했던 것이다.

≪당 생활자≫에서도 다키지는 아버지와 자신의 인연에 대한 강렬한 감정에서 모든 곤란을 참고 싸우는 저항 에네르기의 원천을 발견한다. 또한 머리로부터가 아니라 감정으로부터 아들의 올바름을 믿고 곤란을 참으며 살아가려고 하는 어머니의 모습을 그린다.

다키지는 격렬한 계급투쟁의 최첨단에 선 자로서 그러한 전위의 시선으로 현실을 그리려고 했다. 그 점에서 다키지는 자신의 예술을 지금까지의 예술을 뛰어넘는 새로운 것으로 완성하려고 했던 것이다.

하지만 혁명의 전사도 또한 인간이다. 그러한 부분에 있어선 가장 인간다운 인간이다. 그리고 프롤레타리아 예술도 또한 예술이다. 프롤레타리아의 투쟁을 그려 혁명적인 언사를 흩뿌리면 족하다고 하는 것이 아니라 진정한 예술로서 가장 높은 경지의 예술을 추구하는 것이다. 그 점에서 다키지는 시가와 자신의 상이점을 확인하고 그럼에도 양자에게 연결되는 부분이 있다고 믿었다.

시가에게 다키지가 자신의 작품을 보내 〈당신의 입장〉에서 비평해달라고 부탁한 것은 이와 같은 이유 때문이었다. 다키지는 프롤레타리아 문학과 부루주아 문학을 만리장성처럼 세워 구분하지 않고 프롤레타리아 문학을 문학으로서 문학사 전체의 관점에서 확실히 평가하려고 했던 것이다.

이에 대해 나오야는 〈관념이 앞선 문학〉(관념문학으로 표기)이라는 말을 했다. 이건 유명한 표현인데, 전후에도 이 나오야의 편지를 추켜들어 〈관념문학〉에 대해 부정하는 목소리가 드높았다. 그러나 그 나오야의 1931년(쇼와 ⑥) 8월 7일자 편지를 신중히 읽어보면 ≪오르그≫에서는 그 정도로 감탄하지 않았지만 "작품 중에서 ≪게 가공선≫을 가장 주의 기울여 잘 썼다고 생각하며 묘사가 생생하고 새로운 점에 감동했습니다."고 서술했다. 그리고 ≪1928년 3월 15일≫에 대해서는 "한 사건에 대해 여러 사람의 예를 모아 잘 그렸다고 생각합니다."라고 적었다. 나오야는 먼저 다키지 문학을 전체적인 시점에서 확인한 뒤 "내 느낌으로 보면" 하고 일부러 먼저 알리고 "프롤레타리아 운동 의식이 등장하는 부분이 마음에 걸렸습니다. 소설이 관념을 앞세우는 점은 좋아하지 않습니다."라고 서술했다. 그리고 그것은 "프롤레타리아 운동과 관계를 맺고 있는 인간으로서 어쩔 수 없는 일인 듯 여겨지지만 작품으로선 불순하고, 불순하기 때문에 효과도 약해진다고 생각했습니다. 대중을 깨우친다는 것을 다소라도 목적으로 삼은 부분은 예술로선 약점이 된다고 생각할 수 있습니다. 그러한 점이 일종의 소아병처럼 느껴졌습니다.”하고 설명했다.

‘내 느낌으로 보면”이라 하며 “프롤레타리아 운동과 관계를 맺고 있는 인간으로서 어쩔 수 없는 일인 듯 여겨지지만”이라고 지적한 점에 주의할 필요가 있다. 다키지는 〈당신의 입장〉에서 비평해달라고 요청했다. 그리고 나오야는 7월 15일자 편지에서 “입장이 다른 점에서 군을 만족시킬지 어떨지 모르겠지만 쓴다면 그러한 사정을 거리낌 없이 써 보내렵니다. 편지에도 자신의 입장에서 봐달라고 했으니까 그럴 작정입니다.”라고 적었다. 상호 입장을 인정하면서 자신의 입장, 자신의 마음을 솔직히 말하고 상대의 의견을 겸허히 들으려고 하는 곳에 입장을 달리 하는 자 사이의 상호 비평이 성립한다. 이러한 점에서도 통일전선의 문제가 절박하고 중대한 의미를 지니는 현재, 다키지와 나오야의 왕복 서신은 중요한 문제를 제기했다고 생각한다.

나오야는, 사토미 돈의 《금년 대나무(今年竹)》에서 어떤 남자가 어떤 여자의 편지를 보고 감격하는 곳에 대해 독자가 그 편지를 읽고 감격하지 않는 것은 주인공 남자가 자꾸 감격하는 부분이 바보스럽거니와 서투른 작문이라고 느끼기 때문이라고 썼다. “강조할 대상은 여자의 편지로 그 편지 자체가 직접 독자를 감동시킨다면 남자 주인공이 감동하는 내용은 쓰지 않아도 좋다고 생각한다.”고 말하는 것이다. 즉 현실을 생생하고 리얼하게 그림으로써 독자에게 자연스레 내재하는 감정을 불러일으켜야 하며, 작가가 어떤 감정을 독자에게 강요해서는 안 된다고 하였다. 그리고 "군의 ≪게 가공선≫의 경우에서 그러한 식으로 느낀 것은 아니지만 프롤레타리아 소설도 대체로 그러한 삶의 방식이 예술품이 되며 효과로 보아도 강력한 것이 된다고 생각합니다."라고 서술했다.

"이데올로기를 의식적으로 갖는 것은 어떠한 의미에서도 나약해져 좋지 않다고 생각합니다."라고 나오야는 말했다. 또한 "작가의 피와 살이 되는 내용을 자연스레 작품 속에서 주장하는 경우는 별도로 치더라도, 뭔가 어떤 생각을 작품 속에서 주장하는 것은 예술로서는 곤란한 형태로 좋지 않은 일이라고 생각합니다. 운동의식으로부터 완전히 독립한 프롤레타리아 예술이 진정한 프롤레타리아 예술이라고 생각합니다."라고 서술했다.

작가의 피와 살이 되는 사상은 자연스레 작품에 배어나오므로 가공하지 않은 사상을 작품 속으로 들여와 세계관에 예술을 종속시킬 일은 아니다. 프롤레타리아 예술을 부정하는 것은 아니다. 프롤레타리아 예술이 〈진정한 프롤레타리아 예술〉로서 사람의 마음을 깊이 감동시키고 커다란 효과를 거두기 위해서는 프롤레타리아 이데올로기에 기대어 외부로부터 들여온 사상을 선전하는 도구로 삼는 것은 피해야 하며, 어디까지나 예술로서 훌륭한 내용이 되도록 지향해야 한다고 하는 예술 일반에 대한 자신의 생각을 반복해 강조했던 것이다.

"필립이든지 마이켈·골드든지 꽤 주관적인 곳은 있어도 누구나 그런 경우에 처하면 그렇게 느낄 거라고 생각되어지는 주관이므로 솔직하게 받아들여집니다."라고 나오야는 설명한다. "즉 작가는 어떠한 경향이든지 아무튼 순수하게 작가라는 것이 제1 조건이라고 생각합니다."라고 하며 톨스토이는 예술가임과 동시에 사상가이지만 작품을 보면 〈완전히 예술가가 사상가의 두뇌를 제압〉한 상태로, 작품성을 지닌 작품으로 완성돼 있다. 만일 사상가로서의 톨스토이가 더욱 설쳤다면 "작품은 매우 경박해져 힘이 없어졌을 것이다."라고 생각한다고 서술했다.

"관념을 앞세운 예술은 아무래도 희박해지리라 생각합니다."라고 나오야는 반복했다. "운동의식에서 독립한 프롤레타리아 소설이 진정한 프롤레타리아 소설이고 그 쪽이 결과로 보아도 깊이 영향을 미치는 작용을 할 것으로 생각합니다."라고 주장했다.

방금 지적한 것처럼 나오야는 프롤레타리아 예술을 부정한 것이 아니라 프롤레타리아 예술에 대해 자신의 입장에서 의견을 진지하게 밝히고 〈프롤레타리아 소설이 진정한 프롤레타리아 소설이 되기〉를 바랐다. 이 편지 말미에 "내가 작품에 운동의식이 없는 편이 좋다고 한 것은 순수하게 작품본위로 언급한 내용으로 굳이 운동을 떠나 순수하게 소설가로서 생활하기를 바란다고 하는 노파심 때문은 아닙니다."고 일부러 덧붙였다. 나오야가 제기한 문제는 〈정치와 문학〉, 〈정치의 우월성〉이라고 하는 프롤레타리아 문학의 근본과 관계되는 사항이며, 곧 〈세계관과 창작방법〉의 시점으로까지 심화돼 사회주의 리얼리즘의 문제로 활발히 논의될 성질의 과제였다.

나오야는 이 편지에서 가네코 요분(金子洋文)의 ≪어시장(魚河岸)≫, 기시 야마지의 ≪고·스톱≫에 대해서 "작품으로서 아무튼 운동이 목적이라면 조금 더 정열이 있으면 좋을 거라고 느꼈습니다만, 그 점에서 군에게는 열기가 느껴져 유쾌했습니다."고 서술했다. 또 ≪고·스톱≫ 등에 등장하는 남녀관계가 이상하게 품위 없고 칠칠치 못한 점이 싫었는데, 다키지 작품에는 그러한 칠칠함이 없어서 좋은 느낌이 들었다고 얘기했다. 그리고 "여러 사건이 노골적으로 표현된 장면도 이상하게 불쾌감 없이 매우 좋게 느꼈습니다. 태도의 진지함에서 오는 거라고 생각했습니다."고 밝혔다. 이것은 나오야의 입장에서 보여준 대단한 찬사가 아닐까?

〈노골적으로 표현된 장면〉은 본래 불쾌감을 불러일으킬 듯함에도 "이상하게 불쾌감 없이 매우 좋게" 느꼈다고 말하는 것이다. 이 〈노골적으로 표현된 장면〉이라고 하는 의미는 "≪게 가공선≫에서도 ≪3·15≫에서도 차마 볼 수 없을 정도로 잔학한 내용이 그려져 있다"고 하는 뜻과 겹친다. 그것을 〈이상하게도 불쾌감 없이〉 읽을 수 있었다는 표현은 그게 단지 선동적인 내용으로서가 아니라 예술로서 리얼하게 그려졌다는 것을 나오야가 인정했음을 의미한다.

나오야는 거기에 그려진 사실에 대하여 "그게 자본주의 산물이라고 말한다면 말할 수 있겠지만 또한 그렇게 말만 해선 정리되지 않는 문제라고 생각했습니다."라고 서술했다. 이는 나오야가 그렇게 그려진 사실, 즉 작품에 민감하게 반응해 그걸 자신의 문제로 이해했다는 사실을 증명하고 있다.

또한 "어떤 한 사건의 진상을 알리고 싶은 경우는 오히려 하나의 기사로 대화 따위 없이 소설의 형태를 취하지 않고 표현하는 편이 더욱 설득력이 있다고 생각했습니다. 이러한 내용은 삭제되고 혹은 쓸모없게 될까 하고 생각하는데, 그러한 성질의 소재가 되는 대상을 대화로만 접하고 있어서 답답해집니다."라고 기록했다.

1931년(쇼와 6) 7월 22일의 일기에 나오야는 ≪게 가공선≫을 읽은 내용을 적었고 "홋카이도 가라후토(樺太) 여행을 생각해본다."고 기록했다. 나오야가 ≪게 가공선≫에 감동해 ≪게 가공선≫의 세계에 매료된 상황을 나타내는 근거라고 생각한다.

그 뒤 다키지는 지하활동으로 옮기기 직전인 1931년 11월에 나오야를 만나러 나라의 자택을 방문했다. 거기에 대해서는 모두에 서술한 기시 야마지와의 대담에서 나오야 자신이 구체적으로 얘기했지만 ≪정본 고바야시 다키지 전집≫의 추천문(1968년 쇼와 43)에도 "고바야시 군은 내가 나라에 있을 무렵 찾아와 묵고 갔다. 눈에 띄지 않도록 포목점 지배인 같은 복장을 하고 있었다. 한가롭게 작품을 쓸 여유가 없기 때문에 자주 시영 전차 속에서도 쓴다고 한다."고 밝혔다. 그리고 "인간적인 면에 있어서도 성실하고 훌륭한 사람이라고 생각한다. 그렇게 죽다니, 그런 일이 없었다면 지금도 살아서 자유롭게 작품 활동을 할 수 있을 거라고 생각하니 너무나 애석한 느낌이 든다."고 서술했다.

다키지가 방문 했을 당시의
시가 나오야(志賀直哉)

1933년(쇼와 8) 2월 다키지가 죽음을 당했을 때 나오야는 2월 25일의 일기〈MEMO〉에 "고바야시 다키지 2월 20일(나의 탄생일)에 붙잡혀 죽다. 경찰에게 죽음을 당한 것 같은데, 참으로 불쾌하다. 한 번밖에 만나지 않았지만 자신은 다키지에게 좋은 인상을 받아 그가 좋아졌는데, 암담한 느낌이 든다. 갑자기 그들의 의도가 이루어져야 한다는 느낌이 든다."고 기록했다. 다키지의 죽음에 감동해 그러한 의도가 성취되기를 바라는 나오야의 모습이 여기에 새겨져 있다.

다키지의 어머니 세키에게 보낸 2월 24일자의 억울함을 표시한 편지에도 "아드님 서거에 대한 소식을 신문에서 접하고 슬픈 마음 금할 수 없었습니다. 전도양양한 작가인데, 실로 애석합니다. 만난 것은 한 번이지만 인간으로서 친밀감을 느끼고 있었습니다. 부자연스럽게 서거한 상황을 생각하면 암담한 느낌이 듭니다."라고 기록했다.

이 당시 나오야의 마음에 ≪1928년 3월 15일≫의 고문장면이 생생하게 되살아나 그것이 ≪게 가공선≫의 잔혹한 혹사 장면과 서로 중첩되지는 않았을까?

나오야는 또한 다키지가 나라의 자택을 방문했을 때 자신이 돌아가지 못하는 밤엔 어머니가 대단히 걱정한다고 얘기한 일을 상기하며 세키의 마음을 더더욱 위로했다. 나오야는 그 일을 지극히 간결한 문장으로 표현했다. 그 세키에게 보낸 서간은 나오야의 많은 편지 중에서도 가장 아름답고 가슴에 저미는 내용이라고 생각한다.

"고바야시 다키지 붙잡혀 괴로워하다 죽었다는 기사 있음"이라고 일기에 적은 것이 2월 22일. 세키 앞으로 편지를 쓴 것이 2월 24일이었다. 그리고 2월 25일에는 앞에 기록한 것처럼 적었던 것이다. 다키지의 죽음은 나오야의 마음에 강렬한 충격을 주었고 더욱 그 인상을 가슴 깊이 새겼을 것으로 생각한다.

나오야는 다키지를 만난 뒤, 또한 다키지의 비참한 최후를 접하고 다키지에 대한 평가나 〈관념문학〉에 대한 견해를 조금씩 바꾸었다. 그 내용은 앞서 기술한 기시 야마지와의 대담 〈시가 나오야 씨의 문학 종횡담〉으로부터 알 수가 있다. 나오야는 다키지를 만났을 때의 인상에 대한 질문을 받고 "대단히 좋은 사람이라고 생각했다."고 밝혔다.

나오야가 거처하던 곳에는 〈문학청년, 학생, 노동운동가, 차별부락 연합조직원, 프롤레타리아 작가〉라는 사람들이 여러 사정으로 찾아 오지만 그 사람들은 각각 자신의 입장을 관철하기 위해서 온다고 했다. 고바야시가 찾아오기 얼마 전에 문전파(文戰派)의 작가 소개로 두 사람의 젊은 프롤레타리아 작가가 왔는데, 나오야가 뭐라고 하니까 곧 그건 틀리며, 그건 소부르주아적이라고 맹렬히 이론을 말하며 대들고 비판하기도 했다. 그래서 나오야도 조금 짜증이 나서 프롤레타리아 작가는 그렇게 편협할까 라고 생각하고 있었다고 한다. 그런데 다키지는 그런 태도를 조금도 취하지 않았다. 자신의 작품에 대한 비평도 반드시 "당신 자신의 입장에서 비평해 달라"고 말했거니와 찾아왔을 때도 나오야의 이야기를 묵묵히 듣고 조금도 스스로 이론을 내세우거나 〈비판〉을 하거나 하지 않았다. 그리고 대체로 나오야가 말하는 것을 긍정했다고 한다. 그 긍정이 나오야 입장에 선 긍정임도 자신은 알고 있었다고 나오야는 말했다. 나오야는 다키지가 상호 입장의 차이점을 인정하면서 상대의 입장에 서서 상대의 언어를 이해하고 긍정하는 태도를 보인 것에 대해 매우 기쁘게 생각한 것 같다.

"그 점에서 인품이 좋다고 생각하기도 하고 완전히 어른스럽다고 생각했다. 그때까지 지니고 있던 프롤레타리아 작가에 대한 자기의 편견을 완전히 고쳐준 사람이라고" 말했다.

그리고 〈관념문학〉에 대하여 '관념을 내세워서는 안 된다'라는 뜻은 소재 속에서 자연스레 의식하거나 하지 않거나 상관없이 등장한다는 의미가 아니다. "일정한 사상적 선전이나 그에 대해 강조할 목적으로 소재를 찾아와서 그 사상에 맞추어 쓰는 행위, 그러한 행위가 나는 대단히 싫다."고 주장했다. 그게 아니라 객관적 세계를 가능한 한 리얼하게 그리려고 노력해도 작가가 인생에 있어서 어떠한 입장에 서 있는 이상 그 사상이나 감정 등이 자연스레 스며 나오는 것은 자신의 작품에도 흔히 존재하는 일로 그것을 〈관념문학〉으로 부정하는 것은 아니다. "그러나 지금은 그러한 내용도 애써 작품에서 지워버리고 싶다."고 말했다.

여기에서 주목해야할 부분은 나오야가 "하지만 오해해선 안 된다. 관념문학만 아니면 그 작품이 곧 걸작이라는 말을 나는 결코 하지 않으니까"라고 덧붙인 사실이다.

〈관념이 앞선 소설〉을 배척한다는 것은 자신의 창작방법의 하나로 문학관의 기초이지만 좋은 작품을 만든다고 하는 것은 그와는 또한 별도의 의미로 보는 것이다. 자신 또한 그러한 창작태도로 모든 작품을 쓰더라도 완성도의 차이가 존재하며, 모든 작품이 좋다고 할 수는 없다. 이렇게 서술하며 나오야는 "관념문학이라도 사람을 감동시키는 요소가 있을지도 모르겠다."고 부언했다. "요컨대 사람을 감동시키는 힘이 있는 내용, 사람을 한층 높은 단계로 끌어올리는 힘이 있는 작품이라면 족하다. 그러한 작품이 나타난다면 반대로 분명히 관념문학으로 등장한다고 할지라도 전혀 지장은 없을 것이다."라고 설명했던 것이다.

나오야가 이렇게 생각하게 된 것은 앙드레 지드던가 누군가가 "어떤 것이 좋은 작품인지는 어느 누구가 먼저 정할 수 있는 것은 아니다.”라고 하는 의미로 언급한 내용을 읽은 것이 계기라고 한다. 그것을 읽고 지금까지 자신의 생각이 일방적이었다는 사실을 깨닫게 되었다고 한다.

기시가 그것은 지금까지 주장한 나오야의 〈관념문학 부정론〉의 대단한 발전이라고 생각한다고 했을 때 나오야는 “응, 그건 그래”라고 긍정했다. 그렇다고 다키지에게 보낸 편지 등에 있는 자신의 의견이 지금도 틀렸다고 생각하지 않지만, 그대로 일방적으로 강조하면 그릇될 염려가 있다고 보았다. 그래서 “그 내용을 잘 써줘”라고 일부러 주의를 기울였다.

이 대담에서 주목할 만한 것은 나오야가 지드에게 깊은 관심을 보였던 사실이다. 당시 지드의 좌경사상은 커다란 문제로 등장해 세계의 지식인들을 동요시키고 있었다. 지드는 점점 강해지는 파쇼적 경향에 대해 반파쇼, 문화 옹호를 위한 지식인의 통일, 인민전선의 발전을 위해 진력하고 있었다. 나오야는 지드를 적화되기 전부터 읽고 있었고, 지드 외에 아나톨·프랑스 등도 자주 읽었다. 프랑스가 사회주의적 경향을 지니고 있어서 그러한 내용을 그렸고, 그러한 사실이 어쩐지 자신을 매료시킨 이유였다고 지적했다. 그리고 지드의 적화에 대해 극단적 국수주의파 작가인 그루프의 발흥 등 진부한 것에 대한 작가의 반항이라는 측면을 강조했다.

그리고 나오야는 자신을 방문하는 모든 방문객에 대해 자신은 조금도 태도를 바꾸지는 않겠는데, "지금 세상에서 파시스트라고 일컫는 사람들을 매우 싫어한다", "대략 요 이삼년 사이 갑자기 일본은 마치 일본이 아닌 듯한 느낌이 들지 않은가. 나는 화가 나고 불쾌해서 견딜 수가 없다"고 서술했다. 나오야는 "일본을 문화적인 일본으로"라는 슬로건을 외치고 싶다고 했다. "세상이 실로 캄캄하다. 밖에 나가는 것도 유쾌하지 않다. 하고 싶은 말을 할 수 없는 세상 따윈 누구에게도 결코 달갑지 않다"고 말했다.

이 대담이 이루어진 것은 1935년(쇼와 10) 9월 25일. 다키지가 방문한 것은 4년 전, 다키지가 죽음을 당한 것은 1년 6개월 전이었다. 만주사변, 상해사변, 5·15사건이 계속 발발했으며, 다키지가 죽음을 당한 1933년은 독일에서 히틀러가 정권을 획득했고 일본이 국제연맹을 탈퇴한 해였다. 또 다키가와(瀧川) 사건이 일어나 전국 대학에서 반대투쟁이 확대되었는데, 이것이 지식인의 반파쇼적 투쟁에 대한 최후의 고양이었다고 표현해도 좋을 것이다.

당시의 공산당 지도자 사노 마나부(佐野學)·나베야마 사다치카(鍋山貞親)의 전향성명이 나와 전향의 물결은 전면적으로 밀어닥쳤다. 1934년에는 프롤레타리아 작가동맹이 해체성명을 발표했고 전향·출옥한 작가들의 〈전향문학〉이 범람하게 된다. 1935년에는 〈천황기관설〉 문제로 미노베(美濃部) 교수가 대학에서 쫓겨난다.

이 사건은 전국 대학의 법학부에 파급되는데 더 이상 지식인 사이에서 항의 운동은 일어나지 않았다.

유럽에서는 나오야가 대담에서 말한 것처럼 문화옹호 국제작가 회의가 파리에서 열려 반파쇼적 문화옹호의 운동, 인민전선의 운동이 발전한다. 일본에도 이러한 움직임이 소개돼 행동주의나 능동정신이라는 개념이 언어로 표현되지만 구체적인 반파쇼운동이 전개된 것은 아니다. 그리고 1936년에는 2·26 사건이 발발하고 1937년에는 중국에 대한 전쟁이 본격적인 전쟁으로 확대돼 일본은 오로지 파멸의 길로 굴러 떨어지게 된다. 이와 같은 어두운 시대를 바경으로 나오야는 다키지를 추억하며 새로운 문화옹호를 위한 통일전선을 추구하고 있었다. 그것이 〈관념문학 부정론〉을 극복하게 하였다고 생각한다.

나오야는 그 시기에 작품을 집필하지 않았다. 일본 문학계 전반의 동향을 보면 프롤레타리아 문학운동이 파멸되었음에도 불구하고 《문학평론》이나 《문학계》, 《일본낭만파》 등이 창간되었다. 그리하여 정치의 속박으로부터 해방돼 '지금이야말로 문학의 시대다'라고 하는 듯한 주장이 나왔다. 또한 〈문예부흥〉을 외치는 격려의 소리도 높아져 상당히 성황을 보인 시기였다. 〈관념문학〉이라는 나오야의 표현과 연결지어 말하면 〈관념문학〉에 대한 부정은 도도한 시대의 목소리가 되어 〈관념〉으로부터 해방된 〈문학〉의 자유가 구가되었던 것이다.

문학운동이 국가 권력에 의해 탄압돼 언론의 자유가 완전히 강탈당한 시대에 〈문학〉의 자유가 구가되고 〈문예부흥〉이 소리 높여 강조되는 것은 도대체 얼마나 도착이고 퇴폐인가? 그것이 자기기만이며 허위의 〈문예부흥〉임은 자명하다. 이와 같은 문학계의 동향에 나오야는 반대했다. 그것은 〈관념문학〉만 아니라면 좋은 문학이라고는 결코 말하지 않겠다고 하는 표현이 되었고, 더욱이 〈관념문학〉이라도 전혀 상관없다는 발언으로 나타난다. 지금의 세상을, 하고 싶은 말을 할 수 없는 실로 어두운 세상으로 생각할지, 그렇지 않으면 문학이 〈정치〉로부터 해방돼 자유로워진 시대로 생각할지 그건 대단한 차이다. 나오야는 이와 같은 시대의 동향에 분명히 대립함으로써 프롤레타리아 문학에 대한 이해와 동정을 명확히 표현하게 되었던 것이다.

"하고 싶은 말을 할 수 없는 세상 따윈 누구에게도 결코 달갑지 않다."라고 하는 말에 이어서 "그 점에서 군들은 문학 작업에 있어서 대단히 고생을 했을 것이다. 나는 ××주의에도 찬성하지 않을 뿐만 아니라 파시즘에도 찬성하지 않는 인간이지만, 군들의 노고에는 동정할 수가 있소."라고 말했다. 그리고 "세상이 나빠지면 그렇게 부자유스런 세대에 대처하는 문학 방법"을 개척할 필요가 있다고 하며, 현실에 뿌리를 내리지 않으면 아무것도 될 수가 없지만, 어떤 일정한 시대의 리얼리즘으로서 현실에 뿌리를 내린 '심볼리즘'과 같은 것을 개척하여 말하고 싶은 여러 내용을 어디까지나 말하려고 할 필요가 있다고 서술했다. 그러한 활력이 지금의 젊은 작가에게 있어서 부족함을 "분개해 마지않을 수 없다."고 했다. 한편 지금과 같은 시대에는 기록을 남기는 것이 중요하다고 강조하였으며 "일기라고 하는 장르의 역사적 중요성"을 구술했다. 그것은 "신문이나 잡지의 위선, 세상의 위선에 대하여 사물의 진상을 견문에 입각해 정확히 기록해두는 일"로 언제 발표될지도 모르고, 또한 발표를 생각하지 않아도 좋지만, "아무튼 지금과 같은 어두운 시대에는 시대의 정직한 모습을 그려서 남기는 일이 중요하다."고 했다.

나오야는 시대에 떠밀리는 당시 문학계의 경향에 불만족스러움을 느끼고 있었다. 이러한 시대의 흐름과 확실히 대치한 상태에서 끝까지 진실을 추구하고 표현하며, 거기에서 새로운 방법, 새로운 작업 방식을 개척해가는 길을 추구했다고 생각한다. 거기에 시종 일관된 시가의 리얼리즘의 정신이 존재하며 이 리얼리즘을 다키지는 배웠고 또한 이 리얼리즘 때문에 나오야는 다키지를 평가했다고 생각한다.

이 나오야의 언어는 곤란한 시대에 집필금지의 틈을 헤집고 ≪부인과 문학≫의 일, 문학사, 평전, 평론 등 다양한 형태로 자기가 하고 싶은 말을 표현하는 노력을 지속한 미야모토 유리코를 생각나게 한다. 작품 발표가 전혀 허락되지 않던 시대에도 유리코는 옥중의 남편에게 편지를 통해 너무나도 많은 내용을 써서 남겼다. 그것은 현재의 시점에서 보자면 그 전쟁 하의 문학적 작업으로서는 실로 놀라운 것이었다.

나오야가 주장한 내용은 시대에 굴하지 않고 끝까지 진실을 추구하는 리얼리즘의 정신이었다. 그것은 아무리 곤란한 시대일지라도 새로운 형식, 방법을 창출함으로써 시대를 극복해간다고 하는 작가정신이다. 차라리 곤란한 시대야말로 작가를 단련시키며 시대와의 투쟁은 새로운 형식이나 방법을 생산한다. 다키지의 생애를 생각할 때 분명히 다키지는 곤란한 시대와 투쟁함으로써 그 리얼리즘을 발전시켰다.

다키지와 나오야의 관계를 규명하는 것은 다키지 문학의 이해에 있어서 새로운 빛을 비추는 일이지만 동시에 또 나오야 연구에 있어서도 새로운 빛을 비추는 의미가 있다. 예를 들면 ≪암야행로≫가 완성된 해는 쇼와 12년인데, 앞서의 대담과 관련시켜 다시 파악해본다면 이 작품은 또 새로운 각도에서 조명되는 것이 아닐까?

내가 강조하고 싶은 것은 프롤레타리아 문학과 부르주아 문학이라는 형태로 양자를 단절과 대립의 관계로서가 아니라 상호 관련하고 서로 침투하는 관계로 명확히 설정하는 것이다. 그리하여 일본의 근대 문학사를 전체적으로 명확히 밝힐 필요가 있다는 점기다. 이는 분열, 고립, 분산되어 점점 무력화돼가는 사상·문학계가 자기 자신의 존망과 관련하는 최대의 과제로 각자의 개성, 입장을 계속 인정하면서 커다란 결집을 이루는 길을 발견해 나감에 있어서 꼭 필요한 부분이라고 생각한다.

(〈고바야시 다키지 탄생 80주년·사후 50주년 기념 연구강좌〉 고바야시 다키지와 동시대 작가 〈제 2회〉 1983년 10월 22일에 가필 정정)

전후 나오야의 마음속에 살아 숨쉬는 다키지 상
- ≪잿빛 달≫ 전후 -

1945년 10월 16일 나오야는 마루노우치(丸の內) 회관 모임에서 귀가하던 중 도쿄발 시부야(澁谷)행 야마테(山手)선 전철 속에서 아사 직전의 소년과 나란히 앉았다. ≪잿빛 달≫은 이 경험을 그린 불과 6, 7매에 해당하는 단편인데, 폐허가 된 패전 직후의 일본 현실을 선명히 그려냈다.

작중인물 〈나〉는 이 소년을 어떻게든 도와주려고 생각하지만 어쩔 도리가 없다. "암담한 기분으로 시부야역에서 전차에서 내린다."고 하는 표현으로 이 작품을 맺은 나오야는 최후의 한 문장 "쇼와 20년 10월 16일의 일이다."고 하는 구절을 부기했다. 이 〈쇼와 20년 10월 16일〉이라는 날짜는 어떠한 의미를 지니고 있는 것일까?

당시의 신문은 아사자가 속출하고 있는 사실을 전했고 시부사와 (澁澤) 재무장관은 "현 상태로 간다면 내년도의 아사자, 병으로 사망하는 인원은 만 명이 될 것이다."고 하는 담화를 발표했다. 작중 소년공은 시부야에서 우에노(上野)로 갈 예정이었으나 우에노를 지나쳐 빙글빙글 야마테선을 돌고 있었는데 우에노로 가더라도 특별한 목적지는 없을 듯 싶었다. 집도 공장도 불에 타 잃었고 양친을 여읜 전쟁고아, 부랑아였을 것이다. 우에노는 이러한 부랑자가 다수 모이는 곳으로 패전 일본의 상징과 같은 장소였다. 나오야는 이러한 현실을 확실히 응시하며 어찌할 수 없는 자신에게 무력감을 느끼고 있었다. 이러한 점에서 ≪잿빛 달≫은 1920년에 발표한 ≪소승의 절대자≫와 분명히 달랐다.

≪잿빛 달≫은 1946년 1월 ≪세계≫의 창간호에 발표되었다. 이 작품의 집필 시기는 11월 초였다고 생각된다. 혼다 슈고(本多秋五)는 ≪이야기 전후문학사≫에 ≪근대문학≫ 창간호의 원고를 의뢰하기 위해 그 해 11월 초 두 번 정도 시가의 자택을 방문했는데, 그 때마다 나오야가 전차 속에서 아사 직전의 어린애를 본 장면을 그리려고 생각하고 있다고 이야기 한 사실을 기록했다.

결국 원고는 중단되었지만 그 때 나오야는, 고바야시 다키지가 아직 홋카이도에 있을 무렵 인쇄한 것을 자주 보냈는데, "북구라파 문학이 유럽 문학을 석권한 것처럼 이제 홋카이도 문학이 내지 문학을 석권해버린다."는 내용으로 써 보내주었다고 하는 이야기를 했다. 그리고 젊은 작가는 기성 작가를 쓰러뜨릴 정도의 패기로 활동하면 좋겠다는 얘기를 했다고 전했다. 이 다키지의 표현은 나오야에게 있어서 대단히 인상 깊은 것이었던 것 같다. ≪문화집단≫(1935년 11월)에 개재된 〈시가 나오야 씨의 문학 종횡담〉에서도 최초로 이 추억을 이야기했다.

젊은 날의 다키지를 생각할 때 나오야는 ≪시라카바≫ 창간 당시의 자신을 회상하고 있었다고 생각한다. ≪잿빛 달≫과 고바야시 다키지, 그리고 자신의 작가적 생애가 나오야의 내부에서 밀접하게 관계를 맺고 있었다.

10월 16일자의 ≪아사히신문≫에는 에구치 간(江口渙)의 〈고바야시 다키지는 이렇게 죽음을 당했다〉라고 하는 담화가 〈소설의 보복에 고문〉, 〈동지 작가가 얘기하는 진상〉이라는 표제로 등장했다. 에구치 간은 다키지와 함께 검거된 이마무라 다케오(今村恒夫)의 언어로 생생한 고문 장면을 얘기했고 유체 검사에 입회하여 도저히 직시할 수 없는 잔인함에 충격을 받았다는 사실을 토로했다.

《아사히신문》(1945. 10. 16)

다키지가 죽음을 당했을 때 나오야는 2월 22일의 일기에 "고바야시 다키지 붙잡혀 괴로워하다 죽었다는 기사 있음"이라고 적었고, 2월 25일에는 "MEMO 고바야시 다키지 2월 20일(나의 탄생일)에 붙잡혀 죽다. 경찰에게 죽음을 당한 것 같은데, 참으로 불쾌하다. 한 번밖에 만나지 않았지만 자신은 다키지에게 좋은 인상을 받아 그가 좋아졌는데, 암담한 느낌이 든다. 갑자기 그들의 의도가 이루어져야 한다는 느낌이 든다."고 기록했다.

에구치 간의 기사를 읽었다고 한다면 깊은 충격을 받아 생생히 다키지의 생애를 회상했음에 틀림없다. 10월 6일에 특별고등경찰이 폐지돼 10월 10일에는 옥중 정치범이 석방되었으며 〈환영 인민대회〉가 열렸다. 치안유지법이 폐지되었던 것은 10월 15일의 일이다. 죽음을 당하지 않았다면 다키지도 건강한 모습을 보이며 활발히 활동을 시작하고 있었을 것이다. 다시 그의 생애를 되돌아보게 되었고 그의 죽음이 애석하게 느껴졌다. 인용한 일기 "암담한 느낌이 든다. 갑자기 그들의 의도가 이루어져야 한다는 느낌이 든다."고 하는 표현에 주목하고 싶다. ≪잿빛 달≫도 "암담한 기분으로 시부야역에서 전차에서 내렸다."고 하는 구절로 끝을 맺었다.

≪잿빛 달≫을 발표한 ≪세계≫는 도신카이(同心會) 멤버가 아베 요시시게(安部能成)를 중심으로 결집해 이와나미(岩波)서점에서 간행한 것이다. 나오야는 전쟁 말기부터 고노에 후미마로(近衛文麿)의 종전 공작에 관여해 무샤노코지 사네아쓰나 우메하라 류자부로(梅原龍三郞) 등에 영향을 끼치며 예술가 집단의 결집에 진력했는데, 그 동료들은 도신카이에 소속해 있었다.

그 기초에 참가했다고 생각되는 나오야도 〈발간사〉의 모두에서 "우리의 전도에는 암담한 불안과 혼란이 가로놓여 국민 한 사람 한 사람이 모두 심각한 수난의 한복판에 처해 있다."고 서술했다. 그리고 "우리는 눈앞에 다가온 기한, 궁핍, 인플이레션, 그 밖의 모든 고난을 극복하고 무거운 짐을 지고 먼 걸음을 걷는 각오를 올 가을에 다져야 할 것이다."고 기록했다.

요시노 겐자부로(吉野源三郎)는 편집 후기에 "두려운 붕괴가 이제 눈앞에 예상되고 있다. 모든 방면에서 근본적인 변혁이 필요하다. (중략) 우리는 국민이 겪어야만 하는 고뇌의 깊이를 느꼈다. 그리고 하나의 종합 잡지가 탄생해야할 필요를 통절히 느꼈다."고 썼다.

〈근원적 변혁〉의 필요성, 그것을 나오야도 절실하게 느꼈다. 일본어를 프랑스어로 바꾼다면 어떨까? — 라는 발언처럼 그 시비는 제쳐두고 그러한 상황은 나오야가 얼마나 강력히 〈변혁〉을 원하고 있었는지를 설명해주고 있다. 천황제에 대해서도 천황 개인에게 책임이 있다고는 생각하지 않지만 "천황제에는 책임이 있다고 생각한다."고 서술했다. 천황과 국민의 오랜 관계를 미련 없이 떨쳐버리는 것은 씁쓸하지만, 세계 각국의 군주제가 점점 폐지되는 것을 보고 있으면 "천황제라는 제도가 지금은 그렇듯 퇴령기의 상태에 달한 것처럼 느껴진다."고 말하는 것이다. 즉 천황 개인과 천황제를 구분한 시점에서 천황제의 책임을 분명히 하고 그 폐지를 추구했던 것이다.

《잿빛 달》 초고의 여백에 새겨져 있는 메모로 추측컨대 이 작품의 집필과 함께 1946년 1월 발행의 《개조》 복간 제1호에 발표한 《동상(銅像)》의 전체상을 가다듬고 있었다고 생각한다. 하지만 이 에세이에서 나오야는 세계를 지배하려고 하는 민중을 괴롭힌 〈영웅〉이 당시는 부정되지만, 이윽고 부활해 숭배되는 모습을 도요토미 히데요시, 나폴레옹 등의 예를 들어 서술했다. 그러면서 "서는 인도, 남은 호주까지 쳐들어간 전쟁을 그 결과를 잊고, 자랑의 소재거리로 삼는 시기가 오지 않는다고는 장담할 수 없으리라는 느낌이 든다. 자랑의 소재거리로만 삼는다면 지장이 없겠지만, 제2의 도조 히데키(東條英機)에게 일어날 듯한 일은 절대로 막아야 한다."고 기록했다. 도조 히데키도 지금의 비참한 모습을 커다란 동상으로 남겨, 그 "대좌의 부조에 공습, 탄 흔적, 아사자, 노상 강도, 강도, 그리고 점령군, 그 외에도 여러 대상을 표현해 넣어야 할 것이다. 그리고 책에는 죽창을 새겨 넣어야 할 것이다. 이리하여 일본 국민은 영원히 도조 히데키의 진실한 모습을 기억해야 한다."고 적었다.

≪잿빛 달≫ 말미에 〈쇼와 20년 10월 16일〉이라고 날짜를 써넣을 때 나오야는 훨씬 뒷시대를 생각하고 역사 속에 〈현재〉를 새기려는 생각이 있었던 것이다. 그 당시 나오야는 도조 등의 희생이 된 고바야시 다키지를 상기하고 있었다고 생각한다. 혼다 슈고에게 이 작품에 대해 이야기할 때 다키지에 대한 감회를 덧붙아 이야기한 일은 우연이 아니다.

나오야는 혼다 등이 발행하는 ≪근대문학≫에 기고하는 것을 거절했지만, 신일본문학회의 찬조회원이 되어 46년 4월 발행의

≪신일본문학≫ 제2호에 ≪수상(隨想)≫을 발표했다.

우메하라 류자부로의 그림에 대해서도 평하며 특별히 맛을 내려고 하지 않더라도 그리는 사람에게는 그 맛이 확실히 느껴지므로 자연스레 입체감이 생긴다고 말했다. "톨스토이는 머릿속에 확실히 그걸 떠올리면서 썼다고 느껴지며, 그렇게 쓰지 않았더라도 그 장소, 그 인물이 자신의 머리에 떠오른다. 그림으로 말하면 입체감이나 톤이 생기는 것이다."고 피력했다.

≪안나·카레니나≫의 종결 부분에서 톨스토이는 레빈에서의 종교 문제, 농민 문제를 그렸다. 그렇지만 시대가 너무 동떨어졌기 때문인지 읽으면서 지루하게 느꼈다. 작품 속에 사상을 담으려고 하는 그러한 선입관이 예술의 신에게는 못마땅하게 여겨진다고 하는 느낌이 들었다. 예술이 사상의 수단으로 전락하면 안 된다고 생각한다. 웬일인지 전체에서 그곳만이 분리된다. 모르는 사이에 작품 속에 녹아든 사상은 괜찮지만 그대로는 곤란하다. 그대로인 사상은 선입관이라고 해도 좋다. 소세키의 '칙천거사(則天去私)'는 그러한 의미에서 진실이라고 생각한다.

작품을 수단으로 삼아 작가가 직접 영향을 끼치려고 하는 것은 진실이 아니다. 작가는 겸허한 마음으로 열심히 쓰고 활동에 있어서는 그 완성된 작품이 마음대로 역할을 수행해주는 편이 좋다. 역할로 보아도 그쪽이 훨씬 좋은 효과를 가져다준다.

이 의견은 나오야가 다카치에게 쓴 유명한 1931년 8월 7일자 편지 내용, 즉 "소설이 관념을 지향하는 점은 좋아하지 않습니다.", "관념이 앞선 예술은 아무래도 희박해지리라 생각합니다.", "운동 의식에서 독립한 프롤레타리아 소설이 진정한 프롤레타리아 소설이며, 그쪽이 결과로 보아도 깊이 영향을 미치는 작용을 할 것으로 생각됩니다."라고 하는 표현과 호응하고 있다.

이 편지는 1933년 6월 발행의 ≪문화집단≫ 창간호에, 다키지의 어머니 세키에게 보낸 동년 2월 24자 편지와 함께 〈고바야시 다키지 군과 작품〉이라는 제목 하에 나오야의 서명으로 발표되었다. 나오야는 이 다키지의 어머니 세키에게 보낸 서간에서 "아드님 서거에 대한 소식을 신문에서 접하고 슬픔 마음 금할 수 없었습니다. 전도양양한 작가인데, 실로 애석합니다. 만난 것은 한 번이지만 인간으로서 친밀감을 느끼고 있었습니다. 부자연스럽게 서거한 상황을 생각하면 암담한 느낌이 듭니다."라고 서술했다.

"인간으로서 친밀감을 느끼고 있었습니다"라는 표현은 나오야가 다키지와 공통분모를 지니고 있었다는 사실을 설명해주고 있다. 청년시절의 나오야가 우치무라 간조(內村鑑三)에게 매혹돼 고도쿠(鑛毒) 사건에 깊은 관심을 품고 야나카 무라(谷中村)에게 가려고 하며 아버지와 격렬히 대립한 사실은 잘 알려져 있다. 러일전쟁 발발 당시의 일기에는 전쟁 비판의 언어가 끊임없이 사용되었는데,

반전사상에 입각한 작품도 쓰려고 했음에 틀림없다.

≪문화집단≫은 다키지 최초의 전집이 간행된 직후인 1935년 11월 〈문단의 거장에게 묻는다〉고 하는 표제 하에 앞서의 기시 야마지와 나오야의 대담 〈시가 나오야 씨의 문학 종횡담〉을 게재했다. 이 대담에서도 "고바야시 다키지는 매우 훌륭한 작가라고 생각했다. 또한 인간으로서도 참으로 좋은 사람이었다고 생각했다."고 말하며 앞서 혼다 슈고에게 이야기한 추억을 "지금에 와서 생각하건대 그건 단지 기염이 아니라 문자 그대로 실제였다."고 토로했다.

〈관념문학〉에 대해서도 "하지만 오해해선 안 된다. 관념문학만 아니라면 그 작품이 곧바로 걸작이라는 말을 나는 결코 하지 않으니까"라고 미리 선포했다. "관념문학이라도 사람을 감동시키는 요소가 있을지도 모르겠다.", "요컨대 사람을 감동시키는 힘이 있는 내용, 사람을 한층 높은 단계로 끌어올리는 힘이 있는 작품이라면 족하다. 그러한 작품이 나타난다면 반대로 분명히 관념문학으로 등장한다고 할지라도 전혀 지장은 없을 것이다."라고 말하는 것이다.

그러므로 다케치에게 보낸 편지 등에 있는 자신의 의견이 지금도 틀렸다고 생각하지 않지만, 그대로 일방적으로 강조하면 그릇될 염려가 있다고 보았다. 그래서 "그 내용을 잘써줘"라고 일부러

주의를 기울였다.

주목할 만한 내용은 나오야가 지드에게 깊은 관심을 나타낸 부분으로 이 지드에 대한 관심이 〈관념문학〉에 대한 생각을 발전시켰다. 당시 지드의 좌경화가 커다란 문제로 등장해 세계 지식인들을 동요시키고 있었다. 나오야는 지드를 적화되기 전부터 읽고 있었고, 지드의 적화는 극단적인 국수주의파 작가 그루프 등 진부한 대상에 대한 작가의 반항이었음을 강조했다.

"지금 세상에서 파시스트라고 일컫는 사람들을 매우 싫어한다."고 말한 나오야는 "대략 요 이삼년 사이 갑자기 일본은 마치 일본이 아닌 듯한 느낌이 들지 않은가. 나는 화가 나고 불쾌해서 견딜 수가 없다.", "세상이 실로 캄캄하다. 밖에 나가는 것도 유쾌하지 않다. 하고 싶은 말을 할 수 없는 세상 따윈 누구에게도 결코 달갑지 않다."고 말했다.

자신은 경제적으로 여유가 있으니까 괜찮지만, 군들은 언론의 자유를 빼앗겨 힘들 것이라고 하며 지금 시대는 기성의 형식에 구애받지 않고 다양한 시도를 할 필요가 있다고 역설했다. 지금과 같은 시대에는 기록을 남기는 것이 중요하다고 강조하였으며, 〈일기라고 하는 장르의 역사적 중요성〉을 주장했다. 그것은 "신문이나 잡지의 위선, 세상의 위선에 대하여 사물의 진상을 견문에 입각해 정확히 기록해두는 일"로 언제 발표될지도 모르고, 또한 발표를 생각하지 않아도 좋지만, "아무튼 지금과 같은 어두운 시대에는 시대의 진실한 모습을 그려서 남기는 일이 중요하다."고 설명했다.

이러한 언사는 날짜를 새겨 ≪잿빛 달≫을 후세에 대한 증언으로써서 남긴 정신을 설명하는 것으로 앞서 언급한 에세이 ≪동상≫과 대응하고 있다. 나오야가 신일본문학회의 찬조회원이 된 것은 결코 일시적인 마음의 미혹과 같은 이유 때문이 아니었다. 확실히 천황제를 부정하고 새로운 민주주의적 문학을 확립하려고 하는 운동에 대한 기대와 격려의 마음이 있었기 때문이다.

그러나 나오야는 입회 후 얼마 지나지 않아서 나카노 시게하루의 ≪아베 상의 '상'(安部さんの〈さん〉)≫이라는 문장에 항의하며 모임에서 사퇴한다. 아베 요시시게는 나오야의 도신카이 동지였다. 나카노는 지금의 시대에 감히 문부대신이 된 그 아베 요시시게의 인간적인 면모에 깊이 접근하려고도 하지 않고 오로지 정치적으로 야유하고 비난하고 모독했다. 그것을 나오야는 인간적이 아니며 문학적이 아니라고 분노했다. 천황에 대해서도 나카노가 천황제에 대해 논하는 한 오히려 거기에서 배울 점도 있다고 생각했지만 천황이 비대해졌다는 사실로 인간으로서의 천황을 야유하고 비판하는 방식에는 불쾌함을 느꼈다.

나오야는 나카노의 〈≪암야행로≫ 잡담〉에도 불쾌함을 감추지

않았다. 나카노는 나오야를 깊이 이해하고 그 본질을 논한 것이
아니라 약점을 끄집어냈으며 그럼으로써 작품 자체를 부정했다.
그것을 나오야는 싫어했다.

> 비평가는 비평가로서 여러 가지 색안경을 쓸 궁리를 하며 뭔가
> 이야기한다. 예술품으로서 그 아름다움을 보려고 하지 않고 전체적
> 으로 있는 그대로 작품을 감상하려고도 하지 않는다. 작품은 비평가
> 쪽에서 맞이하는 심정으로 허심탄회하게 보아야하고 작품을 자신
> 쪽으로 끌어와서 수제(手製)의 잣대로 수치를 재듯 이것저것 논하는
> 것은 한심한 일이다. ≪젊은 문학자에게―≪문학행동≫의 동인(同
> 人)을 위한 담화≫(≪문학행동≫ 1950년 1월호)

이것은 직접 나카노의 비평에 대해 지적한 것은 아닌데, 나카노
에 대한 불쾌함은 이와 같은 비평에 대한 불쾌함이었다.
다키지의 나오야에 대한 마음은 이와는 정반대였다. ≪1928년
3월 15일≫을 쓰고 있을 무렵 "유메도노의 구세관음을 보고 있자니
조가라고 하는 사실이 전혀 떠오르지 않는다."고 하는 가이조샤의
≪시가 나오야 전집≫의 권두언에 강하게 마음이 동요돼 그 내용을
사이토 지로에게 썼다. 그런데 옥중에서 사이토 지로에게 보낸
1930년 10월 24일자 편지에서도 ≪시가 나오야 집≫을 넣어달라고

요청했다.

형무소에 들어가서 다키지는 비로소 너무나도 바쁜 생활에서 해방돼 ≪1928년 3월 15일≫을 쓰던 당시의 초심으로 돌아가 다시 새롭게 출발하려고 했다. 동일하게 옥중에서 나오야에게 보낸 쇼와 5년(1930) 12월 13일자 편지에는 요미우리신문 기자에게서 온 편지를 보고 나오야가 자신에 대해 얘기했다는 사실을 알고 "갑자기 끓는 듯한 마음으로" 이 편지를 쓴다고 적었다.

나오야는 옥중의 다키지에게 물품을 들여보내려고까지 했다고 한다. 다키지는 자신의 작품을 보내 "'당신의 입장'에서 주저하지 말고 비판을 해주시겠습니까?"라고 부탁했다. 다키지가 나오야에게 〈나오야의 입장에서〉 비판을 구한 것은 주목할 만한 대목이다. 계급적, 사상적 시점이 달라도 그러한 시점의 상이함을 초월, 하나의 작품에 대한 예술로서의 비평이 성립하고 그렇게 다른 관점으로부터의 비평을 중요하게 여기고 싶다는 생각이 다키지에게는 있었다.

1928년 1월 ≪오타루 신문≫에 발표한 ≪휘몰아치는 날 밤의 감상≫에서 다키지는 〈코뮤니즘의 예술론〉에 대해 다음과 같이 서술했다.

코뮤니즘의 태도로 사물을 보고 그것을 그린다고 하는 것은
(A) 조금도 작품의 코앞에 있는 간판처럼 소위 목적의식이 서린 언어를 늘어뜨리거나
(B) 그 주인공을 언제나 코뮤니스트로 만들어야 한다고 하는 뜻은 아니다.

코뮤니즘 예술의 영역 — "그것은 코뮤니즘의 A, B, C로 값싼 자위를 안겨주는 것"이 아니라 "톨스토이가 ≪부활≫에서 시도한 그러한 사회에 대한 〈경고〉"이다. 그것을 〈코뮤니스트 태도〉로 실행하는 것이다. "그 생생하고 구체적 상황에서 이것을 폭로함에 있어서 광활한 코뮤니즘 예술의 미개간지가 가로놓여 있다. 자신은 그렇게 생각하고 있다."고 주장했다. 그리고 〈머리로부터 아니라 가슴으로부터〉라는 개념을 초기 에세이 ≪13의 남경옥≫(≪오타루 신문≫ 1927년 5월)에서 강조했다.

그러한 출발점으로 돌아가 거기에서 새롭게 출발하려는 것이 다키지의 옥중 결의였다. 감옥에서 나와 지하활동으로 옮기기 직전인 1931년 11월에 나오야를 만나러 나라의 자택을 방문했지만 그것은 그러한 깊은 감정에서 유래된 행위였다. 그냥 의례적으로 또는 정치적 의도로 방문한 것은 아니었다. 그러므로 당시의 기억이 끝까지 나오야의 마음에 남았던 것이다.

〈≪정본 고바야시 다키지 전집≫의 추천문〉(1968년 쇼와 43)에도 "고바야시 군은 내가 나라에 있을 무렵 찾아와 묵고 갔다. 눈에 띄지 않도록 포목점 지배인 같은 복장을 하고 있었다. 한가롭게 작품을 쓸 여유가 없기 때문에 자주 시영 전차 속에서 쓴다고 한다."고 기록했다. 그리고 "인간적인 면에 있어서도 성실하고 훌륭한 사람이라고 생각한다. 그렇게 죽다니, 그런 일이 없었다면 지금도 살아서 자유롭게 작품활동을 할 수 있을 거라고 생각하니 너무나 애석한 느낌이 든다."고 서술했다. 나오야는 마쓰카와(松川) 재판에서 히로쓰 가즈오(廣津和郞)를 도왔고, 도쿄 도지사 선거에서는 혁신통일 후보 미노베 씨를 응원했는데, 그것은 다키지에 대한 생각과 관계되는 것으로 결코 우연한 일은 아니었다.

〈고바야시 다키지 탄생 100년·사후 70주년 기념 심포지엄〉(2003년 11월 30일 시라카바문학관 다키지 라이브러리 주최에서의 보고에 가필 정정)

▌후기▐

　〈9·11〉 사건이 일어난 지 벌써 4년째에 접어들고 있다. 이라크 전쟁이 시작된 이후로도 2년 이상이 흘렀다. 이런 전쟁의 날들은 일본의 침략전쟁이 시작된 뒤 곧 경찰의 손에 의해 죽음을 당한 고바야시 다키지의 생애와 문학을 새로운 빛으로 조명해준다. 나는 벌써 78세이다. 전쟁의 시대에 청춘을 보낸 내가 이와 같은 시대를 다시 맞이하리라고는 생각하지 않았다. 이 시대의 많은 젊은이들은 다키지라는 이름도 모른다고 한다. 그들에겐 다키지가 살던 시대 따윈 먼 옛날의 과거라는 생각이 자리 잡고 있다.

　그러나 지금 일본은 이라크 전쟁의 수렁으로 빠져들었고 그로 인해 전쟁은 더욱 확대되어 언제 끝날 지도 모른다. 그리고 아시아에서는 반일의 큰 물결이 밀어닥쳐 어떻게 퍼져갈지 알 수 없는 상태이다. 다키지가 산 시대를 결코 지금과 관계없는 먼 옛날의 과거라고는 생각할 수 없게 되었다. 실제로 중국 청년이나 한국 청년들은 다키지가 산 그 침략전쟁의 시대를 현재의 문제로 인식해 일본 정부에 격렬히 항의하고 있지 않은가.

　이 책은 시라카바문학관 고바야시 다키지 라이브러리의 사토 사부로(左藤三郎) 씨의 노력으로 빛을 보게 되었다. 수록 논문의 선정도 주로 사토 씨가 담당해주었다. 나의 다키지 관계 논문은 제법 다수에 이르렀으나 스스로 어느 한 편도 쉽게 포기하기 어렵기 때문에 한 권으로 정리하기 힘들었다.

이 책에는 30년 전 논문부터 이 책을 위해 새로 쓴 것까지 생생한 시대에 그 순간순간의 생각을 담아 엮은 것이 수록되어 있다. 따라서 문체가 정리돼 있지 않고 중복된 서술이 많지만 나에게 있어서 다키지 론은 내가 살아온 사상의 역사를 기술해주는 듯 여겨진다.

젊은 사토 씨가 선정한 이 논집은 두 사람의 공저라고 말해도 무난하며 이 책을 통해 나는 나의 다키지 론과 내 자신을 새롭게 다시 발견한 듯한 느낌이 든다. 사토 씨가 30년 전의 논고 〈다키지의 청춘과 방황〉을 골라준 데에 기쁘다. 나는 다키지를 특별한 인간으로서가 아니라 다이쇼에서 쇼와로 옮겨가는 격동의 시대를 산 보통 청년으로 그리고 싶었다. 다키지의 고뇌와 방황은 동시대의 문학을 지향하는 청년에게 공통의 문제이며 패전 전후에 청춘을 맞이한 내 자신의 문제이기도 했다. 어떤 의미에서는 불안하게 보이는 그 고뇌와 방황, 새로운 문학을 모색하는 과정은 근대 일본의 사상과 문학이 직면한 제문제를 몸소 체험하며 살아가는 청년의 고뇌였다. 그리고 그것을 극복하고 프롤레타리아 작가로서 자기를 확립했을 때 다키지는 근대 일본문학의 토대에 확실히 뿌리를 내린, 시대를 대표하는 선구적인 작가가 되었다. 시대를 달리하는 현대 청년에게 있어서도 근본으로 거슬러 올라가면 다키지의 고뇌는 의외로 관계 깊은 것이 아닐까 하고 나는 생각한다.

전후의 시가 나오야와 고바야시 다키지의 문제에 대해서는 다키지 라이브러리가 주최한 국제 심포지엄의 보고 내용을 근거로 쓴 것으로 이 책의 출판 계기가 되었다. 나오야의 다키지에 대한 추억은 나오야 문학에 새로운 독서의 길을 개척해 일본문학사에 새로운 전망을 트이게 하리라고 믿는다.

〈9·11〉 이래 홈페이지를 구축했다. 그리고 메일매거진 ≪히비통신(日々通信)≫을 발행해 격동하는 세계 동향 속에서 일본문학 읽는 일을 시작했다. 이 책에 묶이지 않은 다키지에 관한 논고도 수록하고 있다. 게시판에는 독자의 감상이나 의견을 투고할 수 있다.

이 책의 독자가 내방해 의견이나 감상을 써준다면 다행이겠다. 홈페이지 주소는 http://homepage2.nifty.com/tizu/

2005년 4월 18일
이즈 도시히코(伊豆利彦)

▌역자의 변▐

문학의 개념이 시간과 공간은 물론, 국경을 자유롭게 넘나드는 시대에 우리는 살고 있다. 따라서 문학 연구에 있어서도 형식의 틀을 허물고 다양한 방법과 대상을 모색할 수 있는 기력을 현실에서 얼마든지 섭생할 수 있다고 본다. 특히 외국 문학을 연구하는 연구자에게는 언어, 문화적 소통의 한계를 절감하는 경우가 많은데, 그럴 때마다 하이퍼 문학 세계는 새로운 패러다임으로 충분한 네트워크를 형성해준다.

국내에서 외국 문학을 연구하는 연구자는 현장성과 소통의 필요성을 인식하면서도 익숙한 한국의 토양에 머물 수밖에 없는 여건을 안고 있다. 하지만 한편 디지털 시대에 사는 우리는 그것을 극복할 수 있는 매체와 문자를 통해 그 두터운 경계의 와해를 실현할 수 있는 환경 속에서 또한 살고 있다. 전자 문학이라고 일컫지만, 언제든지 차곡차곡 쌓아둔 디지털 문자를 활자화하여 종이책으로 만드는 일도 가능하기 때문이다.

그런 시점에서 보면 연구 대상을 설정하고 거기에 '얼마나 시공의 경계를 느끼지 않고 자유로운 시각으로 접근할 수 있는가'가 증요한 관건이 될 것이다. 시대와 공간을 넘어 생산성과 소통을 담보받기 위한 끊임없는 노력, 그것이 이 시대에는 문학 연구를 위한 전제가 될 수도 있기 때문이다. 차라리 예술성의 제약도 없거니와 목적을 요구하는 강박관념도 없기에 자발적인 참여와 독특함이 묻어나올 수 있는 점을 고려하면 거기에선 어떠한 시도도 가능하다.

역자는 "21세기는 국경을 넘어 통신망을 통해 자유롭게 왕래하는 시대라고 생각할 때 그것을 이용한 자료수집이나 정보교환은 필연적인 것이 될 것임에 틀림없다."〈한국의 소세키 연구 현상〉(≪한신근대문학연구≫제3호, 2000)고 주장한 적이 있다. 그 후 인터넷을 통해 일본 연구자와 소통 가능한 비평의 공간을 마련했다. 그리고 작가와 작품읽기를 시도하고 있음은 물론, 반전평화, 한일관계 등 우리의 생활과 밀접하게 연관되는 삶의 문제도 논의하고 있다. 이 책을 번역하게 된 동기도 그러한 역자의 활동과 무관하지 않다.

역자가 이 책의 저자인 이즈 도시히코 선생님과 교류를 시작한 것은 수년 전부터이다. 선생님은 홈페이지를 구축한 뒤 ≪히비통신(日々通信)≫을 매번 보내오셨는데, 무엇보다 역자는 그 내용에 공감하였다. 소세키를 중심으로 일본 근대문학을 연구해온 나이 팔순의 연구자가 격렬히 움직이는 시대의 동향에 대해 날카롭게 비평하는 내용은 '문학 연구자도 현실을 응시, 뭔가 거기에 조력할 방법은 없는지 궁리해야 할 때'라고 생각하던 역자의 생각과 맞닿아 있었다. 무엇보다 그 출발점이 '나쓰메 소세키 연구'에 있음은 부인할 수 없는 사실이다.

이 책이 일본에서 출간됐을 당시 이라크에서는 민간인 희생자가 속출하던 때였다. 미국은 대량 살상무기를 없앤다는 구실로 이라크 전쟁을 일으켜 무고한 노인과 어린애를 살상했다. 그리고 그 여파로 이라크에서 뿐만 아니라 해외에서도 연일 사건이 발생하고 있었다. 2005년 7월 런던에 이어 이집트 휴양지에서 폭탄 터러 사건이 발생, 80명이 희생되었을 때 전쟁이 얼마나 인간에게 흡오스러운 것인지 통감하지 않을 수 없었다. 무력으로 평화를 위협하는 주체의 주장이 아무리 합리적일지라도 일단 인간의 생명을 위협하고 희생의 결과를 초래하는 이상, 그것은 범죄이다.

왜 이러한 일이 일어나는 것일까? 왜 전쟁이 없는 평화의 시대를 우리는 살수 없는 것일까? 이즈 선생님의 ≪히비통신≫ 내용에 대한 역자의 호응도 격렬해져갔다. 굶주림에 괴로워하며 고향을 떠나는 난민, 자신을 희생하며 자살 폭탄 테러를 감행하는 이라크 청년들이 급증하는 배경에는 군인과 시민을 구분하지 않고 무턱대고 살해하는 미군의 잔인한 공격이 있었기 때문이다.

사실 고백하자면 이 책을 번역하게 된 동기는 단지 고바야시 다키지를 한국에 소개하기 위함만은 아니었다. '고바야시 다키지'

라는 일본 근대작가를 통해 지금의 이라크 전쟁을 조망하고, 그 불굴의 정신을 통해 현대를 사는 우리네 정신을 뒤돌아보는 비평에 적지 않은 자극을 받았던 듯싶다. 그래서 고바야시 다키지의 투쟁성을 의식하며 이라크 전쟁을 재조명하는 본문 내용 '〈9·11〉은 다키지 읽기에 어떠한 가능성을 열었는가?'와 '은폐된 전쟁의 진실과 폭로하는 언어'라는 부분을 제일 먼저 읽었던 기억이 난다.

이라크 전쟁은 그 전쟁을 상기시킨다. 분명히 그 전쟁은 침략전쟁이었다. 그리고 일본 국민 다수는 그 전쟁을 지지했다. 왜 일본 국민은 그 전쟁을 지지했을까? 다키지 일행은 정당한 주장을 하며 그 전쟁에 저항했음에도 왜 실패했을까? 〈본문에서〉

아브·그레이브의 포로학대는 고바야시 다키지 일행을 무법으로 체포하여 고문한 그 치안유지법 하의 일본을 상기시킨다. 그 포로들은 갑자기 침입한 미국병사에 의해 어떠한 증거도 없이 테러리스트, 혹은 테러리스트와 관계가 있다고 구속되었다고 한다. 전시라고 하는 이유로, 그리고 이라크인이라고 하는 이유로 인권유린을 당했다. 미 본국에서도 아랍계 이민이나 유학생에게 그와 같은 무법적인 조사가 행해졌다고 전달되었다. 무엇보다도 아프간 공격, 그리고 이라크 전쟁 자체가 결국 무법적인 생트집을 부려 시작한 무법적인 전쟁이었다. 〈본문에서〉

지금도 이라크 전쟁은 계속되고 있다. 일본의 군군주의 전쟁 시대 국가 권력과 천황 절대주의에 맞서 투쟁했던 다키지의 정신은 이 시대를 사는 젊은이들에게 다시 소생할 것인가?

결코 이는 일본 청년들에게만 해당되는 물음이 아닐 것이다. 저자는 일본 젊은이들은 향락을 추구하며 방황하고 있다고 지적하고, "중국 청년이나 한국 청년들은 다키지가 산 그 침략전쟁의 시대를 현재의 문제로 인식해 일본 정부에 격렬히 항의하고 있지 않은가."라고 보았는데, 과연 다키지 정신이 한국의 청년들에게는 살아 있는 것일까? 일본 청년들을 통해 우리 청년들의 모습을 비춰보며, 그들에게 직접 묻고 싶은 심정이다.

그러한 내용에 공감하던 터에 뭔가 자신이 할 수 있는 일을 실행하려는 데에서 작업은 출발했다. 그래서인지 시종 진지한 자세로 작업에 임했고 의식의 저변에서 숫구치는 뜨거움도 느낄 수 있었다. 고바야시 다키지의 생애와 그의 작품을 통해 투쟁성을 자극받았기 때문만은 아니다. 소시민적인 삶을 살아온 다키지는 누구보다 노동자·농민에 대한 이해와 따뜻한 배려의 마음을 품고 있었다. 그것이 작품 속에 그대로 스며들어 있음은 주지의 사실이다.

예컨대 다키지는 ≪당 생활자≫에서 "자신의 개인적 생활 모든 것을 희생하며 투쟁한 지하 생활자의 희생도 몇 백만의 노동자나 농민이 매일 생활하며 치르고 있는 희생에 비하면 대단치 않다."고 기록했다. 그리고 "나는 그것을 20년간이나 가난한 농사꾼으로 고생을 경험해온 아버지나 어머니의 생활에서 바로 알 수가 있다. 그러므로 나는 자신의 희생도 이 몇 백만이라는 거대한 희생을 해방하기 위한 불가결한 희생으로 생각하고 있다."고 첨언했는데, 그것은 곧 다키지 바로 자신의 일이었다.

다키지의 투쟁심도 이와 같은 발상에서 기인했음에 틀림없다. 그 '거대한 희생을 해방하기 위한 불가결한 희생'. 그것이 자신에게 다가올 운명임을 예측이나 했을까? 하지만 그는 당당히 그 길을 걸었다. 토공광석차로 "깎아지른 듯한 낭떠러지 앞 가파른 커브를 브레이크를 잡으며 질주하던" 부모의 모습을 그리며 민중 해방을 위해 권력에 맞서 투쟁하던 다키지는 고등경찰에 체포된다. 그리고 그들의 가혹한 고문으로 살해되는 것이다.

저자는 다키지의 죽음에 대해 그가 "전쟁에 반대하는 작가였고, 전쟁의 진실을 폭로하여 국민에게 호소하는 작가였기 때문에" 살해당했다고 주장하고 있다. 여기에 다키지가 남긴 죽음의 의미와 지금도 소생하는 작가 정신이 공존한다. 하지만 강조하고 싶은 것은 전쟁과 천황제 국가 권력에 격렬하게 저항하다 숨을 거둔 다키지의 투쟁의 근원에 부모에 대한 사랑과 나약하고 힘없는 사람들에 대한 인간미 넘치는 배려와 동정이 짙게 배어 있다는 사실이다. 그러한 점을 상기하면 청춘시절에 생을 마친 그의 죽음은 두고두고 애석하게 느껴질 것이다. 이 역서가 국내에 소개됨으로써 다키지 읽기가 활성화되고, 그의 정신이 국내에도 널리 알려지기기를 바라 마지않는다.

알려지지 않은 작가를 국내에 소개한다는 것은 의미 있는 일이다. 그렇지만 한편 원고가 무사히 세상의 빛을 볼 것인지 장담할 수 없을 뿐만 아니라 여러모로 검증을 거쳐야 하는 과정이 남아있어 부담스럽다. 출판이 결정된 뒤였다고는 하나, 출판 지원금 조성을 결정, 힘을 보태주신 시라카바문학관 사노 치카라(佐野力) 관장님께 사의를 표한다.

그리고 책 내용에 대한 역자의 의문에 언제나 친절히 답변해주신 저자 이즈 도시히코 교수님, 다키지 사진을 편집해 보내주신 시라카바문학관 다키지 도서관 사토 사부로(佐藤三郎) 씨에 대한 고마움을 잊을 수가 없다. 끝으로 출판사 여러분과 교정을 도와준 대학 동기 위맹복 선생에게도 감사의 마음을 전하고 싶다.

2007년 6월 김정훈 적음

■ 이즈 도시히코(伊豆利彦)

1926년 11월 10일, 후쿠오카현(福岡縣) 노가타시(直方市) 태생. 도쿄대학 졸업. 일본문학협회 회원, 일본근대문학회 회원, 일본사회문학회 회원, 일본민주주의문학회 회원, 요코하마시립대학 명예교수.

【주요 저서】

≪아리시마 다케오≫(福村書店), ≪일본근대문학 연구≫(新日本出版社), ≪소세키와 천황제≫(有精堂), ≪나쓰메 소세키≫(新日本出版社), ≪국어가 재미없다≫(합동출판), ≪나의 개인주의 외≫(김정훈 한글 역, 책세상)

【공저】

≪일본의 현대문학사≫(三一書房), ≪좌담에 의한 프롤레타리
아문학 안내≫(新日本出版社), ≪지금 살아 있는 미야모토 유리
코≫(新日本出版社)

이즈 도시히코 홈페이지   http://homepage2.nifty.com/tizu/

■ 역자 김정훈(金正勳)

일본 관서학원대학(關西學院大學) 대학원 졸업(문학박사)
현 전남과학대학 교수, 동 대학 일본문화연구소 소장

대표저서 :『漱石 男の言草・女の仕草』(和泉書院, 2002)
역서 :『나의 개인주의 외』(책세상, 2004),『명암』(범우사, 2005)

전쟁과 문학

- 지금 고바야시 다키지를 읽는다 -

초판인쇄 2007년 9월 28일
초판발행 2007년 10월 8일

지은이 이즈 도시히코
옮긴이 김정훈
발 행 제이앤씨

주소 132-040 서울 도봉구 창동 624-1 현대홈시티 102-1206
전화 (02)992-3253
팩스 (02)991-1285
등록 7-220호
e-mail, jncbook@hanmail.net | http://www.jncbook.co.kr

ISBN 978-89-5668-543-4 93830   정가 15,000원